DEUX FEMMES
DANS LA TOURMENTE

TERESA MESSINEO

DEUX FEMMES DANS LA TOURMENTE

Traduit de l'américain
par Silke Zimmermann

belfond

Titre original :
THE FIRE BY NIGHT
publié par Willam Morrow,
une marque de HarperCollins Publishers, New York

Retrouvez-nous sur www.belfond.fr
ou www.facebook.com/belfond

Éditions Belfond,
12, avenue d'Italie, 75013 Paris.
Pour le Canada,
Interforum Canada, Inc.,
1055, bd René-Lévesque-Est,
Bureau 1100,
Montréal, Québec, H2L 4S5

ISBN : 978-2-7144-7571-8
Dépôt légal : mai 2019

Belfond | un département **place des éditeurs**

place des éditeurs

À sœur Jonathan Moyles,
sœur de la Charité chrétienne,
pour m'avoir donné une seconde chance

« L'Éternel allait devant eux, le jour dans une colonne de nuée pour les guider dans leur chemin, et la nuit dans une colonne de feu pour les éclairer, afin qu'ils marchassent jour et nuit. »

Exode

LA GUERRE

1

Jo McMahon

Printemps 1945, front occidental

C'étaient ses mains, son principal problème : à vif, gercées, en sang, elle ne parvenait pas à les soigner. Un obus éclata à l'extérieur de la tente, quelqu'un hurla, quelqu'un d'autre rit et un autre encore se contenta d'un « Putain ! ». Jo maintint en équilibre l'étagère à matériel branlante, s'appuyant contre les boîtes blanches qui glissaient, empêchant les bouteilles de verre brun de se fracasser par terre avec sa cuisse. Le générateur grinça tandis que la lumière vacillait, s'éteignait puis se rallumait. Jo tâtonna le long de l'étagère supérieure à la recherche d'une éventuelle boîte de pénicilline, obligeamment oubliée par quelqu'un dans la cohue de l'empaquetage, quand l'ordre de repli leur était parvenu. Ses mains se déplaçaient avec agilité, sachant parfaitement ce qu'elles cherchaient. Jo se surprit à les observer distraitement, comme si elles appartenaient à une autre personne, à une courageuse et noble héroïne de roman ou de film ; une femme dont les mains hideuses étaient occultées par la lumière éthérée qui éclairait son visage ; une personne qu'elle pouvait à la fois plaindre et admirer ; quelqu'un qu'elle pouvait laisser derrière elle au théâtre, ou en fermant le livre, sans avoir besoin d'y penser… Elle devait faire quelque chose au sujet de ses mains.

Les interventions chirurgicales étaient la principale cause de leur état : le lavage dans l'eau glacée, les crevasses constamment rongées par le savon caustique, la peau des jointures – ou ce qui en restait – arrachée quand elle retirait à la va-vite les épais gants marron, entre deux patients. Mais il n'y avait rien à faire, aucun moyen d'y remédier, aucune solution. Ses doigts endoloris se refermèrent enfin sur la boîte et elle se retourna au moment où retentit une deuxième explosion, dont le bruit, cette fois, envahit la mauvaise oreille, celle dont le tympan avait été percé lors du naufrage du navire-hôpital *Newfoundland*. Elle perdit l'équilibre et atterrit durement sur le sol de la tente. Elle fourra le médicament dans la poche de son pantalon d'uniforme – un pantalon d'homme, avec les boutons inversés – et prit le temps de lacer sa chaussure. Les infirmières auraient bien eu besoin de bottes, même si elles n'auraient pas suffi à les protéger de la boue. Cet hiver européen qui s'achevait, le plus froid jamais enregistré, laissait derrière lui un margouillis chaque jour plus infranchissable. Deux autres obus explosèrent, pas aussi près que les précédents, mais toujours beaucoup trop proche – plus proche qu'à Anzio. Là-bas, les projectiles les avaient pourtant touchés de plein fouet. Les éclats avaient déchiré la toile des tentes médicales, tuant les chirurgiens et leurs assistants. Alors les garçons de salle avaient emporté leurs cadavres et mis des casques sur les têtes des médecins et infirmières encore debout tandis que ceux-ci continuaient ce que les autres avaient commencé.

Ici, dans cette nuit glaciale, la ligne de front se déplaçait sans arrêt. Ils se trouvaient sans doute juste à côté des zones de combat, où l'ennemi poussait pour créer un nouveau front, plaçant l'unité médicale tout près, ou en plein milieu, ou peut-être même devant. Ils n'étaient pas censés se retrouver là – c'était du moins ce qu'on leur avait expliqué lors de leur formation –, et pourtant ils étaient encore une fois en plein cœur de l'action. Jo se souvint d'un jour, dans le sud de l'Italie, où leur camion avait été réquisitionné, avec la promesse qu'un autre arriverait sous peu. Les infirmières avaient patiemment attendu à côté d'un petit poulailler, reposant leurs dos fatigués contre la chaleur des murs blanchis à la chaux et inondés de soleil. Des heures plus tard, quand les poules étaient allées se percher à contrecœur dans leur abri, les filles avaient aperçu les premiers éclaireurs américains qui s'approchaient précautionneusement en rampant dans l'herbe. Les hommes leur avaient demandé ce qu'elles faisaient là : si eux, les éclaireurs, constituaient la ligne de front, alors qu'en était-il des infirmières ? Ou cette autre fois, en Tunisie. Un camion devait venir pour évacuer les derniers blessés et elles regardaient passer les femmes et les enfants sur la route de terre, à pied ou perchés en équilibre précaire sur leurs dromadaires qui trottaient à vive allure et contre leur gré. La police militaire américaine fermait la marche sur ses motos, hurlant aux infirmières que les blindés allemands n'étaient qu'à une quinzaine de kilomètres. « Combien il en reste ? (Quelqu'un cria dehors, sous la pluie. On entendit une porte claquer, le moteur d'un camion tourner au ralenti.) Combien de temps ça va durer ? »

« Plus longtemps que moi », songea Jo avec lassitude. Plus longtemps que nous tous. Les tracts de propagande largués par les Allemands montraient des prisonniers de guerre américains grattant avec soin des traits sur les murs de leurs cellules pour décompter les jours et une date : 1955. Encore dix ans. Au souvenir des dessins optimistes de l'Axe, Jo eut un sourire ironique. Elle aurait de la chance de survivre dix mois. Son vingt-sixième anniversaire n'était pas loin, sa chevelure commençait déjà à grisonner et la malnutrition lui avait fait perdre deux dents. Queenie avait prévenu le capitaine : la perte de leurs molaires était acceptable mais pas celle de leurs dents de devant et elle avait obtenu qu'on distribue quelques rations C supplémentaires à ses filles. C'est comme ça que Queenie appelait les infirmières, et elles l'étaient vraiment, cœur et âme.

Dehors, quelqu'un hurla « Retraite ! » d'une voix trop aiguë et stridente pour être celle d'un homme. Elle ressemblait davantage à celle d'une écolière terrifiée qu'à celle d'un soldat. « Repliez-vous ! » Comme s'ils avaient besoin qu'on leur répète un tel ordre, comme si, effrayés, ils n'étaient pas déjà en train de courir, de bousculer. « Facile à dire pour toi », pensa Jo, apathique, en entendant les moteurs tourner au ralenti et les hommes se lancer des jurons dans la fièvre du départ. Leurs pas lourds provoquaient des bruits de succion dans la boue. « Fais demi-tour et cours, mon gars. » Et, tandis qu'elle prononçait ces mots, elle se sentit soudain incroyablement aguerrie, incroyablement désabusée et, par-dessus tout, incroyablement fatiguée. « Moi, je dois d'abord évacuer tout un hôpital. »

Les choses n'avaient pas toujours été comme ça. *Elle-même* n'avait pas toujours été comme ça. Il fut un temps où ses mains étaient belles – où toute sa personne était belle et indemne. Elle était jeune alors, ses courbes, agréables, jamais assez à son goût à cette époque mais, grands dieux, comparées à son corps actuel, tout en angles et en os, elle avait été une vraie Rita Hayworth. Sa peau était douce, sa chair ferme et épanouie. Ses cheveux châtains brillants, coiffés en un chignon serré, rappelaient qu'elle avait du sang irlandais par son père ; une veine marron traversait le bleu de son œil gauche et faisait dire à sa mère italienne qu'elle se reconnaissait dans sa fille. Giuseppina Fortunata « Jo » McMahon... Pendant son enfance à Brooklyn, où les habitants revendiquaient si férocement leurs origines, elle avait eu l'impression d'être une sorte d'agglomérat, ni l'un ni l'autre entièrement mais les deux en même temps. Elle invoquait autant saint Patrick que saint Janvier et mangeait des lasagnes aussi bien que du corned-beef avec du chou. Mais, après presque quatre ans de cuisine roulante et de rations désignées par des lettres de l'alphabet, elle était incapable de penser à de la vraie nourriture. Pas maintenant. Elle ne l'aurait pas supporté.

Jo entra dans la dernière tente médicale encore debout. Les autres avaient été vidées, démontées et chargées sur les camions qui étaient déjà partis. Après des heures de manutention, il ne restait qu'une demi-douzaine de patients sur des civières posées à même des chevalets, dans l'attente d'être évacués derrière les lignes. Elle et les autres jeunes infirmières avaient si consciencieusement mémorisé la chaîne de transport lors de leur premier engagement volontaire dans l'armée ! Ligne de front, secouriste, poste de ramassage, poste de secours, hôpital de campagne, hôpital d'évacuation, hôpital général. Sûreté. « Dans aucun cas, les femmes officiers ne pourront servir plus près du front que l'hôpital de campagne. » Jo se souvenait de cette phrase, soulignée dans leurs manuels et par l'instructeur, comme si cette éventualité avait quelque chose d'indécent, comme si on pouvait leur garantir le respect de cette clause. Elle qui servait dans un hôpital de campagne, ne se trouvait-elle pas en cet instant sur la ligne de front ? N'était-elle pas à un pas du chaos ?

Elle fit tomber dans sa main plusieurs cachets de la boîte en carton, lut pour la centième fois, mais sans vraiment voir : Pénicilline G, 250 000 unités, Chas Pfizer & Co. Inc., N.Y., N.Y. Cela lui rappela l'époque où elle ne connaissait pas le diminutif de Charles et où elle s'était demandé comment une mère pouvait décemment appeler son bébé Chas. Elle souleva la tête d'un de ses patients, délirant mais conscient : un pauvre Écossais, en kilt de surcroît, incongru parmi tous ces soldats américains.

— Tenez, essayez d'avaler ça, soldat, dit-elle en portant sa gourde aux lèvres de l'homme.

Il tenta de se débattre, agita vainement les mains et lança des injures, dans un langage compréhensible de lui seul, à l'adresse de fantômes quelque part derrière elle. Mais le typhus était trop avancé – pas assez pour l'apparition des convulsions tant redoutées, mais suffisamment pour lui avoir ôté sa force, sa volonté et sa raison. Elle réussit à lui faire avaler l'antibiotique.

— Il reste de la place dans le camion pour celui-ci ? demanda-t-elle aux garçons de salle.

Ceux-ci démontaient la machine à rayons X dans un coin de la tente. Une des charnières était bloquée et, tandis qu'ils appuyaient de tout leur poids pour l'ouvrir, la table s'effondra brusquement sous leurs efforts conjugués.

— Pas dans celui-ci, chérie. Mais on le mettra dans le prochain, c'est sûr.

C'était Queenie. Elle avait pénétré dans la tente en frottant ses mains gelées. Par sa seule présence, elle reléguait le froid au-dehors et réussit à faire entrer avec elle l'été, le chèvrefeuille et l'odeur d'une bonne cuisine maison. Elle était minuscule (« menue », avait-elle l'habitude de rectifier) et portait la plus petite taille de pantalon réglementaire dont elle devait néanmoins remonter plusieurs fois les jambes. Comme d'habitude, ses cheveux étaient enveloppés dans une serviette blanche et propre sous laquelle on pouvait encore les imaginer noirs et brillants, comme autrefois, au lieu de poivre et sel. Hollywood aurait pu faire fortune en lui donnant le rôle de la fille sans histoires fidèle à son amour parti à la guerre, la chérie par excellence. Tout le monde adorait Queenie, les hommes comme les femmes. Ils aimaient son rire facile, son cran et son esprit indomptable. Elle-même défiait toute description. Elle savait boire – ce qu'on appelle habituellement boire –, chose surprenante vu sa taille, et elle jurait aussi bien que n'importe quel homme. De plus, elle savait jouer ; comme elle avait ri le jour où elle avait gagné un négligé de soie noire en jouant au poker avec des officiers français à Alger ! (Elle avait fait cadeau de cet objet aussi beau qu'inutile à Jo qui, fraîchement arrivée et encore soumise aux règles morales, était restée sans voix, gênée et secrètement enchantée.) En dépit de son côté mondain, Queenie avait assisté un chirurgien pendant soixante-douze heures – soixante-douze heures ! – alors que tous les autres membres de l'équipe chirurgicale avaient été blessés ou tués. Deux cents civières avaient été alignées devant la tente et ils s'étaient occupés de tout le monde, sans faire la moindre pause. Tous deux avaient reçu la Silver Star[1], mais Queenie ne s'en était pas sentie digne. Ce n'était pas de la fausse modestie : elle pensait sincèrement n'avoir rien fait de spécial, sinon son devoir. Ça aussi, c'était Regina Carroll, que tous n'appelaient plus que par son surnom royal. Aux yeux des hommes, elle était leur petite sœur, la gentille voisine, la première fille qu'ils avaient embrassée, celle pour laquelle ils se battaient dans cette guerre. Même en cet instant, au milieu de l'enfer qui s'abattait sur eux, Jo savait que la guerre ne l'avait pas touchée, pas en dedans, pas vraiment. Elle ne l'avait pas atteinte comme elle l'avait fait pour tous les autres, y compris Jo. Queenie n'avait besoin d'aucune

1. Médaille récompensant des actes de bravoure. *(Toutes les notes sont de la traductrice.)*

coquille pour se protéger, pour survivre. Elle continuait à incarner ce que toutes les infirmières avaient incarné un jour : l'amour et l'espoir pour des garçons sur le point de mourir. Ce que toutes les filles avaient pensé devenir, longtemps auparavant, lorsqu'elles avaient traversé pour la première fois l'Atlantique dans des navires titanesques, en route pour la guerre en Europe, riant et chantant en chemin comme s'il s'agissait de la plus amusante des garden-parties.

Une des civières se trouvait à moitié à l'intérieur d'une ambulance qui, à cause de la pluie, avait reculé jusqu'au rabat de la tente. Au moment où les garçons de salle s'arrêtèrent pour assurer une meilleure prise sur le bois glissant des poignées, le patient se mit à battre des bras, les yeux fous, en émettant des bruits comme un personnage bâillonné dans un film de gangsters. En un instant, Queenie fut à ses côtés et attrapa les pinces coupantes accrochées à la civière tandis que du vomi jaillissait par les narines de l'homme dont la bouche était maintenue serrée par des fils de fer. Il s'étouffait, en pleurs et en état de panique ; Jo aperçut le blanc de ses yeux depuis l'autre côté de la tente. Et Queenie continuait à sourire, à lui parler sans jamais s'interrompre.

— Mon pauvre ange, accroche-toi, soldat, juste une minute, chéri. Là, voilà, maintenant tu peux respirer, c'est cette horrible anesthésie qui te fait vomir, je sais, mon chéri, vas-y, respire, ils te remettront tout ça en place à l'hôpital d'évacuation, ne t'en fais pas maintenant, tout va bien, mon ange, bientôt ça ne fera plus mal.

« Mon Dieu, ça ne fera plus mal ? songea Jo. Quel effet ça fait d'avoir le visage en mille morceaux, rafistolé et maintenu en place par du fil de fer ? » Mais Queenie tint parole : elle alla chercher une seringue de morphine. Après avoir injecté le produit, elle accrocha l'aiguille sur le col ensanglanté de l'homme ; s'il arrivait à destination, quelqu'un saurait au moins ce qu'on lui avait administré.

Juste avant qu'ils le hissent dans l'ambulance (dont les gaz d'échappement envahissaient la tente et donnaient la nausée à Jo), Queenie l'embrassa. En dépit du sang, du vomi et de l'odeur nauséabonde de la peur et de la mort, elle l'embrassa. Dans la tente, tous ceux qui jusque-là avaient machinalement suivi la scène, cessèrent de regarder, envieux de cet homme dont les yeux n'exprimaient plus de peur. Ils éprouvèrent du dégoût pour ce qu'ils étaient devenus, pour le peu de sentiment qu'il leur restait, pour leur fatigue et leur douleur, pour le froid et la faim qu'ils ressentaient, en dehors comme en dedans, et pour la saleté intérieure et extérieure qu'aucune eau n'était à même de laver. Ils étaient conscients qu'ils n'avaient pas tenu de mains, et encore moins embrassé quelqu'un, depuis qu'eux-mêmes avaient cessé de se comporter comme des êtres humains. Leur monde était désormais celui de la survie, un monde animal où ils mordaient, tailladaient, déchiquetaient et, parfois, léchaient mutuellement leurs plaies. Certes, ils rafistolaient et pansaient les blessures et envoyaient les hommes plus loin pour qu'ils soient de nouveau rafistolés et pansés ; mais eux, les guérisseurs, ne savaient plus guérir parce qu'ils ne parvenaient ni à penser ni à sentir, et ne se souvenaient plus de la dernière fois où ils avaient pensé ou senti autre chose que leur condition d'animaux – pourchassés, pris au piège et transis.

Queenie, elle, l'avait embrassé.

Quand vient l'ordre de se replier, il faut moins de dix secondes à un fantassin pour se retourner et partir en courant. Il n'en va pas de même pour les infirmières militaires dont le seul credo, l'unique règle sacrée, est de ne jamais abandonner leurs patients. Jamais.

Ainsi commençait un interminable processus : il fallait finir les opérations en cours, stabiliser les patients qui arrivaient tout juste dans la tente de soins postopératoires, administrer du plasma ou du sang s'il y en avait ; il fallait soulever les patients en orthopédique dont les bras et les jambes étaient immobilisés par cinquante kilos de plâtres lourds et volumineux. Puis il y avait les malades commotionnés au pouls filiforme ; les garçons aux psychoses traumatiques qui gémissaient et se cachaient sous leurs lits, persuadés d'être encore sur le champ de bataille ; les sourds ; les mutilés et les aveugles aux têtes soigneusement bandées qui tendaient, hésitants, leurs doigts brûlés et soudés les uns aux autres après s'être extraits d'un char en feu… Tous ces hommes devaient être transférés en un convoi sans fin de camions et d'ambulances à l'espace restreint et acheminés dans les ornières boueuses, souvenirs révolus d'anciennes routes, où il fallait lever le pied. Jo se rappelait la fois où il leur avait fallu battre en retraite. Leur groupe d'infirmières jeunes et inexpérimentées avait cousu ensemble des draps pour former une croix destinée à marquer l'endroit où les blessés attendaient d'être transportés. Elles pensaient fièrement que le mince tissu servirait de bouclier pour protéger leurs hommes des bombardements. Le commandant était arrivé, livide, il avait hurlé sur les filles naïves qui avaient étalé non pas une croix rouge, mais la croix blanche signalant un terrain d'aviation et considéré comme une cible légitime par la convention de Genève.

Aujourd'hui, il n'y avait plus de draps blancs.

Dehors, les bruits des explosions d'obus se mêlaient à ceux du tonnerre en une cacophonie mortifère. Les premiers temps, les filles grimaçaient, se baissaient, et parfois sautaient dans les gourbis creusés à même le « plancher » de l'antenne chirurgicale. Mais il n'y avait plus d'endroit sûr, plus maintenant, et elles se déplaçaient, hébétées, inconscientes de la mort qui planait. Elles emballaient le matériel le plus indispensable – les scalpels, les clamps et l'énorme stérilisateur à vapeur qui leur permettrait d'utiliser tout le reste, une fois qu'elles se seraient réinstallées, quelque part ailleurs. L'ambulance était prête à partir et les médecins à son bord appelaient Queenie.

— Tu veux voyager devant, chérie ?

— Oui, viens sur mes genoux !

— Non merci, docteurs, répliqua-t-elle, sa voix comme du miel. Je préfère encore affronter les Allemands. Je serai très bien à l'arrière, avec mes garçons. Viens, Jo.

Jo attrapa sa musette verte. Comment ses affaires pouvaient-elles toutes tenir dans un récipient de la taille d'un sac à main ? Mais c'était le cas : un livre, son rosaire, quelques lettres usées en provenance du Pacifique, une photographie passée, des linges hygiéniques, une chemise de nuit, des sous-vêtements ternis, un tee-shirt de rechange, deux rations C, l'absurde négligé, un stylo. Jo mit son casque qui servait également à faire chauffer l'eau et dont la jugulaire avait depuis longtemps été brûlée. Queenie, qui se trouvait déjà dans le camion, lui tendait une main secourable quand Jo entendit une voix grinçante dans son oreille :

— Pas si vite, mademoiselle.

C'était Grand-Père.

Si un jour elles avaient su son vrai nom, aucune des filles ne s'en souvenait plus aujourd'hui. Il était simplement Grand-Père, surnom dont il avait été affublé quand elles avaient appris qu'il avait fait partie du corps médical durant la Grande Guerre ; elles disaient en plaisantant (derrière son dos, bien entendu) qu'il était assez vieux pour avoir servi pendant la guerre de Sécession.

— Vous pouvez rester avec moi, mademoiselle McMahon. Nous prendrons le prochain camion.

Jo soupira. Elle ne s'était pas rendu compte qu'elle était la dernière infirmière dans la tente. Bien sûr, elle ne partirait pas avant le dernier de ses patients, c'était impossible, mais elle aurait préféré passer la longue attente jusqu'au retour du camion en compagnie de n'importe quel autre chirurgien, même avec un de ces aimables pères de famille qui l'ennuyaient gentiment avec leurs histoires de tabac et de pêche à la mouche, là-bas, chez eux. N'importe qui sauf Grand-Père, qui radotait au sujet du Sud profond, de sa noblesse et de ses « agréments raffinés ». En fin de compte, ses souvenirs dataient peut-être effectivement de l'époque qui avait précédé la guerre de Sécession.

— Je vais rester, commença Queenie, mais le camion s'était déjà mis en marche. Par ailleurs, deux patients s'agrippaient à elle, la regardant fiévreusement, comme si elle était l'unique repère qui les rattachait à la réalité dans ce monde tourbillonnant.

— Elle fera parfaitement l'affaire, mademoiselle Carroll, lança Grand-Père d'un ton irrité.

Il avait éructé le nom de famille comme une insulte tandis qu'il attrapait le dossier de soins suspendu de guingois à l'une des civières.

— Tout ira bien ! articula en silence Jo à l'adresse de Queenie en faisant une grimace.

Queenie rit et son sourire illumina l'intérieur de l'ambulance glaciale où planait déjà l'odeur de la mort. Jo lui rendit son sourire avec un petit salut, puis le camion démarra. Queenie se penchait sur un des patients, sa main caressait doucement son front. Elle était partie.

Jo fit l'inventaire de ce qui restait de fournitures médicales en attente. Il n'y avait pas grand-chose. La machine à rayons X et toutes les tables d'opération sauf une avaient finalement été démontées et emportées ; la plus grande partie des médicaments et du matériel avait été emportée et il ne restait que deux trousses d'opération rangées dans leurs boîtes autour du mât central de la tente, ainsi que quelques lampes pour les interventions chirurgicales. Des détritus jonchaient le sol : désinfectant, bassins, seaux, savon. Un des générateurs continuait de fonctionner, et un des poêles à mazout refroidissait avant d'être transporté. Grand-Père se dirigea vers une armoire étiquetée « Linge » et reprit de son plus beau ton dictatorial :

— Mademoiselle McMahon, je ne suis pas sans savoir que vous et vos camarades infirmières vous référez à moi en tant que (il cracha le mot) « grand-père », terme dont vous vous servez pour donner une idée de mon âge sans pour autant m'attribuer le respect habituellement associé à cette estimée condition. Par conséquent, et en niant toute fatigue de ma part, je vais me comporter comme tel et m'asseoir un petit instant.

Après quoi, il s'assit avec raideur. Pour la première fois, Jo remarqua sa pâleur et ses traits tirés. Il était bien plus fatigué qu'en Italie, en Sicile ou en Afrique du Nord. Il avait toujours été vieux aux yeux des infirmières qui, elles, avaient à peine plus de vingt ans. Mais cette dernière poussée à travers la France en direction de l'Allemagne l'avait épuisé. Jo constata que ses lèvres étaient trop pâles et ses sourcils trop froncés. Il avait l'air d'un vieil homme qui, de façon soudaine et à son grand mécontentement, découvre qu'il est, effectivement, vieux.

— Oui, docteur, murmura Jo humblement en s'éloignant pour examiner les patients qui n'avaient pas été évacués et pour donner un peu d'espace au médecin.

Le rabat de la tente se souleva brusquement et un homme aux yeux d'un bleu saisissant entra d'un pas rapide.

— Vous êtes encore là ? Vous devez partir, dit-il, essoufflé et trempé.

— Nous sommes presque prêts, capitaine, répondit Jo à l'officier après avoir vérifié, en regardant ses épaulettes, qu'il n'appartenait pas à leur corps d'armée.

— « Presque » n'est pas suffisant, salope !

Ce fut comme une gifle en pleine figure. Après bientôt quatre ans de guerre et des milliers de morts brutales, Jo était plus choquée par cette injure que par les secousses qui ébranlaient la tente. Comme ses camarades infirmières, elle était habituée à travailler côte à côte avec des chirurgiens et des médecins qui les considéraient pratiquement comme des collègues. Ils les autorisaient à prendre leurs propres décisions et à pratiquer des interventions qui auraient été interdites à toute infirmière hors de ce cadre. (Jo avait fait sa première ponction lombaire les mains tremblantes ; elle avait effectué la dernière sans la moindre appréhension.) Même les Allemands – il fallait le reconnaître – se montraient respectueux, bien que quelque peu troublés par ces femmes officiers qui n'avaient pas leur équivalent dans l'armée allemande (les *Krankenschwestern* allemandes n'avaient aucun grade et, vêtues de leurs lourds uniformes, étaient considérées plus comme des bonnes sœurs que comme des infirmières). Lorsqu'elles étaient faites prisonnières, les officiers ennemis demandaient maladroitement aux infirmières américaines de donner leur parole d'honneur de ne pas tenter de s'évader ; puis, plutôt que les enfermer, ils leur assignaient des postes dans des orphelinats ou des hôpitaux civils de fortune pour y attendre la fin de la guerre.

Et cet homme venait à l'instant de la traiter de salope.

Péniblement, aussi vite que le lui permirent ses articulations fatiguées, Grand-Père se raidit, bouche bée, pour faire face à cet outrage.

— Comment… Comment osez-vous ? finit-il par balbutier.

Le capitaine, adoptant une posture agressive, fit un pas en avant.

— Que diable font encore ici tous ces hommes ? Vous devriez être partis depuis des heures. Je n'ai qu'une seule patrouille pour tenir ce secteur, et vous bousillez tous mes efforts avec vos ambulances qui bloquent les routes et attirent le feu ennemi.

Jo se remettait de son trouble momentané. L'incident ne ferait que l'endurcir encore un peu plus. Cet homme lui était inconnu et elle ne le reverrait plus jamais. Leurs chemins ne se croisaient que l'espace d'un instant, par hasard qui plus est ; elle serait bientôt de retour dans son unité médicale, avec les hommes – les centaines d'hommes – qui avaient besoin d'elle. Cet homme-là n'avait besoin de personne.

— Nous attendons le retour de notre camion, et ensuite vous serez débarrassé de nous, monsieur.

Elle ajouta le « monsieur » en le regardant droit dans les yeux qui – elle ne put s'empêcher de le noter – étaient remarquablement beaux, d'un bleu presque turquoise, mais froids, sans vie et sans expression, impénétrables même à la lumière.

— Alors vous attendrez dans le noir, chérie, dit-il en arrachant le câble du générateur.

Tout fut plongé dans l'obscurité. Jo entendit le capitaine tâtonner puis le moteur s'éteignit dans un crachotement de protestation. À la lueur d'un éclair, elle aperçut sa silhouette tandis qu'il soulevait le rabat de la tente et sortait, puis les ténèbres les enveloppèrent de nouveau. Une autre explosion leur parvint, mais de beaucoup plus loin cette fois, à peut-être un kilomètre au sud de leur position, sur la route. Elle fut suivie de deux autres, nettement moins fortes.

— Qu'est-ce que... ? bégaya Grand-Père d'un ton incrédule. (Puis, plus bas, d'une voix que Jo ne lui connaissait guère, presque un chuchotement :) Vous allez bien ?

— Quelle bêtise, bien sûr que je vais bien ! répondit Jo avec une désinvolture feinte, tâtonnant dans le noir en quête de la civière la plus proche. Quelle bêtise, répéta-t-elle.

Mais ce n'en était pas une.

Elle cherchait toujours la civière. Tous les rabats de la tente avaient été hermétiquement fermés pour empêcher la lumière de passer. Pour les mêmes raisons, les ambulances rouleraient sans phares. Ces deux mesures rendaient le comportement du capitaine d'autant plus absurde et... Mais non, elle n'y penserait plus, il était parti.

— Je suis désolée, soldat, fit-elle en s'adressant à l'obscurité devant elle. Nous allons devoir nous débrouiller sans pendant un moment. (Elle tenta de faire entrer une note de gaieté dans sa voix, comme l'aurait fait Queenie – en vain.) Pourriez-vous me dire qui vous êtes ?

Une voix de cockney[1] lui parvint dans la nuit, laissant transpercer un sourire compatissant bien qu'invisible.

— Je m'appelle Jonesy, mam'zelle. J'suis pas aussi mal en point que ces autres, là. Juste une jambe abîmée, vous vous souvenez, mam'zelle ?

Jo sourit. Le patient anglais. Ceux-là, les gars les appelaient des « Montgomery ». Elle se souvenait effectivement : une jambe cassée dont le lourd plâtre suspendu à du fil de fer se trouvait quelque part devant elle. C'était

1. Habitant des quartiers populaires de l'est de Londres, à l'accent caractéristique.

peut-être la façon de parler habituelle de Jonesy, mais la répétition de son « mam'zelle » avait été presque révérencieuse, comme s'il voulait contrebalancer la scène qui venait de se dérouler.

— Pourrez-vous tenir encore un peu ? Je suis désolée, mais nos torches et lanternes ont toutes été emballées, alors nous devrons nous accommoder pendant un petit moment de l'obscurité.

— N'vous en faites pas, mam'zelle. J'irai nulle part.

À nouveau, elle entendit le sourire dans sa voix.

Souriant elle aussi, elle passa avec plus d'assurance d'une civière à l'autre, capable d'évaluer plus exactement la distance entre celles-ci. L'Écossais continuait à proférer des jurons, ce qui prouvait au moins qu'il était conscient. L'anesthésie des deux patients postopératoires à côté de lui ne s'était pas encore dissipée ; elle chercha leurs poignets et releva leurs signes vitaux du mieux qu'elle put, estimant leurs pouls sans l'aide de sa montre. Au moins disposait-elle d'un stéthoscope. En traversant la tente, elle se cogna contre Grand-Père.

— Pardonnez-moi, mademoiselle, dit-il doucement, sans aucune trace de son habituelle brusquerie.

Elle joua ainsi à colin-maillard jusqu'à trouver les deux dernières civières. L'un des occupants dormait, mais sa respiration était bien trop rapide et haletante, et sous le stéthoscope sa poitrine faisait des bruits semblables à du papier d'aluminium que l'on froisse. Le dernier était conscient, mais son front était brûlant et humide de sueur ; quand elle palpa son abdomen, ses gémissements se muèrent presque en hurlements. Leur premier diagnostic avait donc été correct : une appendicite. Mon Dieu, il fallait que ça arrive maintenant… Elle le rassura tant bien que mal ; il semblait ne pas entendre, mais comment être sûr de quoi que ce soit dans cette nuit d'encre ?

Il flottait dans un océan de douleur, ses gémissements croissant et décroissant sans lien apparent avec ce que disait Jo. Elle alla rejoindre Grand-Père qui prenait le pouls d'un des patients inconscients.

— Voici une situation plutôt grotesque, mademoiselle McMahon, commença-t-il. (Il saisit un autre poignet dans l'obscurité, s'arrêta pour compter, perdit le compte et abandonna.) Ces patients – à l'exception de l'Écossais dont je n'aime pas l'aspect, ou plutôt le son – semblent stables, bien qu'à des degrés divers d'inconfort. Alors, plutôt que nous percuter continuellement en nous déplaçant dans le noir, je propose que vous restiez près de lui. De mon côté, je m'occuperai à tour de rôle de ces deux ici et du commandant avec l'appendice plus que mûr, là-bas. Oui, c'est un commandant ; ils étaient censés l'évacuer en premier.

Cela avait l'avantage de ressembler à un plan et leur donnait quelque chose à faire jusqu'au retour – mais quand ? – du camion. Jo se glissa à côté de son patient qui ne fut guère difficile à trouver. Elle se demanda s'il proférait de vrais jurons écossais ou si c'étaient des inventions de son esprit happé par la fièvre, à moins que ce soit les deux. Elle s'assit sur le sol en terre près de la civière. Puis elle pensa à Gianni.

Pourtant, elle avait tenté de ne plus penser à lui. Il fut un temps où elle avait même essayé de l'oublier, de le bannir de ses pensées chaque fois qu'il luttait pour y réapparaître – son corps défiguré aux plaies ouvertes où coulait le sang, flottant sur les eaux glacées de sa conscience. Mais elle avait perdu le pouvoir de s'opposer à son frère. Parfois, quand le tumulte de la guerre la rendait incapable de fonctionner autrement que par la mémoire ou l'instinct, elle bénéficiait d'un répit ; Gianni était certes toujours présent, mais caché dans un coin obscur de la tente, étendu sur la dernière civière de l'ambulance. En revanche, pendant les quelques heures de sommeil âprement grappillées, ou lors de moments d'inactivité forcée comme celui-ci, il revenait en force dans toute son horreur et sa gloire ; et elle l'aimait et le haïssait de la hanter, elle voulait qu'il la laisse en paix. Et pourtant, elle mourrait s'il le faisait.

« Qu'est-ce qui t'a pris, Josie ? »

Elle pouvait le voir maintenant, sa peau mate, son regard posé sur elle, ses yeux sombres emplis de colère, des yeux qui l'aimeraient, la feraient souffrir et la puniraient jusqu'à la fin de ses jours.

« Qu'est-ce qui t'a pris ? »

Il l'avait attrapée brutalement par le bras et l'avait maintenue face à lui en la secouant, secoué lui-même. Il devait se montrer courageux maintenant et il ne le pouvait pas parce qu'elle avait fait cette chose terrible, parce qu'elle aussi s'en allait.

« J'ai été appelé, je ne pouvais rien y faire. Mais maman et papa se retrouveront tout seuls si tu pars. Comment as-tu pu t'engager ? » Puis de nouveau le reproche : « Qu'est-ce qui t'a pris ? »

Elle avait bégayé quelque chose à propos de la guerre et du devoir, qu'ils faisaient appel aux infirmières, à des milliers d'infirmières, à une armée d'infirmières pour intégrer les rangs du corps médical ; que ses amies s'étaient toutes engagées, que c'était la chose à faire. Dans ses rêves, éveillés ou non, les mots n'étaient pas toujours les mêmes, ils étaient marmonnés, tournés, tordus. Ça n'avait pas d'importance : Gianni ne les entendait pas plus qu'il ne les avait entendus de son vivant.

Puis il s'était mis à pleurer. Elle ne l'avait jamais vu pleurer, jamais, même pas quand il s'était fracturé le poignet au parc (où ils n'étaient pas censés jouer, dans ce quartier d'enfants riches) ; il était devenu blanc comme un linge et avait voulu hurler de douleur, mais s'était retenu parce que sa petite sœur levait vers lui ses yeux bleus écarquillés, dont l'un était strié de marron.

« Ce n'est pas seulement pour maman et papa », avait commencé Gianni, sans pouvoir terminer. Il avait cessé de la secouer et la tenait serrée en sanglotant, des sanglots déchirants pires que sa colère. C'étaient des adieux. Ils avaient été tout l'un pour l'autre. Leurs parents (union arrangée et sans amour) avaient vieilli prématurément à force de s'échiner sur les chantiers navals et dans les ateliers. C'étaient les bonnes sœurs de St Cecilia qui avaient élevé les deux enfants d'immigrés. Pour l'affection, la compassion, la protection dans un monde nouveau et étrange, Gianni et « Josie » (petit nom que lui seul lui donnait, alors que, pour tous les autres, elle était « Jo ») n'avaient pu compter que sur eux-mêmes. Deux personnes, un seul esprit ; toujours d'accord, toujours ensemble et soudain sur le point d'être arrachés l'un à l'autre.

Dans ses rêves, c'était le moment où il mourait. Il mourait dans ses bras ; leurs parents entraient dans le petit appartement, plus âgés que jamais, fatigués, marmonnant qu'ils aimeraient venir à l'enterrement mais devaient faire un poste supplémentaire au travail, que veux-tu, si nous refusons, nous perdrons notre plan. C'était un cauchemar, bien entendu, mais aussi un rêve parce qu'il y mourait à cet instant-là et non plus tard sur un bateau avec ces centaines d'autres garçons qui hurlaient, s'étouffaient, glissaient sur les ponts trempés de sang, d'eau et d'essence tandis que les avions vrombissaient au-dessus de leurs têtes et que les explosions se succédaient, les jetant à la mer. Il était mort avant d'avoir touché l'eau, il avait sombré, écrasé par l'incroyable poids, sa bouche s'était remplie d'eau salée qui faisait disparaître le dernier mot qu'il dirait, qu'il lui disait maintenant, le même qu'il disait toujours :

« Josie. »

Jo se réveilla en sursaut. Elle n'avait pas vraiment dormi mais, assise dans le noir et le froid, son esprit s'était absenté. L'Écossais tentait de descendre de sa civière, il demandait ses chaussures en anglais avant de retomber dans son charabia qui ne ressemblait à aucune langue. Jo se leva et le repoussa sur sa couche ; en fait, « repousser » n'était pas vraiment le terme, il lui suffit de poser deux doigts sur sa poitrine pour qu'il émette un grognement avant de retomber sur le dos, délirant.

Gianni était mort. Ses parents aussi étaient morts pendant qu'elle se trouvait de l'autre côté de l'océan. De toute façon, peu lui importait désormais ; la mort était partout, et les endroits épargnés ne le resteraient pas longtemps. Elle remarqua que les bombardements avaient cessé au dehors, remplacés par des tirs de fusils. Le capitaine n'était pas revenu ; son travail était tout tracé : il devait défendre cet inutile coin de France (ou était-ce déjà l'Allemagne ?) avec seulement une vingtaine d'hommes par section. Le camion, lui, semblait mettre une éternité à revenir. Combien de temps s'était-il déjà écoulé ? Une heure ? Deux ? Elle avait du mal à évaluer le temps passé. Parfois, ses rêveries ne duraient que quelques secondes ; d'autres fois, elle pouvait passer une nuit entière à regarder Gianni mourir encore et encore. Le camion ne serait peut-être pas de retour avant des heures, même si les routes étaient restées intactes et s'ils trouvaient un chemin pour contourner la plaine, la boue et les Allemands. Elle voulut regarder sa montre, la tournant dans tous les sens pour capter la moindre lueur, mais en vain. L'obscurité les entourait, la tente elle-même enveloppée de ténèbres et de pluie, et plus aucun éclair ne déchirait le ciel noir. Au bout d'un long moment, le calme revint ; depuis quelque temps déjà, les bruits de tirs s'étaient éloignés. Peut-être continuaient-ils dans une lointaine ravine ou vallée trop profonde pour être entendus.

À en juger par la cadence de ses paroles, l'Écossais semblait prier : une supplique, la reprise de souffle laborieuse, un répons. Rien ne faisait sens aux oreilles de Jo, mais Dieu, au Ciel, saurait peut-être démêler tout ça. Quoi qu'il en soit, ça semblait importer à l'homme et elle essaya de deviner. Était-ce une litanie ? Un chapelet ? Cela faisait sans aucun doute profondément partie de lui pour remonter ainsi à la surface, quand tous les autres sens l'avaient abandonné. Sa voix montait et descendait au rythme de ses intercessions désespérées. À tâtons, Jo trouva sa musette, en sortit son rosaire et serra fortement les perles patinées entre ses doigts jusqu'à en ressentir de la douleur qui, l'espace d'un instant, lui permit de s'éclaircir les idées. Mais aucune prière ne lui vint aux lèvres ; du moins, ni les Notre Père ni les Ave par lesquels elle avait supplié et imploré quand le télégramme était arrivé, celui qui lui avait appris que Gianni était mort au combat. À ce moment, sa propre vie avait pris fin, cruellement, tandis que son corps avait été forcé de faire semblant d'être vivant. *Et ne nous soumets pas à la tentation, mais délivre-nous du Mal.* Du Mal… Elle était encerclée par le mal, il était partout. Il était en Allemagne, juste devant eux, et aussi au Japon, presque de l'autre côté du monde. Il était au fond de la mer, là où de sombres créatures se repaissaient des hommes perdus en mer ; il était dans les montagnes qui les entouraient et où se réfugiaient les traîtres, les déserteurs et les amants.

Mais, maintenant, le mal s'était aussi glissé parmi eux. Le capitaine avait semblé malfaisant – mais peut-être que, malgré toute son expérience, elle était encore naïve. Se pouvait-il que ceci fût le monde réel, celui pour lequel ils se battaient ? Peut-être qu'il avait atteint ses limites, même au cas où les puissances de l'Axe seraient à terme vaincues. Les Alliés étaient-ils devenus à peine meilleurs que le monstre qu'ils étaient déterminés à abattre ? Après tout, que venait-il de se passer à Dresde ? Malgré la censure du courrier et de la radio, il était notoire qu'une chose obscène y avait eu lieu, quelque chose de mal et de pernicieux qui ne leur ressemblait pas, du moins tels qu'ils s'imaginaient encore être ; le genre de chose que commettaient « les autres », pas eux, les garants de la justice et de la liberté, pas les libérateurs, le bon côté.

Était-elle encore quelqu'un de bon ? Existait-il encore quelqu'un qui le fût ? Dans cet enfer, le paradis était devenu inaccessible. Elle se revit enfant, sa chevelure somptueuse sévèrement domptée dans deux nattes serrées, son uniforme scolaire d'occasion trop ajusté sous les bras. Elle récitait les réponses dogmatiques à sœur Jonathan dont les cheveux blancs, avec la raie au milieu, dépassaient de sous sa guimpe. « La guerre est la punition pour les péchés, ma sœur », avait-elle récité. Des phrases comme celle-ci, elle en avait mémorisé des centaines. Quelqu'un avait dû commettre des péchés phénoménaux pour provoquer tout ceci. Ou était-ce leur faute collective, leurs péchés à tous, cette haine qu'ils partageaient ? Était-ce l'accumulation de tous leurs crimes stupides et mesquins, multipliés par des millions, toute cette luxure, cette jalousie, cette cupidité et traîtrise en une coulée massive et débordante ? Était-ce le cri du monde entier qui proclamait son credo suicidaire de haine, de vengeance, de meurtre, de pouvoir et de mort, avec des bombes de feu pleuvant du ciel en réponse à sa prière impie ?

Dehors, le vent se renforça, secouant la tente. Jo mourait de froid ; si le camion tardait encore beaucoup, elle devrait rallumer le poêle à mazout, ce qui ferait râler les garçons de salle qui seraient obligés de le charger encore chaud sur le camion. L'Écossais pleurait, pas comme un homme mais comme un jeune enfant épuisé couché dans son berceau, pitoyable, gémissant et tout petit. Le commandant poussa un cri bref ; il avait dû se mordre la main pour l'étouffer. Grand-Père faisait taire ses patients hébétés dont les voix résonnaient dans la tente silencieuse et qui demandaient où ils étaient, ce qui s'était passé, où se trouvaient Bob, Joey ou Ted. La pluie battante se répandait sous la toile et dans les chaussures de Jo. Il semblait s'être écoulé une éternité lorsqu'ils entendirent de nouveau du bruit à l'extérieur. Ce fut d'abord un faible bruissement couvrant le vent, puis des voix d'hommes autour de la tente. Parlaient-ils anglais ou allemand ? Que se passerait-il si on les faisait prisonniers à ce stade du conflit ? Sur le papier, la convention de Genève était toujours applicable et, en tant que non-combattants, Grand-Père et elle étaient protégés. Mais la nourriture – dont la privation représentait la première et la plus puissante des armes – faisait défaut ; dans un camp de prisonniers, à la fin d'un rude hiver, elle serait encore plus rare. Jo ne trouvait rien d'attrayant à l'idée de mourir de cette façon, loin de son travail, de ses compatriotes mourants, de sa cause agonisante.

Le rabat de la tente se souleva à la volée pour révéler une silhouette qui tenait son fusil dans une main et une torche dans l'autre. L'espace d'un instant, tous furent éblouis par le rayon de lumière qui disparut aussitôt. La silhouette se précipita de l'autre côté de la tente et souleva un autre rabat. Après ce qui parut une éternité, le fantôme se détendit sensiblement et ils l'entendirent se mouvoir jusqu'au centre de la tente où il alluma une torche et la posa debout sur le métal froid du poêle. C'était le capitaine américain.

Il regarda Jo et le docteur, puis à tour de rôle les six hommes alités, frottant son menton poilu d'un air absorbé, comme s'il s'apprêtait à lancer une enchère sur eux. Tandis que ses yeux s'habituaient à la lumière, Jo observa les civières, notant les perfusions à ôter, les plâtres à rajuster. L'un des patients postopératoires fixait la lumière de ses pupilles dilatées, médusé, incapable d'en détacher le regard. Le capitaine gardait le silence et semblait ne pas savoir par où commencer.

— Voici ce qui se passe, fit-il finalement, hésitant.

— Capitaine Clark ! le héla un de ses hommes d'une voix rauque depuis l'entrée de la tente avant de s'approcher et d'échanger discrètement quelques paroles hâtives avec son supérieur.

Le capitaine s'adressa de nouveau à eux.

— Bon, on n'y coupera pas… Voilà. Pour l'instant, les combats se sont déplacés au sud de notre position. Personne ne sait pour combien de temps. Ça peut revenir par ici à n'importe quel moment. Mais, à l'heure actuelle, et pour les prochaines heures, voire les prochains jours, ça devrait aller pour vous.

De l'avis de Jo, le comportement du capitaine contredisait les relatives bonnes nouvelles qu'il apportait : son regard continuait à passer du sol au rabat de la tente et ne faisait que les effleurer, elle et Grand-Père. Lorsqu'un des patients poussa un cri de douleur, il se retourna vers lui d'un mouvement presque agacé, leva la main comme sur le point de dire quelque chose, puis secoua la tête et reprit sa position.

— Quand pourrons-nous évacuer ? demanda Grand-Père, l'air de se demander quand ce capitaine disparaîtrait une nouvelle fois dans la nuit.

— Quoi ? lui renvoya l'officier. (Il pensait visiblement à tout autre chose et reprit à contrecœur pied dans l'instant présent.) Oh ! Évacuer. Non, non. Vous n'en ferez rien. Je veux dire, vous ne pouvez pas. La route est bloquée. Ou plutôt, elle a disparu. (Il se mit à faire les cent pas en scrutant les patients au passage comme si, par la seule force de sa volonté, il pouvait les faire se lever de leurs civières pour en être débarrassé.) Vous ne pouvez pas rester ici, fit-il comme à lui-même. N'importe lequel de ces hommes peut pousser un cri jusque dans son sommeil, et tout sera fichu. Les Boches peuvent être n'importe où. Nous sommes peut-être encerclés.

Il s'immobilisa.

— Mais vous avez dit que la route était bloquée, dit Grand-Père. Pour combien de temps ? Je veux dire, combien de temps faut-il pour qu'ils la dégagent ?

— « Ils » ? Il n'y a… il n'y a plus de « ils », mon vieux, bégaya le capitaine. Il n'y a que moi. En fait, nous nous trouvons dans un putain d'énorme trou, là. (Il ôta son casque et passa la main dans ses cheveux clairs en haussant la voix malgré lui.) Je veux dire, d'une manière ou d'une autre ils ont simplement défoncé nos gars, je suppose. Je n'y comprends rien. Merde, j'espère qu'on arrive à tenir quelque part, sur les bords, peut-être, mais pas ici. La ligne a disparu. Plus personne n'est censé être ici, pas nous, plus maintenant. « Ils » ne viendront pas – les seuls qui risquent de venir ce sont les Allemands. Et s'ils viennent…

Sa voix s'estompa et il remit son casque.

Jo essaya de penser à ce que ferait Queenie dans cette situation. Pas plus qu'elle, elle n'aurait apprécié cet officier grossier, mais elle savait dire les bonnes choses au bon moment. Queenie aurait remonté le moral au capitaine, elle leur aurait remonté le moral à tous avec une histoire à dormir debout sur les Allemands qui, à coup sûr, passaient loin au sud ; ou, à défaut, elle aurait dit qu'ils pourraient très bien se débrouiller sur place, avec le docteur et elle-même pour s'occuper des blessés pendant que l'officier courageux, bien que dépassé, les protégerait tous.

Jo regarda le capitaine. Celui-ci était perdu dans ses pensées, sa main libre couvrant ses yeux, son fusil pointant vers le sol, inutile. Elle essaya d'interroger sa conscience, comme l'aurait fait Queenie, de ressentir ce qu'elle aurait ressenti. Elle aussi pouvait se montrer tenace, elle se forcerait à l'être, parce qu'il existait des gens comme Queenie et qu'il en existerait toujours aux États-Unis d'Amérique et dans tous les endroits où son pays enverrait ses citoyens pour défendre la liberté. Elle prouverait qu'il y avait une manière d'agir honorable. (Malgré Dresde – « Ne pense pas à Dresde ! » Cela avait-il seulement pu avoir lieu ?) La justice régnerait ; Jo ne vivrait peut-être pas pour le voir, mais cette guerre touchait à sa fin, et la bonté en sortirait vainqueur.

Elle étira ses épaules endolories et redressa son dos, revenant à la vie, puis se mit au garde-à-vous pour la première fois depuis longtemps. Le capitaine s'ébroua comme un terrier ; ayant visiblement pris une décision, il se tourna vers le rabat de la tente.

— Capitaine, demanda Grand-Père l'air de rien, le regard fixé sur l'un des hommes alités, qu'est-ce qui a bloqué la route ?

— Hum ? (L'espace d'un instant, l'homme parut réellement déconcerté, comme s'il avait déjà expliqué tous les détails et que ceux-ci n'auraient pas été compris.) Ah, je ne vous l'ai pas dit ? Le convoi médical. Il a été bombardé. Quand nous sommes arrivés sur les lieux, tout le monde était mort.

— Tous les hommes étaient morts, rectifia Jo avec un sourire nerveux.

Elle se dirigea vers lui, une boule dans le ventre. Elle pouvait imaginer les ambulances en feu, retournées, empilées sur le bord d'une route dévastée, mais, dans son esprit, les infirmières continuaient à courir d'un soldat blessé à un autre, comme elles l'avaient toujours fait et le feraient toujours. À leur tête se trouvait Queenie, son visage couvert de suie, la serviette autour de sa tête défaite et laissant échapper quelques mèches noires agitées par le vent, belle et sauvage et radieuse dans l'éclat des feux alentour, appelant les filles pour se rassembler autour d'elle, souriante.

— Tous les blessés ont été tués. Les chauffeurs aussi.

Le capitaine dévisagea Jo comme si elle était une petite fille très bête et très pénible qui posait des questions idiotes à un homme pressé. On aurait pu prendre l'expression dans ses yeux éteints pour de la pitié, mais ce n'était en fait qu'une irritation profonde. Avec un effort évident, il ravala le deuxième mot dans la phrase qu'il prononça, se contentant d'un seul mot :

— Tous.

Puis il écarta le rabat de la tente et sortit dans la nuit.

2

Kay Elliott

Mai 1942, tunnel de Malinta, Corregidor[1]

Kay courait, elle avait toujours couru et elle courait encore – vers la mort, une mort sombre, étouffante, sans air ni lumière et dépourvue d'espoir. Pourtant, ce qu'elle fuyait était bien pire. Elle courait sur la pente de la colline, son cœur battant à se rompre. Sa jupe ajustée limitait sa foulée et gênait sa fuite en entravant ses cuisses à chaque pas. Jamais elle n'avait couru aussi vite, et elle devait aller plus vite encore mais ne serait jamais capable d'être assez rapide. L'herbe drue et les plantes grimpantes fouettaient ses jambes nues striées de sang. Derrière elle, un singe – ou était-ce un homme ? – se mit à hurler. La jungle fut le théâtre d'une énorme déflagration, puis d'une autre, et la chaleur lui brûla la peau exposée entre son col et les *victory curls*[2] qui, mystérieusement, étaient toujours en place, maintenues par des épingles. La sueur ruisselait sur son visage, les rayons de soleil sur ses paupières humides voilaient sa vue. Un bruit terrifiant, révoltant, pulsait dans ses oreilles, couvrant le rire cruel du singe et l'explosion des dépôts de munitions derrière elle. C'était un bruit de

1. Îlot rocheux dans la baie de Manille.
2. Coiffure bouclée obtenue à l'aide de gros bigoudis, en vogue dans les années 1940.

halètements et de pleurs alternés, et elle se rendit compte que c'étaient les siens. Au-dessus d'elle, devant elle, les singes se balançaient d'une liane à l'autre en la raillant. Mais peut-être qu'eux aussi étaient effrayés et tentaient d'échapper à la destruction de leurs gîtes ? Une autre explosion, plus forte que la précédente, la souleva en l'air telle une sauteuse en longueur, les jambes moulinant dans le vide, puis la jungle s'abattit sur elle dans une myriade de petits blocs colorés ; des serpents noirs flottaient vers le ciel en dansant ; les arbres éclataient en des millions de tessons de verre qui restaient suspendus. Quand elle tenta de crier, le manque d'air dans ses poumons l'en empêcha. Elle était morte.

Puis elle se réveilla. En ouvrant les yeux, elle eut du mal à savoir si elle était vivante, si l'obscurité totale dans laquelle elle se trouvait était autre chose que le résultat d'un anéantissement absolu. Elle s'assit et son front fut douloureusement égratigné par la paroi du tunnel, là où il se voûtait vers sa couchette, au-dessus des lits superposés. Plus désespérée que Perséphone, elle comprit qu'elle se trouvait toujours dans les Enfers. Ici, on les appelait Malinta. Elle haïssait l'endroit avec une force plus puissante et étouffante que l'air qu'il la forçait à respirer. Malinta : *linta*, du tagalog signifiant « sangsue » ; *ma*, « plein de ». Elle aurait préféré que les longs couloirs du tunnel fussent habités par ces parasites suceurs de sang plutôt que par les horreurs qui l'attendaient. Elle aurait préféré qu'ils la vident de sa force vitale plutôt que d'affronter la puanteur, la saleté et la fatalité d'une mort lente.

Quelque part au-dessus de sa tête, elle pouvait entendre le grondement de la vaste montagne, avant que les secousses ne descendent dans ses entrailles nécrosées. Creusée profondément dans la roche, leur forteresse imprenable était sur le point de céder. Cela faisait déjà vingt-quatre heures qu'ils avaient capitulé devant les Japonais, et pourtant ceux-ci continuaient à les bombarder, encore et encore, comme ils le faisaient depuis des semaines. Dehors, la mort les attendait sûrement ; pour les femmes, ce serait le viol puis la famine. Avec un peu de chance, on lui tirerait une balle dans la tête, et Kay se dit que cela vaudrait la peine si ça lui permettait une dernière bouffée d'air frais.

L'odeur dans le tunnel était insupportable. Ils étaient pris au piège comme des rats depuis le mois d'avril. Au début, elle avait cru que, à cause de sa claustrophobie, elle ne survivrait pas à la première nuit, que l'air lui manquerait. Elle avait survécu, mais l'air était sensiblement le même que quand ils s'étaient enfermés dans ce tombeau. La pestilence qui émanait du tunnel latéral où ils avaient abattu les mules affamées ; les gaz d'échappement des ambulances ; la puanteur d'urine, de vomi et de pourriture d'un millier de lits d'hôpital… C'était cet air qu'ils respiraient, qui les asphyxiait, qu'ils expiraient avec des haut-le-cœur avant d'inhaler de nouveau. Dans cet air ils dormaient, mangeaient, essayaient de réfléchir ; ils y versaient leurs larmes et crachaient leur désespoir, avec dans la bouche un goût de métal. Et peu importait combien vicié et putrescent cet air devenait, leurs corps les forçaient à l'inhaler à répétition, contre leur gré. Elle se souvint comment leur chirurgien en chef – un homme qu'elle appréciait pour sa décence, originaire de Nouvelle-Angleterre, tout en pomme d'Adam et taches de rousseur, avec une femme à la maison et leur premier bébé en route – avait un jour complètement perdu la tête ; s'arrachant à leurs mains qui tentaient de le maîtriser, ignorant leurs cris d'avertissement, il avait ouvert la porte du tunnel et était sorti… pour être mitraillé sur-le-champ. Après ça, les Japonais avaient autorisé les infirmières et les officiers à passer « vingt minutes dehors chaque jour ». À cette annonce, ils étaient restés incrédules ; la seule pensée de sentir les brises du Pacifique et le soleil sur leurs visages, ne serait-ce qu'un court moment, les emplissait d'un espoir qui avait cédé la place à l'horreur face à ce qu'ils découvraient. Non seulement le corps gonflé de leur camarade chirurgien, mais des centaines de cadavres en décomposition d'où s'élevaient des essaims de mouches, des corps dont les chairs brûlées par le soleil servaient de festin aux rongeurs ; un tapis de carnage interminable le long de la route qui menait à Malinta. Des soldats gisaient aux côtés des civils – hommes, femmes et enfants – qui avaient tenté de se réfugier chez les Américains, dans le dernier endroit sûr, avant de se heurter à la lourde porte close. Ils avaient été impitoyablement massacrés par leurs agresseurs et leurs corps pourrissants remplissaient l'air d'une pestilence pire que dans les recoins les plus répugnants du tunnel. Kay avait vu les orbites vides dans le visage noir et décomposé d'un bébé encore sanglé à sa mère par un châle orange d'une beauté incongrue. Elle avait vomi ses tripes en maudissant les Japonais pour leur cruauté, se maudissant d'être toujours en vie. Voilà la générosité des Japonais, voilà l'objectif de leurs vingt minutes de liberté : les démoraliser. Quand les Japonais avaient rejeté la demande des Américains d'enterrer les corps, sous menace de mort en cas de transgression, le portail avait été fermé et muni de barreaux. Kay n'était plus jamais sortie. Plutôt mourir.

Son vœu allait être exaucé.

En descendant de sa couchette, elle n'eut guère besoin de s'habiller : elle l'était déjà, elle portait la tenue d'infirmière qu'elle avait revêtue en 1941. Cette pensée lui fit secouer la tête. Après une autre explosion, quelque part en surface, la compression de l'air plaqua sa jupe sur ses jambes, et elle dut bouger sa mâchoire pour déboucher ses oreilles. Elle se dirigea vers les couloirs hospitaliers où des centaines de lits de camp occupés par des soldats blessés s'alignaient à l'infini dans une sorte d'étude de perspective macabre. Sur le chemin, elle croisa deux officiers qui tripotaient leur matériel de télégraphie dans la chaleur et la lumière crue d'une énorme lampe, ajustant des boutons et tirant sur des fils. Kay, qui avait travaillé dans un bureau de télégraphe pendant les étés, chez elle à Mount Carmel, put discerner : « Ils arrivent – stop – dites adieu pour moi – stop. »

Stop. L'idée que sa vie semblait sur le point de se terminer, que la vie en dehors de Malinta pouvait, d'une certaine façon, être encore plus « pénible, brutale et courte »[1] qu'à l'intérieur aurait dû la remplir de terreur, mais ce n'était pas le cas. Il devait y avoir quelque chose qui ne tournait pas rond chez elle, songea Kay mollement avant de hausser les épaules. Tant de choses ne tournaient pas rond chez elle qu'il valait mieux en finir bientôt. Elle était – la vie était – au-delà de toute rédemption.

Ses patients étaient effrayés, car la rumeur de la capitulation était parvenue jusqu'à eux. Du moins, ceux qui étaient encore vivants à son arrivée – elle avait dû appeler les garçons de salle pour enlever les corps collés à la couche par leur propre sang. Les hommes retiraient de leurs doigts des bagues qu'ils lui fourraient dans la main avec des instructions précises : donnez ça à Pamela Murphy, à Reading, Pennsylvanie ; à Eloise Drew, Rapid City, Dakota ; dites-lui de vendre la ferme, de se remarier, de l'appeler Hank, de se souvenir de moi, de m'oublier ; dites-lui que je l'aime. Avec des hochements de tête

1. Citation du *Leviathan*, du philosophe anglais Thomas Hobbes (1588-1679).

apaisants, Kay entendit sans les retenir les innombrables noms de personnes et de lieux et les dernières volontés frénétiques. Quel destin ces hommes imaginaient-ils aux infirmières ? Pensaient-ils que les Japonais les renverraient chez elles indemnes, leurs poches remplies de médailles scapulaires en argent, de montres en or et d'une centaine de bagues de lycée ou d'université ?

Elle ne sut jamais comment elle parvint à passer cette journée, ni où elle trouva les miettes de compassion et d'humanité dont elle se croyait pourtant dénuée pour les communiquer à ces hommes. Mais elle y parvint. Tout comme les autres infirmières, elle avait la certitude glaçante que, quel que soit le terrible destin qui les attendait, elles, aux mains de leurs ennemis, ces hommes vivaient leur dernier jour sur terre. Les Japonais ne s'encombraient pas de prisonniers de guerre blessés, incapables de tenir debout et de marcher. Alors Kay, comme ses camarades, fit des promesses, mille promesses aussi vides que ses sourires : oui, elle irait à Jersey City après la guerre, elle réconforterait la mère éplorée, elle irait trouver le vieil ami, l'oncle, la sœur, l'amante. Elle irait dire au frère qu'il était pardonné et à Rosie que, après tout, il se reconnaissait comme le père de ce bébé ; que l'argent était caché derrière *La Fiancée de Lammermoor* dans la bibliothèque ; que le testament se trouvait dans le garde-manger, dans le pot de farine ; que la clé du coffre était dans le vieux chêne creux, celui qui se trouvait au milieu du pré en contrebas, à côté du ruisseau. Elle fit mille promesses insensées d'un millier de choses qu'elle ne ferait jamais et dont elle ne se souviendrait pas, en donnant sa parole d'honneur. Elle écouta sans les entendre les reliquats d'un millier de vies inachevées, les choses qu'ils n'avaient pas dites ou faites et qu'ils ne diraient ni ne feraient jamais. Elle changea sans relâche des pansements, comme si ç'avait une quelconque importance, comme s'il leur restait assez de temps pour s'imbiber de nouveau en menaçant d'infecter la plaie, et elle distribua ce qui subsistait de médicaments, de sulfamide, de tout. C'étaient des soins palliatifs, pas des soins infirmiers. Elle distribua tout, sauf les minuscules ampoules de morphine.

À la fin de leur service, elle et les autres infirmières prirent toutes celles qu'elles purent trouver et, dans la lumière blafarde de leur couloir dortoir, elles les épinglèrent dans leurs boucles. Les ampoules étaient petites, transparentes et fragiles, et elles s'aidèrent mutuellement à les enfoncer dans leurs coiffures blondes, noires ou auburn. « Serrez-les bien, les filles », se disaient-elles, déterminées, en pensant à leur infirmière en chef qui, l'année précédente, leur avait conseillé en plaisantant : « Mangez vos biscuits, les filles, pour quand les Japs vous feront prisonnières. » Elles avaient ri de cette éventualité inenvisageable et avaient fait l'impasse sur les petits pains au beurre, rassasiées par leurs repas plantureux agrémentés de poissons tropicaux, de fruits et de noix huileuses à profusion. Elles s'étaient plutôt inquiétées de rentrer dans leurs robes de soirée pour le gala de l'ambassade, le bal des officiers ou celui des infirmières. Maintenant, en pensant à ces biscuits, les larmes coulèrent sur les joues hâves de Kay.

— Mais c'est mal. Le suicide est un péché, dit timidement Rosaria, la petite infirmière à la peau mate, dont la pilosité allait jusqu'aux favoris et dont l'accent italien faisait surface quand elle était effrayée.

Tacitement, elles étaient toutes d'accord, qu'elles fussent catholiques, juives ou juste bon chic bon genre. C'était mal, défendu ; elles ne pourraient jamais passer à l'acte, sous peine d'être damnées pour l'éternité. Puis elles pensèrent au Viol de Nankin, à ce qui était arrivé à des milliers de femmes, de filles et de fillettes aux mains des Japonais – et elles ajoutaient une autre ampoule dans leur chevelure.

Les déflagrations s'enchaînèrent pendant toute la nuit. Il était curieux, songea Kay, de se rendre compte à quel point les couloirs et halls étaient silencieux, maintenant qu'ils avaient capitulé. Plus de klaxons, de jeeps filant à toute allure en évitant de justesse les infirmières, frôlant presque les têtes des hommes couchés en rang sur les côtés et qui ne bronchaient guère, plongés dans un sommeil épuisé rappelant la mort elle-même. Ce soir, tout était calme. Les gens priaient, ou évoquaient des souvenirs, ou encore chuchotaient discrètement par petits groupes ; ils s'armaient de courage pour affronter ce qu'apporterait le matin qu'ils verraient se lever dans les ténèbres, à l'instar de tous les matins passés dans ces tunnels. Kay tâta les feuilles de température vierges sur le verso desquelles elle comptait un peu plus tard écrire une lettre à Jo McMahon, sa meilleure amie là-bas, au pays. Elle n'aurait jamais l'occasion de la poster, mais ressentait néanmoins le besoin de l'écrire pour mettre de l'ordre dans son esprit et démêler l'écheveau de ses pensées oppressées. Elle ne voulait pas mourir dans cet état. Il lui restait du temps pour écrire. Personne ne dormirait cette nuit.

Elle songea au jour où l'occasion s'était présentée à elle de quitter Malinta. Les Japonais n'avaient pas encore découvert l'amarrage secret des sous-marins, et une tentative désespérée devait être effectuée pour évacuer les civils. Pas tous, évidemment, mais les plus « importants » dans la hiérarchie qui existait ici, tels que la famille et les amis de l'ambassadeur, ou les femmes séparées de leurs maris ou de leurs pères. Douglas MacArthur lui-même. En compagnie des infirmières, ils devaient prendre la mer et ne plus jamais remettre les pieds à Malinta. Kay y avait réfléchi : quel bonheur c'eût été de pouvoir manger et boire, dormir, se laver et vivre comme un être humain, pas comme un ver de terre… Pourtant, elle n'avait pas pu s'y résoudre. Bien qu'elle fût incapable de ressentir beaucoup d'empathie envers qui que ce soit, tellement ses sens étaient engourdis, elle avait décidé de rester, ainsi que cinquante autres infirmières, afin de s'occuper des blessés et d'assister les chirurgiens pendant les opérations, poser des perfusions et découper les plâtres. Elles accompliraient leur devoir en attendant leur propre mort. Kay avait découvert, subitement, que tout ce qui lui restait dans la vie était son statut d'infirmière militaire, et elle n'avait pas pu y renoncer.

Elle se demanda ce que pouvait bien devenir Jo. Celle-ci, Kay le savait, ne lirait jamais les excuses de l'amie qui s'était tant fait mousser parce qu'elle avait décroché une mission en or dans le Pacifique. Mission en or ! Jo avait été tellement fâchée de devoir terminer sa deuxième année avant de pouvoir solliciter un poste outre-mer. Kay la voyait encore, là-bas, dans l'hôpital de New York où elles travaillaient, dans sa tenue blanche amidonnée, tapant du pied de frustration, une boucle de cheveux brillants s'échappant de sa coiffe. « Ce n'est pas juste, Kay ! » avait-elle presque crié, emportée par son tempérament italo-irlandais doublement explosif. Ses yeux avaient lancé des éclairs et elle n'en avait été que plus belle. « Ce n'est pas juste que tu puisses y aller sans moi ! »

Tu avais raison, Jo, j'aurais dû rester avec toi. À deux nous étions plus fortes. Tu m'as appris à être forte. Ensemble, nous pouvions tout affronter.

En fermant les yeux, Kay pouvait encore sentir l'odeur pénétrante des antiseptiques et le froid des étagères métalliques sur lesquelles elle passait un doigt imaginaire. Elle était de retour dans la réserve de l'hôpital. C'était l'hiver, les sous-sols trop éloignés des chaudières étaient glacials, et elle frissonnait dans ses bas blanc pâle. En dépit de ce que Jo et elle avaient résolu pour des raisons de sécurité, Kay était descendue seule aux sous-sols après que le tuyau d'un des réservoirs d'oxygène était parti en miettes dans la main de la surveillante générale qui lui avait ordonné d'aller en chercher un autre. Kay avait allumé l'ampoule nue de la réserve qui grésillait par intermittence, la chaînette oscillant après avoir été tirée. Puis, soudain, elle l'avait senti, elle avait entendu sa respiration. Comment avait-il su qu'elle viendrait ici alors qu'elle-même l'ignorait ? Mais il était là, lui barrant l'accès à la porte de la réserve, la repoussant contre les étagères. Elle ne pouvait plus respirer. Il était trop près d'elle, sa masse dure et sombre écrasait son dos contre le mur en ciment, contre les étagères. Elle se débattait : « Non, ne faites pas ça », mais les mots n'étaient pas sortis de sa bouche parce qu'elle n'arrivait plus à respirer. Elle tentait de le repousser, elle sentait son haleine sur sa nuque, ses mains brutales s'affairant sur ses jarretelles. Juste au moment où il tendait la main pour tirer sur la chaînette et arrêter le grésillement de l'ampoule et les plonger dans l'obscurité, un bruit derrière lui l'obligea à se retourner et il découvrit Jo, les poings sur les hanches, accompagnée d'une autre infirmière, et Jo disait d'un ton froid : « Docteur », rien que ce mot, « Docteur ». Il fixait Jo avec de la haine dans les yeux, ou peut-être du néant. « Vous ne direz rien, infirmière, rien, dans votre propre intérêt. Souvenez-vous de ce qui est arrivé à la dernière qui a osé parler, personne ne l'a crue, c'est votre parole minable contre la mienne, vous n'êtes rien. Si vous parlez, vous ne travaillerez plus jamais dans cette ville. » Il repoussa Kay et, l'instant d'après, le masque était de nouveau en place. Personne n'aurait pu croire que derrière la façade de l'homme digne, qui redressait sa cravate, derrière l'image du chirurgien adulé que lui conféraient son savoir-faire et sa réputation de demi-dieu, se cachait une brute ignoble. Il passa devant les infirmières, boutonnant sa longue blouse blanche, ses chaussures cirées cliquetant sur le sol en béton peint. Kay glissa le long du mur rugueux, serrait ses bras autour de ses genoux et Jo était là qui la tenait, lui caressait les cheveux, pleurant doucement en disant : « Nous ferons quelque chose, ma chérie, nous ferons quelque chose. Nous devons faire quelque chose. »

Kay se secoua. Elle ne voulait pas évoquer la suite, ce qui s'était passé après, ce qui les avait liées si intimement que, même maintenant, séparées par la moitié du globe terrestre, chacune faisait encore partie de la vie de l'autre. Jo avait été à ses côtés et l'avait soutenue ; elles s'étaient soutenues mutuellement, avaient été là l'une pour l'autre, puis Kay était partie. Non, Jo avait raison, ce n'était pas juste.

Que dire alors des lettres que Kay avait envoyées, en partie par amitié et en partie pour épater son amie ? Est-ce que c'était juste, ça aussi ? Des plages volcaniques, des palmiers gracieusement incurvés, le bleu *magnifique de Pearl Harbor*... Voici où j'ai été affectée, Jo, avait-elle écrit tandis que les pensées se bousculaient dans sa tête. *Nos services ne durent que quatre heures à cause de la chaleur et – accroche-toi, Jo ! – nous ne sommes pas obligées de porter des bas !* Dans le genre taquin, ça lui avait paru suffisant, et de toute manière elle n'avait pas eu la place de parler des bungalows sur pilotis au-dessus de l'eau cristalline et scintillante, ni des serviteurs, ni des cabines privées, ni des officiers lors des soirées dansantes, tout excités par l'arrivée de tout ce personnel féminin. Pour chaque danse, Kay avait eu trois prétendants. « Pauvre Jo, coincée dans le morne New York », avait soupiré Kay, s'efforçant en vain d'éprouver de l'empathie pour son amie, riant de sa propre bonne fortune : la fille pauvre de la Pennsylvanie rurale s'était transformée en Cendrillon, et sur fond de paradis, qui plus est. Sa seule préoccupation désormais, c'était de savoir quelle robe elle allait choisir pour aller au bal, la robe en soie ou celle en organdi…

Il fut une époque où c'était le plus gros de ses soucis.

Kay croisa une des infirmières qui terminait son service.

— Ça va, Elliott ? Tu es en repos, non ?

— Mmm ? Oui, je sais. Il fallait que je marche un peu. Je n'arrive pas à dormir.

Elle déambula sans but précis dans ces couloirs dont elle connaissait si bien chaque recoin que jamais elle ne pourrait s'y perdre, et qui feraient désormais partie d'elle comme une tumeur enfouie et maligne. Elle avança dans le tunnel construit avec des équipements d'extraction de l'or acheminés depuis Baguio et du TNT en poudre réformé enveloppé dans du vieux papier journal, ainsi qu'avec un millier de détenus de la prison de Bilibid. Le génie de l'US Army avait bâti ce labyrinthe cauchemardesque sans jamais imaginer qu'une femme à l'allure fantomatique pourrait un jour y chercher son chemin dans l'obscurité en attendant sa propre mort annoncée. Comment auraient-ils pu se douter que ce bunker conçu comme un entrepôt deviendrait le dernier bastion de la liberté face à l'empire nippon ? Comble de l'ironie : c'était à ces mêmes Japonais qu'ils avaient acheté le ciment pour sa construction !

Kay croisa des membres de l'équipe administrative dans le couloir, ils se hâtaient les bras chargés de piles de papiers estampillés USAFFE[1]. La majorité des documents classés « confidentiels » avaient certainement déjà

1. *United States Army Forces in the Far East* : Forces armées des États-Unis en Extrême-Orient.

été brûlés, ce devait être les derniers. Elle dépassa un groupe d'hommes occupés à ouvrir des boîtes de sardines dont le terme était passé et à déchirer laborieusement des paquets de biscuits scellés.

— Vous en voulez, mademoiselle ? Mieux vaut nous aujourd'hui que les Japs demain, proposèrent-ils.

Brusquement prise de faiblesse, elle secoua la tête en souriant, et ils retournèrent à leur Cène. Kay eut une pensée pour les sous-marins qui avaient été coulés alors qu'ils tentaient de ravitailler les occupants de Malinta ; parmi la demi-douzaine – peut-être plus – qui s'étaient lancés dans cette entreprise, un seul était arrivé jusqu'à eux. Elle avait entendu des marins dire qu'ils retireraient toutes les torpilles, à l'exception de celles déjà dans les tubes de lancement, et les remplaceraient par quarante à soixante tonnes de nourriture. Quarante à soixante tonnes... À l'exception d'un seul, tous ces sous-marins chargés à bloc avaient été détruits par les Japonais. Elle pensa à ces paquets inaccessibles – des boîtes de viande, du riz, du café et du chocolat – qui avaient dû en réchapper, même si les hommes qui avaient voulu les livrer à bon port étaient morts. Toute cette nourriture devait avoir échoué sur la plage d'une île lointaine ; elle flottait peut-être encore, inutile, au milieu de l'océan Pacifique.

Kay s'arrêta dans la partie dégagée du tunnel principal qui, pendant les premiers jours à Malinta, avait servi de zone d'admission des blessés. À la lumière tamisée des lampes, on distinguait encore les taches de sang sur le sol. Les infirmières avaient été débordées, bien plus que pendant la panique et le chaos du 7 décembre[1] ; tant de blessés, de blessés graves. Kay se souvint d'avoir hurlé,

1. 7 décembre 1941 : date de l'attaque de Pearl Harbor par l'aviation japonaise.

presque délirante : « Apportez-moi les vivants ! » tandis qu'elle se penchait sur des corps encore chauds. Elle se souvint des réfugiés qui passaient en courant, les yeux écarquillés, se déversant par centaines dans le tunnel avant la fermeture des portes : des jeunes, des vieux, des bébés accrochés au dos de leur sœur ou de leur frère aîné, des mères de famille enceintes tenant la main d'un petit à peine capable de marcher, avançant pieds nus et remerciant leur bonne étoile d'avoir réussi à éviter les Japonais et à arriver jusqu'ici. Bien sûr, ils ne pouvaient pas savoir ce qui les y attendrait des mois plus tard ; ils ignoraient que les Japonais avaient non seulement été témoins de leur fuite vers Malinta mais l'avaient facilitée, ouvrant leurs lignes pour laisser passer cette humanité désespérée, sachant que leurs ennemis au cœur tendre les laisseraient bêtement entrer dans leur place forte et que chaque bouche supplémentaire à nourrir accélérerait la capitulation des Américains.

Ils étaient cruels jusque dans leur clémence.

Le secteur des admissions était désormais vide. Les réfugiés se blottissaient dans des couloirs latéraux, priant leurs dieux ou le Dieu apporté par les missionnaires, n'importe quelle déité qui pourrait les sauver, qui les écouterait et pourrait entendre leurs suppliques sous le grand rocher de Corregidor. La première fois que Kay était allée sous terre, sa poitrine s'était serrée, paniquée qu'elle était de se retrouver dans ce monde insolite. Pendant des années, son père avait travaillé dans la principale mine de charbon, pour quelques *cents* qui devaient, tant bien que mal, permettre à sa famille de vivre. En revanche, pour chauffer leur propre maison, il avait, avec l'aide de son fils, creusé son propre puits illicite sur la propriété de son frère, de l'autre côté de la ville. Lors d'une journée torride de juillet, le frère de Kay l'avait emmenée à l'intérieur du puits. Au début, tout allait bien, grâce à la lanterne de leur père qui les éclairait et la fraîcheur qui pénétrait leurs os. Mais ils étaient descendus de plus en plus bas et Kay avait perdu tout sens des proportions et de la perspective ; ses oreilles bourdonnaient et un poids écrasait sa poitrine. « Il faut que je sorte, Pete », avait-elle dit d'une petite voix, mais il ne l'avait pas prise au sérieux, lui reprochant de se comporter en fille. Toutefois, la claustrophobie, une peur irrationnelle et innommable – pas celle d'un effondrement des galeries, ni celle des chauves-souris ou des gaz toxiques, qu'elle aurait pu supporter – s'était emparée d'elle tout entière. Elle avait fait demi-tour et s'était échappée en courant, en aveugle, et son frère l'avait appelée, lui demandant de les attendre, lui et la lanterne, d'arrêter de faire la gamine, d'arrêter tout de suite. Son cœur battant dans sa gorge, incapable de prononcer le moindre mot, s'efforçant de respirer, elle avait grimpé en direction des rayons obliques du soleil. Elle avait continué à paniquer longtemps après que la chaleur et l'humidité avaient de nouveau caressé son visage. « Il faut que je sorte. »

Maintenant, après des semaines passées dans ce tunnel, elle était sur le point d'en sortir. Mais Kay savait que, cette fois-ci, il n'y aurait pas de Mount Carmel écrasé par la chaleur qui l'attendrait quand elle émergerait des ténèbres, pas de petite ville somnolente de Pennsylvanie nichée haut dans les montagnes, pas de clocher ni de cloches qui sonneraient pour la réveiller de son cauchemar ; pas de route poussiéreuse qui la mènerait aux endroits qu'elle avait connus et chéris toute sa vie.

C'était la guerre. Et Kay Elliott était sur le point d'en devenir la prochaine victime.

3

Jo McMahon

Printemps 1945, front occidental

Aux premières lueurs de l'aube, Jo ouvrit les rabats de la tente. La pluie avait cessé mais la toile était encore mouillée, et l'eau glacée ruissela sur ses bras quand elle détacha les liens au-dessus de sa tête. Elle se figea, fixant la matière rugueuse devant elle, peu encline à se retourner et à affronter la nouvelle journée. Ils étaient tous morts. Le capitaine l'avait dit. Tous les patients qu'ils s'étaient tellement démenés pour tenter de les sauver ; les chirurgiens aux mains expertes, désormais immobiles ; les infirmières écrasées par le poids des camions, des pierres et des gravats… Grand-Père s'était écroulé à l'annonce de la nouvelle. Il avait posé sa main sur son cœur et s'était effondré. Alors que son propre monde tournoyait devant ses yeux, Jo l'avait ranimé. Il était debout maintenant – il s'était levé avant Jo dans la lumière gris acier, se déplaçant silencieusement d'un patient à l'autre –, mais il n'était pas lui-même. Deux fois, il lui avait demandé l'heure d'arrivée du nouveau lot de patients et avait voulu savoir ce qui retenait les chirurgiens : de son temps (avait-il vitupéré), les médecins ne lambinaient pas ! Et elle l'avait surpris à parler de la bataille de la Somme comme si celle-ci était en cours. « C'était pendant la dernière guerre, docteur », avait-elle fait remarquer aimablement, regardant ses yeux rétrécis derrière les verres des lunettes. « N'imaginez pas que vous pouvez me dire de quelle guerre je parle, espèce de petite… », puis il s'était tu, conscient de son erreur. Pendant un moment, ses idées avaient semblé s'éclaircir, mais, à peine une heure plus tard, il avait ordonné à Jo d'aller se reposer : elle avait assez travaillé, elle devait se faire remplacer par une autre infirmière, les autres filles devenaient paresseuses.

Jo était immobile. Elle entendit le médecin fredonner une mélodie, le claquement de la toile quand il sortit de la tente pour se rendre Dieu seul savait où ; elle perçut les premiers mouvements, les premiers gémissements, les premières plaintes des hommes. Ils avaient faim et froid, leurs pansements et leurs bassines devaient être changés, leurs médicaments administrés. L'état de certains demandait qu'on les opère, et tous avaient besoin d'un miracle pour les sortir de là vivants. Jo était à court de miracles.

— Mam'zelle, chuchota une voix faible, mam'zelle.

Elle déglutit et chercha en elle le courage de se retourner sur la tente vide de tout personnel et qu'elle aurait tant voulu voir bondée et trépidante, avec ses garçons de salle, ses chirurgiens, dentistes, médecins, infirmières. Surtout les infirmières, qui préservaient la cohérence des corps et des esprits. Du coin de l'œil, elle vit Gianni, debout, qui la regardait, le pouce pensivement appuyé sur ses lèvres. Il avait passé la nuit, comme ça, flottant juste hors de portée ; contrairement à son habitude, il n'avait pas rejoué ses derniers moments mais avait attendu avec impatience. Il l'attendait, elle. Queenie et les autres infirmières l'avaient déjà rejoint ; en revanche, un coup du sort avait voulu qu'elle, Josie, s'en fût sortie, et il l'attendait.

— Mam'zelle, fit la voix, plus insistante, dans laquelle perçait la douleur.

Qu'est-ce qu'on lui voulait ? Sa jeunesse, sa beauté, sa santé n'étaient plus que des souvenirs, et sa volonté de vivre même l'avait abandonnée. Qu'est-ce que ça pouvait faire, maintenant, que les Allemands gagnent ? Rien ne changerait. Les Allemands avaient froid et faim et ils mouraient, tout comme eux. Leurs femmes perdaient leurs bébés, leurs mères perdaient leurs fils. Qu'on meure ici ou chez soi, on n'était pas moins seul. « Viens à moi, viens là où tu ne seras plus jamais seule… »

Jo frissonna. Pas à cause de l'air frais qui pénétrait par les petits rabats, ni à cause de l'eau qui avait coulé le long de ses bras, laissant des traces sombres sous les aisselles de son chemisier vert délavé. Elle tremblait de tout son corps, ses dents claquaient, ses mains tressaillaient, et elle serrait les paupières pour ignorer le monde. Elle était perdue. Elle avait perdu tous ceux qui comptaient dans sa vie. L'Amérique perdait la guerre. Si elle mourait, personne ne s'en émouvrait ; ceux qui auraient pu étaient partis. Brusquement, elle se retrouva en dehors d'elle et se vit comme si elle était quelqu'un d'autre, une héroïne noble et tragique, poussée au-delà du supportable. C'était bien plus facile d'y penser de cette façon, moins douloureux parce qu'elle n'était plus une étrangère faible et perdue mais juste un personnage de pièce de théâtre qu'on pouvait plaindre, pauvre chose. Ses tremblements cessèrent et elle inspira profondément. Elle avait pris une décision. Elle le ferait : elle en finirait avec la vie et le rejoindrait. Gianni sourit et avança vers elle de sa démarche dégingandée. Jo eut un regret fugace de n'être pleurée par aucun vivant, puis se retourna pour faire face à son frère.

— Mam'zelle !

Cette fois, il s'agissait d'un cri. Jo fit vivement demi-tour, agacée d'avoir été interrompue, une injure au bord des lèvres.

— Dieu du ciel…, fit-elle à la place.

À un autre moment, dans un autre endroit, ce qu'elle vit aurait pu être comique. Jonesy avait décroché sa jambe du fil au-dessus de son lit dont il était sorti à moitié, étendue sur la civière de son voisin. Là, il se démenait pour repousser le maudit Écossais qui avait décidé, dans son délire, qu'il fallait donner une leçon à l'asthmatique. L'Écossais abattait à répétition sa bassine sur la tête du pauvre homme impuissant qui respirait bruyamment, les bras levés pour se défendre contre cette fureur silencieuse et implacable. Depuis la civière d'à côté, le commandant les observait avec des yeux vitreux puis il vomit, roula sur sa couche et se désintéressa de l'affaire ; l'un des patients opérés fixait le plafond de la tente, ses lèvres remuant dans la prière ou l'hallucination, tandis que l'autre, la tête et les yeux couverts de pansements, tentait de sortir du lit et tombait sur le matériel de chirurgie entassé par terre. Grand-Père était invisible.

— Mam'zelle ! hurla Jonesy frénétiquement.

Ce n'était peut-être pas drôle, mais l'absurdité de la situation eut sur Jo l'effet d'une douche froide. Sans réfléchir, l'infirmière en elle passa à l'action. Elle lutta avec l'Écossais et le força à se rallonger sur sa civière, puis aida Jonesy à regagner la sienne ; elle ramassa l'aveugle et nettoya les saletés du commandant. Elle se démena pour reposer sur le treillis de fil de fer la jambe alourdie par le plâtre encombrant pendant que Jonesy, avec sa voix apaisante, papotait, décontracté.

— Désolé de vous causer des soucis, mam'zelle, j'ai bien vu que vous aviez besoin d'un petit moment pour vous, mais y avait pas moyen de retenir ce damné – pardon, mam'zelle –, cet infernal Écossais. Personne ne peut savoir ce qu'il pensait être en train de faire, pauvre diable ; peut-être bien qu'il s'imaginait combattre le Führer en personne. Mais comme ma mère disait toujours : tant qu'il y a de la vie, il y a de l'espoir. À l'époque, je trouvais ça vraiment pas original mais, mon Dieu, depuis que j'ai vu un peu de cette guerre, je sais maintenant combien elle avait raison. Y a pas plus important que la vie, en fait ; je veux dire, on se rend à peine compte qu'on est en vie avant qu'un fou essaie de vous la prendre, et c'est bien dommage. Quand ma jambe a été touchée, j'ai pensé que mon heure était venue. Mais non. Et ce n'est pas encore fini pour moi, pas si j'ai mon mot à dire. D'accord, cette guerre nous a tous mis dans le pétrin, y a pas à dire, n'empêche, je ne suis pas encore fini. (Il se tut pour reprendre sa respiration et lui adressa un grand sourire.) En tout cas, je suis bien content que vous vous soyez retournée, mam'zelle ; j'avais besoin de votre aide.

Jo remit la jambe plâtrée dans sa suspension et fit un pas en arrière. En entendant Jonesy réduire toute la guerre mondiale à un « pétrin », elle eut une boule dans la gorge. Après l'avoir entendu lui dire qu'il avait besoin d'elle, elle prit une décision. Ici six personnes avaient besoin d'elle. Ce n'était peut-être qu'une goutte d'eau dans un vaste océan – après tout, ils ne connaissaient même pas son nom –, mais, pour ces hommes, elle était d'une importance capitale. Pour eux, ça ferait une différence. Et c'était le seul moyen de rendre hommage à Queenie et à tout ce que celle-ci représentait. Ceci serait pour elle une raison de vivre, si insignifiante fût-elle.

« Je ne perdrai pas ces six hommes », se promit Jo avant de répéter à haute voix :

— Je ne les perdrai pas.

— De quoi parlez-vous, mademoiselle ? demanda Grand-Père en entrant dans la tente, avec des boîtes d'un vert délavé coincées sous ses bras eux-mêmes chargés de cartons et de paquets de la même couleur. Venez donc m'aider.

— Où étiez-vous passé ? demanda Jo en regardant la viande en boîte, les biscuits, le riz, les haricots.

— J'ai glané, mademoiselle, j'ai glané, répondit Grand-Père sur un ton presque enjoué. Nous devons faire marcher un hôpital, et le diable m'emporte si je laisse un capitaine à la noix garder toute la nourriture pour ses hommes.

D'un air incrédule, Jo sourit au vieil homme.

— Comment avez-vous réussi à lui arracher tout ça ?

— Ç'a été facile. Ils étaient tous là à chuchoter et à me faire signe de me baisser avec leurs fusils. Eh bien, j'ai refusé de jouer leur jeu en leur disant que j'étais venu pour de la nourriture et que je resterais là à gueuler jusqu'à ce qu'ils m'en donnent. (Le docteur gloussa, ravi, en y repensant.) Vous auriez dû voir la vitesse à laquelle ils m'ont apporté ces provisions. (Il arracha l'emballage d'un paquet de biscuits.) Noël ! cria-t-il aux hommes, caracolant en cercle tel un satyre. Mangez, c'est Noël !

— Docteur..., commença Jo. (Si les Allemands se trouvaient quelque part à proximité, ils allaient finir par se faire repérer. Pas étonnant que le capitaine ait abandonné toute cette nourriture aussi rapidement.) Docteur !

— D'accord, ne mangez pas si vous n'avez pas faim, mademoiselle McMahon, dit-il, devenant subitement désagréable et jetant les biscuits par terre. Mademoiselle McMahon, préparez le commandant pour l'intervention. Il faut opérer cette appendicite.

Pour la première fois depuis le début de la guerre, Jo ressentit de l'effroi. Certes, elle avait eu peur avant, lors de leur premier débarquement amphibie en Afrique du Nord. (Pas en Normandie – là, ils savaient à quoi s'attendre.) Elle avait eu peur quand les infirmières avaient débarqué en même temps que les fantassins, les plus menues croulant sous des fardeaux aussi lourds qu'elles, les hommes plongeant pour les hisser à la surface. Après, la démence des plages ; dans leurs uniformes d'hommes, il n'y avait pas eu moyen de distinguer les infirmières qui luttaient maladroitement pour sortir des brisants, semblables à des chats noyés. Les balles sifflaient autour d'elles, quelqu'un avait crié l'ordre de se plaquer à terre au milieu des déflagrations. Un soldat était tombé sur elle, l'aplatissant dans le sable, lui sauvant la vie. Elle était restée étendue dans le sel et le sang pendant une éternité, coincée sous le poids de l'homme en attendant un répit dans la fusillade. Elle avait décidé de courir pour se mettre à couvert au milieu des arbres et avait remercié le soldat de l'avoir protégée avant de se rendre compte qu'il était sans doute déjà mort quand il s'était effondré sur elle. Pendant les deux jours suivants, cachée dans une villa crasseuse et infestée de poux, elle avait attendu la première vague de blessés, et elle avait de nouveau ressenti la peur, celle de la guerre. Mais son cœur et son esprit lui appartenaient encore à ce moment. Gianni était encore vivant, quelque part à bord de son transport ; les infirmières chantaient encore tandis que leurs camions traversaient avec fracas et tous feux éteints les paysages sauvages et désertiques. Elle avait eu peur, mais celle-ci était toujours restée en dehors d'elle et concernait ce que d'autres pourraient leur faire à elle, aux autres infirmières, à leurs hommes. Elle ne pensait jamais au mal qui pourrait l'atteindre en dedans. Pas comme maintenant. Elle était effrayée et ne savait pas quoi rétorquer à Grand-Père.

Une chose était sûre : si l'appendicite du commandant n'était pas promptement opérée, il mourrait. Sa fièvre ne baissait guère et son abdomen était si dur et douloureux au toucher qu'il ne la laissait même plus l'examiner et attrapait son poignet chaque fois qu'elle essayait de seulement baisser sa couverture. Mais Grand-Père n'était pas apte à opérer, à l'évidence coincé mentalement dans une époque antérieure, tour à tour coléreux et étourdi. Il n'était pas en état, mais son patient – un de ceux qu'elle avait juré de ne pas perdre – mourrait s'il ne l'opérait pas.

— Oui, docteur, murmura Jo, essayant de gagner du temps. Laissez-moi juste examiner les autres patients pour m'assurer qu'ils sont bien installés.

Elle avait besoin de quelques moments de répit pour reprendre ses esprits et trouver une idée lumineuse. Elle rejoignit la civière de l'homme aux pansements et s'assit à côté de lui.

— Je suis désolée, soldat, je n'ai pas eu un instant. Tout ceci doit être bien déroutant pour vous. (Pour lui ? Elle-même ne savait plus où elle en était.) Nous... Nous serons occupés à opérer pendant quelque temps. Y a-t-il quelque chose que je puisse faire pour vous avant de commencer ?

L'homme tendit sa main mutilée, la glissa le long du bras de Jo et lui prit la main. Qu'était-elle en mesure d'apporter à cet homme sans visage, défiguré et probablement aveugle désormais ? Même en disposant d'un hôpital général tout entier, personne ne pouvait rien pour lui.

— Oui, mademoiselle, lui parvint la réponse à voix basse. Je suis allongé ici, je réfléchis, et il y a une chose. (En esprit, Jo recula. Non, elle ne pourrait pas l'embrasser. Elle serait incapable d'ôter ses pansements et d'embrasser les chairs meurtries. Même Queenie dans son meilleur jour ne pourrait pas. « Mon Dieu, pas ça... ») Je me demandais..., continua-t-il timidement, pourriez-vous me dire où je suis ?

Les pensées incontrôlables de Jo s'apaisèrent instantanément, tellement elle était surprise. L'homme poursuivit lentement, résolument :

— Je ne vois rien, vous savez. Je sais que je ne retrouverai peut-être plus jamais la vue. Mais le pire est de ne rien pouvoir faire, de ne pas savoir ce qui m'entoure, où je suis. Et ça m'aiderait aussi à me sentir moins inutile, mademoiselle. Vous savez, je ne suis pas trop mal en point – par ailleurs, je veux dire. Et j'ai l'impression que vous ne savez plus trop où donner de la tête. Moi, je ne suis utile à personne pour le moment. Avant je l'étais, croyez-le ou non. Mais j'aimerais au moins savoir où j'ai mis les pieds. (Les bandages se tendirent légèrement, comme si en dessous il souriait.) Littéralement.

Jo fut décontenancée par la banalité de cette demande. Comment imaginer que cela ait pu avoir la moindre importance au milieu de ce chaos.

— Vous êtes dans un hôpital de campagne, soldat... Comment vous appelez-vous ?

— James, mademoiselle.

— James. Vous êtes dans un hôpital de campagne, ou plutôt ce qu'il en reste. Avant, il y avait d'autres tentes, mais... Enfin... L'ouverture la plus proche se trouve à cinq mètres de votre lit de camp, par là, dit-elle en orientant le blessé dans la direction de celle-ci. De chaque côté de votre lit, il y en a deux autres, et encore trois à l'autre bout de la tente. Votre voisin... Eh bien, il voit des choses en ce moment, ce n'est pas sa faute, c'est la fièvre ; nous essayons de le surveiller, mais il n'a de toute façon pas beaucoup de forces, alors s'il vous ennuie retenez-le jusqu'à ce que j'arrive, d'accord ? Le patient à votre droite est plutôt en mauvais état, c'est un parachutiste blessé et le prochain que j'examinerai. Il ne devrait pas vous embêter. De l'autre côté de l'allée, il y a trois hommes : celui que nous allons opérer – juste une appendicectomie – (mon Dieu, *juste* ?), un autre qui a un peu de mal à respirer, et le troisième souffre d'une fracture de la jambe. C'est un tommy[1], mais c'est un type bien. Il n'y a plus qu'un médecin et moi, maintenant, je ne sais pas si vous avez entendu…

— Oui, mademoiselle, je n'ai pas pu m'empêcher d'écouter. Je suis désolé.

Rapidement, Jo enchaîna :

— Les Allemands semblent avoir fait pas mal d'incursions récemment, et nous essayons d'être le plus silencieux possible jusqu'à ce que les routes soient… eh bien, jusqu'à ce qu'on puisse évacuer tout le monde. J'allais oublier, le poêle est juste devant votre lit près du mât de tente, je suis sûre que vous pouvez le sentir. Faites-y attention, James.

— Oui, mademoiselle, j'ai suffisamment de brûlures comme ça.

Elle lui serra la main. Comment pouvait-il plaisanter ? Le monde s'écroulait et lui, il plaisantait. Sans savoir pourquoi, elle s'est sentie fière de lui, une fierté irrationnelle, comme s'il était un jeune garçon qui aurait récité sa poésie sans aucune hésitation. Sans réfléchir, elle lui serra de nouveau la main, sans remarquer sa grimace de douleur sous les pansements ; l'affection et la gratitude que le blessé éprouvait pour l'infirmière tempéraient la souffrance que lui infligeait sa main à vif.

— Bonjour, soldat, recommença Jo en s'asseyant au pied du lit du patient suivant. (Elle relut sa courbe et se leva précipitamment.) Je suis désolée, mon père.

À sa première lecture, elle avait manqué le titre et eut du mal à croire que ce jeune homme pouvait être un aumônier militaire. Mais elle avait sous la main les

---

1. Soldat britannique.

informations récoltées avant l'opération : aumônier catholique, date de naissance 4 juin 1920. Elle scruta de nouveau son visage rond de garçon de la campagne couvert de taches de rousseur et son petit nez retroussé. En temps de paix, ses cheveux coupés court auraient été bouclés et ses joues roses, comme baignées par le soleil. Elle se retint de l'appeler « fils », répétant à la place :

— Mon père. Y a-t-il quelque chose que je puisse faire pour vous ?

Elle avait déjà changé ses pansements à la lueur de la torche abandonnée par le capitaine. Ses blessures abdominales étaient effroyables. On avait l'impression qu'il avait été passé dans un broyeur, tailladé par des dizaines de couteaux. Ils l'avaient rafistolé au mieux, en espérant qu'il recevrait des soins plus appropriés à l'hôpital d'évacuation. Ils l'avaient bourré de pénicilline et il y avait de bonnes chances pour qu'il en réchappe, du moins physiquement. Pour l'instant, il était étendu là, de tout son long, silencieux, les mains soigneusement jointes sur sa poitrine, comme prêt pour ses propres funérailles. Son regard, fixe, ne se posait jamais sur Jo. Il ne tournait même pas la tête quand elle parlait. Elle examina ses yeux : ses pupilles étaient normalement dilatées et réagissaient comme il fallait à la lumière de la torche. Ce n'était donc pas un problème cérébral ; quelque chose de plus profond avait été endommagé. Lui l'aurait probablement appelé l'âme. Elle posa une main sur la sienne et sentit un raidissement, presque imperceptible.

En traversant la tente, Jo évita de regarder le commandant, le corps tordu sous les draps, gémissant, et choisit de lui tourner le dos en s'asseyant sur le lit de son voisin dont elle ausculta les poumons.

— Comment avez-vous donc fait pour vous retrouver dans cette guerre ? demanda-t-elle sans ménagement.

— J'ai menti.

La réponse lui parvint, tout aussi directe.

— Je vois. Je suppose que vous avez toujours eu de l'asthme, même petit ?

— Oh oui, mademoiselle. Ça faisait très peur à ma mère. (Il dut s'arrêter pour respirer, de petites aspirations rapides où l'oxygène ne parvenait guère aux vaisseaux sanguins, chaque inspiration et expiration pratiquement inutile.) J'étais préposé à la défense passive, mais j'avais l'impression de ne pas en faire assez. Ma petite amie non plus, d'ailleurs. Je veux dire, les gens commençaient à jaser : pourquoi je ne faisais pas mon devoir… ?

— Mais c'est absurde ! Vous ne pouvez pas vous battre si vous n'arrivez même pas à respirer !

— Ça, je ne l'ai su qu'après, mademoiselle. (Ses lèvres bleues se courbèrent légèrement.) Je m'en sortais pas trop mal quand j'allais bien, mais depuis que j'ai attrapé ça…

Il ne put continuer, sa poitrine se souleva et s'abaissa rapidement. Il eut l'air d'un poisson hors de l'eau, se noyant dans un univers d'air qu'il lui était impossible d'utiliser.

— Bon, ça suffit pour l'instant… William ? dit-elle en regardant le nom sur la feuille de courbe.

— Bill, si ça ne vous fait rien, mademoiselle, ou Billy, si vous voulez bien.

— Je vais voir ce que je peux faire. Bon, j'ai différentes choses à régler d'abord, mais dès que j'aurai un moment je vous apporterai de l'eau chaude. Chez moi, j'avais l'habitude de garder ces affreux jumeaux dans l'appartement à côté qui souffraient de croup, et il n'y a rien que je ne puisse soulager avec une serviette et un peu de vapeur.

Billy tenta de sourire, ses lèvres foncées se détachant affreusement sur son visage pâle. Jo tapota son pied sous la couverture et poursuivit sa tournée.

— Tout va bien, Jonesy ? demanda-t-elle.

— Oui, mam'zelle. Je peux faire quelque chose pour vous ? fit-il, aussi empressé qu'un épagneul.

— Que Dieu vous bénisse, Jonesy, oui. (Elle ramassa le fruit des rapines de Grand-Père éparpillé par terre.) Tenez, je ne sais pas quand nous aurons un autre arrivage de nourriture, alors ceci doit durer, mais pourriez-vous ouvrir un ou deux de ces paquets ? Tous ceux dans cette tente en état de manger devraient en avoir un peu. Vous aussi, Jonesy.

— Oh, j'ai mangé il y a deux jours, mam'zelle, répondit-il avec un sourire.

Avec un air de contentement, il commença à trier les divers cartons et boîtes sur sa couverture. Y avait-il eu un temps où une telle repartie pouvait passer pour une plaisanterie ? Jo ne se le rappelait pas.

Elle devait à tout prix temporiser. À moins d'être prête à risquer la vie du commandant, il ne lui restait plus qu'un patient. Elle prit la courbe et, penchée sur le corps maintenant inerte de l'Écossais, lut à haute voix :

— David MacPherson. Eh bien, David, on peut dire que vous êtes un sacré emmerdeur.

— Pas autant que toi, rétorqua celui-ci.

— David ? fit-elle, abasourdie. (Elle s'assit à ses côtés et souleva ses paupières.) Vous m'entendez !

— Pas autant que toi, Bumpy. Tu es encore plus lourd. Lève-toi et laisse-moi tranquille.

Jo soupira. Bien sûr, la pénicilline ne pouvait pas agir aussi rapidement, même avec les fortes doses qu'elle lui avait administrées pendant la nuit. Il ne lui restait plus que quatre cachets dans la boîte au fond de sa poche de pantalon. Serait-ce suffisant ? Une autre boîte aurait peut-être fait l'affaire, mais il n'y en avait plus ; c'était la première chose qu'ils avaient empaquetée. Et que deviendrait le commandant sans pénicilline, en supposant qu'il survive à l'opération ? Elle songea combien leurs vies avaient changé depuis 1943, quand Washington avait commencé à leur envoyer le remède miracle. Au début, ils ignoraient ce que celui-ci pouvait accomplir et le considéraient comme interchangeable avec le sulfamide – une drogue de dépannage, quelque chose pour atténuer les infections. Avant de s'en rendre compte, ils l'utilisaient pour tout : les blessures par balle, les maladies infectieuses, les traitements postopératoires, les maladies vénériennes. Et, miracle, le taux de mortalité était tombé à quatre pour cent. Quatre ! Cela signifiait que les chances de survie d'un soldat blessé sur le champ de bataille étaient de quatre-vingt-seize pour cent. C'était incroyable.

Jo secoua la tête, tâtant la boîte cabossée avec un respect mêlé de crainte. Si un jour ils parvenaient à gagner cette guerre, ce serait en grande partie grâce aux minuscules pilules qu'elle contenait, l'« arme secrète » tant convoitée par les Allemands qui, jusqu'ici, n'avaient pas été capables de la reproduire.

— Allez, David, on réessaie.

Elle soutint sa tête avec le bras et porta la gourde à ses lèvres.

— Non, Kit, dis à Bumpy que c'est son tour.

Au moins, elle comprenait ce qu'il disait aujourd'hui, même si le sens de ces mots lui échappait. Ses yeux bleus étaient grands ouverts, son regard la traversait plutôt que de se poser sur son visage tandis qu'elle l'observait.

— D'accord, d'accord, David, mais seulement si vous prenez ça.

— Non, je ne veux pas le prendre. Faites-le prendre à Bumpy.

— Je le ferai, il est le prochain, je vous le promets. Ouvrez juste la bouche.

— C'est dégoûtant. Je n'aime pas ça.

— Ce n'est pas dégoûtant, David, dit-elle en reposant doucement sa tête tandis qu'il avalait. Ça vient peut-être de vous sauver la vie.

Jo avait l'habitude de traiter des dizaines, des centaines de malades en un seul service. À force de pratiquer, elle était devenue trop efficace. Elle en finit avec ses cinq patients bien avant d'être prête. Jonesy avait distribué les maigres rations et il ne restait plus que son patient en attente d'une opération. Chaque fibre de son corps, sa conscience professionnelle et son bon sens se révoltaient à l'idée d'exposer le commandant à un tel risque ; pourtant, l'éviter ne ferait qu'en créer un autre, plus grave. Elle devait essayer de parler à Grand-Père. Il fallait qu'elle évalue la gravité de son désordre mental et les chances de succès de l'opération.

Dans un coin de la tente, les infirmières avaient accroché trois draps. L'un était fixé au plafond, comme ceux suspendus au-dessus des tables d'opération, deux autres pendaient à angles droits pour créer une petite enceinte. Le bureau des infirmières, avaient-elles l'habitude de plaisanter, bien qu'il ressemblât davantage à une cabine d'essayage dans un magasin de charité. Là, elles pouvaient se concerter rapidement à l'écart des médecins et des patients, discuter de leur emploi du temps ou échanger des conseils au sujet des cas difficiles. Dans un monde dépourvu d'intimité, elles disposaient ainsi d'un endroit où se réfugier l'espace d'un instant, que ce fût pour jurer un bon coup, dire une prière silencieuse ou réajuster la bretelle d'un soutien-gorge, avant de ressortir, prêtes à affronter le défi suivant. Maintenant, Grand-Père était assis dans ce saint des saints sur les énormes caisses d'emballage sur lesquelles Jo avait dormi de façon intermittente la nuit dernière. Comme un gamin, il donnait des coups de talon dans les containers en métal vert. Jo déglutit avec difficulté et se posta devant lui, incertaine quant à la manière d'entamer le sujet.

— Est-ce que le commandant est prêt, mademoiselle ?

— Docteur… (Jo hésita.) Je suis sûre que vous me pardonnerez pour ce que je vais vous dire, mais je pense que vous n'êtes pas en état d'opérer.

En réalité, elle était tout sauf certaine qu'il ne réagirait pas à cet outrage. Après tout, comment pouvait-elle, simple lieutenant (« Ce n'est qu'un grade relatif, mademoiselle ; Dieu me garde d'appeler une femme "lieutenant" »), oser remettre en question son jugement à lui, le médecin ? À sa surprise, il cessa de cogner contre les caisses, leva les yeux vers elle et gloussa aimablement.

— Vous avez peut-être raison. Je ne sais plus quand j'ai été aussi fatigué. Je suis tout simplement lessivé. (Puis il sembla se ragaillardir.) Êtes-vous déjà allée à Savannah, mademoiselle ? Non ? C'est bien dommage, vraiment dommage. Je suis de Tybee Island, pour être exact, qui, tout comme Savannah, avait été épargnée par les Yankees. C'est ce qu'on appelle une île barrière. Le nom signifie « sel » dans la langue ancienne des Indiens Yuchi. C'est un endroit merveilleux. J'y pense beaucoup depuis ce matin.

Jo observa le visage du vieil homme à la recherche d'un signe d'instabilité mentale. Toutefois, il semblait n'avoir jamais été aussi lucide depuis qu'il avait reçu le choc initial. Comme s'il lisait dans ses pensées, il lui accorda un sourire bienveillant et paternel.

— Ne vous inquiétez pas, mademoiselle, je sais où je suis. Je suis là avec vous, en enfer. Je ne suis pas sur une des plages de ma jeunesse, à regarder les dauphins faire des bonds hors de l'eau ou les pélicans plonger dans la mer. Je ne suis pas un petit garçon qui nage avec les tortues de mer ou qui court sur le sable jusqu'à Fort Screven et se fait punir par sa maman pour être rentré en retard. Saviez-vous que le canon rayé a été tiré pour la première fois depuis Tybee Island, le 11 avril 1862 ? Il a été tiré depuis l'île sur Fort Pulaski qui s'est rendu en trente heures – trente heures, mademoiselle, vous imaginez ? – et a rendu obsolètes toutes les fortifications en brique du même genre.

À l'évocation de ces prouesses militaires, les yeux du vieil homme brillèrent comme si c'était un événement d'importance qui aurait eu lieu la veille. Il prit la main de Jo, tapotant doucement les doigts meurtris de sa propre main ridée.

— Maintenant, ne vous faites plus de souci pour moi, mademoiselle. Je pense pouvoir effectuer une dernière opération. Allez-y, préparez le patient. C'est comme ma maman disait toujours.

Il s'interrompit et sourit à cette évocation.

— Qu'est-ce qu'elle disait, docteur ?

— Comment ? Oh, ma maman ? C'était une sacrée femme, vous pouvez me croire. Eh bien, c'était une comptine, sa préférée… Voyons si j'arrive à la réciter pour vous. Ça commençait : « Quand tu te lèves de table… » Donnez-moi un instant, lieutenant, ça va me revenir.

Jo quitta le petit enclos, plus étouffant qu'elle n'avait cru. L'air dans la tente était bien plus frais. Elle avait la même sensation que lorsque, petite fille, elle jouait sous les draps, usant tout l'air jusqu'à ce que la chaleur fût si suffocante qu'elle ne le supportait plus et se débarrassait des draps et de la couverture et inspirait de grandes goulées d'air, soulagée. Elle se dirigea vers le commandant qui s'agitait sur sa couche. Peut-être qu'il survivrait à l'opération ; peut-être que Grand-Père pouvait l'aider ; peut-être que, après tout, elle ne le perdrait pas.

De derrière les draps lui parvint la voix du médecin qui trébuchait sur les lignes de la comptine.

— « Quand tu te lèves de table, ne renverse jamais la table... » Non, ça n'a aucun sens. « Ne renverse jamais la chaise » ?... Oui, c'est déjà mieux. C'était comment déjà, la suite ? « Quand tu te lèves de table, ne renverse jamais la chaise... » Oh, bonjour, mademoiselle Carroll, il est grand temps que vous preniez votre service.

Jo se raidit et lâcha les instruments qu'elle venait de rassembler. Elle fit volte-face, saisie de tremblements. Le temps semblait s'être arrêté. Tout se détachait avec netteté : le panneau « Sécurisez votre arme avant d'entrer » qui, auparavant, était suspendu à l'extérieur de la tente et qui se trouvait maintenant mis au rebut dans un coin ; le bruit des ongles de Jonesy qui grattaient désespérément son plâtre ; le bourdonnement dans ses oreilles et le grondement de son cœur dans sa poitrine. Elle fit un pas incertain.

— « Quand tu te lèves de table, ne renverse pas la chaise, parce que si tu le fais, aussi sûrement que t'es né... » Aussi sûrement que t'es né ? Quoi ? La barbe !

« Lieutenant », songea-t-elle soudain, et ses jambes faillirent se dérober sous elle. Il l'avait appelée « lieutenant » !

— Grand-Père ! cria-t-elle.

Sa propre voix lui sembla étrangère, elle appartenait à quelqu'un d'autre et venait de très loin. Ses pieds refusèrent de lui obéir et sa poitrine se serra dans sa panique.

— Grand-Père !

Jonesy, alarmé, interrompit le grattage de son plâtre et la regarda.

— « Parce que si tu le fais, aussi sûrement que t'es né, tu te marieras pas cette année », conclut, sur une note triomphale, la voix survoltée de Grand-Père.

Puis, comme s'il s'agissait d'une scène tirée d'une pièce de troisième ordre au déroulement prévisible, le coup de feu retentit et les éclaboussures de sang se détachèrent nettement sur la blancheur des draps suspendus. En entendant ce bruit, Jo reprit brusquement le contrôle de ses jambes. Elle courut pour découvrir le vieil homme, qui tenait toujours le pistolet dans sa main flétrie, le sang suintant de sa tempe comme de la mélasse, et les paroles de la comptine de sa maman continuèrent à résonner dans le petit espace, dansant follement dans la tête de Jo.

4

Kay Elliott

Mai 1942, tunnel de Malinta, Corregidor

Chère Jo,

Tu ne liras jamais cette lettre, mais je dois l'écrire. Le simple fait de te l'adresser m'aide à prétendre, ne serait-ce que l'espace de quelques heures, que tu m'écoutes. Que ce qui m'est arrivé – ce qui m'arrivera dans peu de temps – a de l'importance. Justement parce que ça n'en a pas, bien sûr. Pas pour toi, ni pour personne, plus maintenant. Même pas pour moi. Mais, comme je l'ai dit, cela m'aide à faire semblant. Je ne peux pas mourir ainsi, sans être capable de penser. J'ai besoin de voir, sur le papier, l'écheveau de ma vie démêlé, pendant un petit instant, avant que tout s'embrouille de nouveau, que le nœud soit coupé et que je meure. Chère Jo, je remercie Dieu que tu ne sois pas venue ici.

Kay plissa les yeux dans la pénombre pour relire ce qu'elle avait écrit. Toute la nuit, les générateurs avaient peiné à produire une lumière vacillante qui, par moments, s'éteignait pour de bon. Pendant ces instants d'obscurité, Kay avait remarqué l'absence de protestations et de jurons qui accompagnaient d'habitude les black-out. Ils étaient déjà dans la tombe.

Elle ne voyait plus assez pour écrire, mais son esprit revint à l'année précédente, à son arrivée dans le Pacifique. Elle se revit déambuler sur les planches de la promenade, éblouie par le scintillement du soleil sur le bleu vibrant des eaux de Pearl Harbor, et sentit de nouveau la chaleur pénétrer ses os. Sous toute cette intensité avait régné une sorte de paix. Elle savait que, quand elle le racontait dans ses lettres, cela avait des airs de roman de gare, mais la brise embrassait réellement son visage – douce et humide et suave – pendant que l'eau espiègle clapotait contre ses pieds. Elle avait été jeune et belle, et elle avait couru sur la plage en chantant et en lançant des cris de joie. Qu'avait-elle donc eu en tête ? La mort était toute proche, mais personne ne le savait.

L'hôpital où elle avait été affectée était très différent de celui où elle avait travaillé avec Jo. À New York, les jets de vapeur chaude soufflaient agressivement sur des fenêtres closes tandis que la froideur humide d'une pluie d'automne tentait de se frayer un chemin à l'intérieur. Ici, au contraire, les rayons du soleil brûlant cherchaient à traverser les volets en bois clos et les énormes ventilateurs tournaient paresseusement au plafond, si lentement qu'on pouvait suivre des yeux le mouvement des pales. C'était le temps des jambes nues et, pour les filles, des périodes de service réduites à cause de la chaleur. Certaines des infirmières faisaient des siestes aux heures les plus chaudes, mais Kay était à la plage dès que l'occasion s'en présentait, et elle se faisait bronzer ou nageait dans des eaux vibrantes de vie – tout le contraire des lacs froids et morts des anciennes carrières, là-bas au pays. Elle se délectait du balancement du varech, des poissons appelés idoles des Maures, des gigantesques raies mantas, et des milliers d'huîtres qui avaient donné son nom à

Pearl Harbor[1]. C'était sur la plage qu'elle l'avait vu pour la première fois.

Elle pouvait penser à Aaron, maintenant qu'elle était sur le point de mourir. Autrement, elle n'aurait pas pu le supporter. Elle savait que Jo ne lirait jamais sa lettre, ni personne d'autre, et qu'elle pouvait donc redonner vie à Aaron, le rendre de nouveau réel. L'idée de mourir sans penser à lui une dernière fois lui était insupportable. Alors elle se laissa dériver vers le passé pour se souvenir d'une partie de leur histoire, d'une minuscule partie, celle où ils se rencontraient sur la plage, sous le soleil.

Kay avait écrit à Jo une carte postale représentant une danseuse de *hula* et commençant par : *Jo, j'ai rencontré un homme*, mais qui n'avait jamais été achevée parce qu'il était entré dans la pièce à ce moment-là et l'avait soulevée dans ses bras pour la porter dans la chambre du bungalow qu'ils partageaient. Les vagues se fracassaient contre les pilotis semblables à des pattes de cigogne, dans un bruit qui surpassait celui qu'ils faisaient, eux. *Jo, j'ai rencontré un homme.* Et quel homme ! Chaque jour après leur première rencontre, il l'attendait après son service, dans la rue poussiéreuse et baignée de soleil. Il était si différent des autres officiers avec lesquels elle travaillait, plaisantait et dansait le soir. Aaron ne ressemblait à ses camarades officiers que par l'apparence : séduisant en journée dans son treillis, irrésistible en soirée dans son smoking blanc. En revanche, il lui manquait l'aisance et la repartie devenues familières aux infirmières, elles-mêmes débutantes dans l'éclat des bals d'ambassade et de dîners officiels. Aaron la désirait. Il ne voulait pas l'emmener en voiture faire de longues virées sur la côte, et il ne cherchait pas non plus l'excitation de la poursuite. Non, il la désirait,

1. Pearl Harbor : port des perles.

terriblement, avec une passion qui, au début, la laissait interloquée. Il attendait devant l'hôpital, la regardant fixement tandis qu'elle descendait lentement les hautes marches de pierre après son service, et son visage s'éclairait comme s'il avait une vision. Il lui tendait la fleur tropicale qu'il lui avait apportée ; sa grande main effleurait la sienne, si menue, dans un geste presque révérencieux, et le courant passait de façon sensible à travers ses doigts. « Je te veux, Kay », disait-il. Comme ça, juste ça.

Mais elle n'était pas prête à se laisser attraper. Jo et elle s'étaient toujours dit qu'elles ne se rangeraient pas trop tôt. Il faut s'amuser un peu, avaient-elles dit en plaisantant, voir ce qu'il y a à voir. Et elles s'étaient amusées. Les hommes raffolaient des infirmières, chaque soir il y avait une soirée, un bal, une autre source d'excitation et de badinage. Ça leur montait à la tête – les mots d'esprit et les plaisanteries, l'attrait des hommes étrangers à la peau mate qui baisaient les mains bronzées des filles, les officiers américains tapageurs, leurs sourires et leur empressement à payer des verres aux filles. L'ambassadeur digne et son cercle d'amis exotiques. Kay était une provinciale, originaire, qui plus est, d'une région de charbonnages, mais personne ne le savait. À leurs yeux, elle était une Américaine sophistiquée, belle, désirable et désirée dans une pièce avec dix hommes pour chaque fille. Mais juste au moment où elle était happée par cette ambiance, son ego gonflé par les flatteries, elle avait vu Aaron de l'autre côté de la salle. Il la dévorait des yeux, avidement, et la force de ce désir, de cette douleur de ne pas l'avoir, elle, avait arrêté le cœur de Kay. Les lumières, le tintement du cristal, les murmures des convives, tout s'était estompé. Puis il n'y avait plus eu qu'eux deux, courant vers la mer dans l'obscurité croissante du crépuscule, Kay perdant ses chaussures à talons dans le sable. Ils étaient entrés jusqu'à la taille dans les rouleaux et s'étaient embrassés comme des fous, sa robe de soirée mouillée qui collait à son corps l'avait tirée vers le bas et Aaron l'avait tenue dans ses bras puissants, la soulevant vers sa bouche impatiente. Ils étaient amoureux.

« Épouse-moi, Kay », avait-il dit en novembre, avant même la fin de son premier mois là-bas. Il avait le grade de capitaine et quelques économies, et il hériterait des vignobles californiens de sa famille, ou quelque chose du genre, mais qui s'en souciait ? Kay s'était rendu compte qu'elle pourrait vivre mille ans sans jamais trouver quelqu'un qui la désirait autant. Ce désir éveillait quelque chose en elle, quelque chose dont elle avait ignoré l'existence. Elle l'avait serré contre elle et avait dit oui dans une explosion de bonheur, et il l'avait tenue à bout de bras tandis qu'il essayait d'avoir l'aumônier au bout du fil : « La rumeur court qu'il y aurait une guerre, monsieur, pourrions-nous nous marier tout de suite, sans la dispense, oui, monsieur, je ne quitte pas… »

Ainsi, ils s'étaient mariés, et elle avait commencé sa lettre à Jo pour tout lui raconter. Mais Aaron était arrivé et l'avait emportée dans ses bras ; et plus tard, quand elle aurait pu écrire, le temps lui avait manqué parce que leur monde s'était écroulé et que Pearl Harbor brûlait.

Chère Jo, je remercie Dieu que tu ne sois pas venue ici.

Les lumières s'allumèrent en vacillant avant de s'éteindre de nouveau et Kay relut cette phrase. Elle se sentait tenue de se souvenir de tout, de regretter tout, une dernière fois.

Elle regrettait chaque instant qu'elle avait passé à danser avec d'autres hommes, à dire des bêtises, les bavardages stupides et vains, les blagues auxquelles elle avait ri, les détournements de tête taquins, au dernier moment, pour que son prétendant ne puisse pas poser un baiser sur ses lèvres. Elle regrettait chaque fête, chaque soirée dansante et chaque dîner qu'elle avait passé sans Aaron. Elle regrettait de ne pas avoir fait l'amour avec lui dès l'instant où leur désir mutuel était devenu évident, et de ne pas être allée vers lui ce premier jour, de ne pas s'être donnée entièrement, de ne pas avoir couru sur ces marches de l'hôpital pour se jeter dans ses bras. Qu'avait-elle donc attendu ? Elle n'avait jamais aimé comme ça, personne n'avait jamais aimé comme ça ni ne le pourrait jamais plus. Elle avait été une imbécile d'attendre ne serait-ce que quelques jours. Mais comment auraient-ils pu savoir qu'il ne leur restait que ces quelques jours ?

Elle s'autorisa le souvenir de certaines parties de l'ensemble qu'était Aaron : son sérieux, son visage quand il la désirait, son visage quand elle était à lui ; ses sursauts d'exaltation, son émerveillement de petit garçon ; son rire et les tentatives qu'il faisait pour ne pas rire tandis qu'il attendait le retour au téléphone du pasteur protestant en lui donnant une tape sur les fesses et lui disant de bien se tenir. Ces souvenirs-là, elle se les autorisa.

Il y en avait d'autres qu'elle se refusa d'évoquer, même maintenant qu'elle regardait la mort en face.

Puis il y avait les moments qu'elle aurait aimé oublier parce que, à leur insu, ils étaient précurseurs du malheur. Comme ce jour où, jeunes mariés, il l'avait laissée lui laver les cheveux ; il était assis dans la baignoire minuscule, de l'eau savonneuse jusqu'aux aisselles, ses grands genoux osseux émergeant de l'eau devant lui, tenant la brosse dans une main telle une baguette magique et devisant au sujet d'une guerre. Ce n'était pas une vraie guerre, disait-il, ça n'avait pas d'importance, elle ne les concernerait pas. C'était comme quand il parlait du base-ball, de sa marque préférée de cigarettes, ou de n'importe quoi d'autre – « Ne t'arrête pas de parler, chéri… »

Il y eut du bruit à l'autre bout du tunnel, des éclats de voix et quelqu'un qui hurlait. Kay ne put distinguer les mots, mais elle savait ce qu'ils signifiaient. Elle en était à sa troisième phrase quand les lumières se rallumèrent, l'aveuglant l'espace d'une seconde, mais elle continua d'écrire. Elle écrirait aussi longtemps qu'elle le pourrait.

Le temps me manque. Pour nous, c'est la fin. Je n'ai pas besoin d'écrire plus, Jo, pas besoin de te dire où je suis, ni comment je suis arrivée là, ni l'endroit où se trouve Aaron maintenant, ni comment les Japonais ont détruit notre aviation en une seule matinée, ni comment nous avons traversé en courant le terrain d'aviation en arrachant au tarmac des corps livrés aux flammes, ni à quel point je souhaiterais être à la maison, ou déjà morte, ne pas avoir à regarder un Japonais m'enfourcher et me souiller comme une villageoise chinoise. J'espère que tu es vivante et en sécurité, que tu gagneras cette guerre et ne viendras jamais en cet endroit. Ou alors beaucoup plus tard, avec tout une armée pour arrêter ces hommes. Ils sont brutaux et cruels et j'ai peur, pourtant je croyais ne plus pouvoir avoir peur. Pour moi, le monde touche à sa fin, Jo. Je les entends dans le tunnel. Ils arrivent.

5

Jo McMahon

Printemps 1945, front occidental

Jo pratiqua la première incision. Elle avait au préalable rasé les poils bouclés sur l'abdomen du commandant Donahue et badigeonné d'iode son ventre gonflé. Le scalpel, aussi aiguisé qu'un rasoir, laissa dans son sillage une fine ligne rouge, le sang suspendu dans le temps, immobile. Puis la gravité le fit ruisseler, tachant les draps, coulant sans bruit sur le sol en terre.

Jonesy maintenait en place le masque d'éther et semblait malade, que ce fût à la vue du sang ou à cause des émanations de gaz. Elle coupa à travers l'épiderme, touchant les petits vaisseaux sanguins avant de s'attaquer à la couche de graisse dans laquelle le scalpel s'enfonça comme dans du beurre. Après, les muscles, et, ensuite, du tissu grossier et fibreux qui empêcha la lame d'aller plus loin. « Merde, le grand épiploon, j'ai incisé trop haut. » Elle avait su dès le départ qu'elle risquait de tomber sur cette épaisse couche de graisse, de lymphe et de tissu conjonctif, mais c'était ça ou prendre le risque d'endommager l'artère iliaque interne ; il suffisait d'une minuscule coupure et le commandant était fichu. Et Dieu seul savait où l'artère se trouvait maintenant. Elle se situerait juste à côté d'un appendice normal, mais avec celui-ci, gonflé et distendu, elle avait pu être déplacée dans n'importe quelle direction. C'était comme la traversée d'un champ de mines. Jo déglutit, sa gorge comme tapissée de tessons.

La tente était calme. Le capitaine et ses hommes étaient partis. Au coup de feu, ils s'étaient précipités à l'intérieur, armes au poing, et avaient trouvé Jo penchée au-dessus du mort, immobile et muette. Elle n'avait aucun souvenir des questions que le capitaine avait posées, ni de l'ordre qu'il avait donné pour qu'on enlève le corps. Elle n'avait pas entendu le bruit familier de la pelle contre la terre et la pierre et du creusement d'une nouvelle tombe. Elle était au-delà de ça, maintenant.

Jo leva les yeux sur Jonesy qui tournait au vert, puis jeta un œil sur James qui, avec sa tête entourée de bandages, tenait en place la lampe de chirurgie. « L'aveugle qui guide un aveugle », songea-t-elle distraitement, tout en se demandant qui diable avait demandé à James de l'assister. Elle sans doute, mais elle ne s'en souvenait pas. Elle envisagea de pratiquer une autre incision, plus bas, mais les muscles étaient déjà exposés et une autre incision aussi près de la première aurait du mal à se refermer… Elle élargit la coupure existante, tirant sur les bords pour l'ouvrir davantage, et demanda les écarteurs à Jonesy. Comme il ne réagissait pas, elle lui dit, impatiente :

— Le truc qui ressemble à des ciseaux mais pas croisé au milieu, vite.

Cela le réveilla et il lui tendit les instruments, un par un, avec sa main gantée. Elle tira fort, les plaça fermement et regarda à l'intérieur. Elle était passée à six centimètres au moins de l'artère interne, mais s'était approchée dangereusement de l'artère iliaque commune. Mon Dieu, elle avait failli déshabiller Pierre pour habiller Paul… Mais, par miracle, elle les avait évitées toutes les deux.

Jo repensa à la première ablation d'appendice à laquelle elle avait assisté, pendant sa formation dans le Tennessee.

Elle et ses collègues étaient sur le point d'être déployées et Jo n'avait pas encore vu d'appendicectomie, alors l'infirmière en chef l'avait fait conduire au pavillon séparé, celui des « gens de couleur ». Tout le monde l'avait fixée du regard, elle, l'infirmière blanche venue sur leur terrain ; elle se rappela les visages sombres des hommes sur leurs lits et du contraste entre les tenues blanches et amidonnées des infirmières et leur peau d'ébène. Les médecins noirs plus jeunes arboraient la coupe militaire de rigueur, les cheveux rêches des infirmières plus âgées en revanche se dressaient sur leurs têtes. Elle avait enfilé sa tenue chirurgicale et s'était postée dans un coin de la petite salle d'opération. La seule différence entre le noyau de personnes groupées autour du patient et ses collègues habituels était la couleur de leur peau visible au-dessus du masque, le reste de leur corps enveloppé d'un blanc chirurgical impeccable. Elle n'avait pas vu grand-chose de l'opération, et sûrement pas ce qui était nécessaire pour opérer maintenant. Mais elle se souvint parfaitement de sa surprise, réelle, à la découverte de tout un hôpital parallèle, d'un monde qui, à cette unique exception près, ne touchait jamais le sien et dont elle avait jusque-là ignoré l'existence. Le soldat noir qui s'était trouvé ce soir-là sur la table d'opération devait sa survie à ces mains expérimentées dont la couleur n'avait aucune incidence sur le déroulement de l'opération. Les doigts blancs de Jo, eux, étaient mal assurés et tremblaient.

Lorsque Jo découvrit l'appendice, elle ne sut d'abord pas ce que c'était, tellement il était gros et déformé au lieu d'être bien aligné à côté du cæcum, comme dans ses manuels d'anatomie. La moitié des chairs était noire et nécrosée. La lumière vive de la lampe lui vrillait le cerveau et elle cligna lentement des yeux. Sa bouche était sèche. Elle dégagea la masse tremblante et glissante, cherchant au toucher sa base, là où l'appendice s'attachait au mésentère. Une rupture pouvait se produire à n'importe quel moment et déverser son contenu mortel dans la cavité abdominale. Une incision microscopique, le moindre déchirement, et tout serait fini. Jonesy détourna le regard et cacha son visage dans sa manche, succombant à l'odeur que Jo ne relevait même plus. Personne ne pouvait deviner ce que James, derrière ses pansements, pouvait penser. Les doigts de Jo atteignirent le bout de la forme frétillante ; il lui fallait ligaturer le système vasculaire contenant les nerfs et les terminaisons artérielles.

— Jonesy ? dit-elle.

Elle se sentait vaseuse. Ce n'était pas dû à l'opération, elle avait participé à une centaine bien pires que celle-ci : des bras et des visages arrachés, une cartouche de bazooka non explosée enfoncée dans une jambe, des asticots rampant librement dans des estomacs et intestins et dont les chirurgiens ne débarrassaient que ceux qui les gênaient, les jetant dans des bassines posées par terre où ils se tortillaient dans la lumière, des centaines de leurs semblables recousus dans des ventres parasités… Non, elle tremblait parce qu'elle se trouvait près du but. Quelques minutes de plus donneraient ou non une chance de survie à son patient. Et Jonesy ne répondait pas.

— Jonesy, je sais que c'est dur quand on n'y est pas habitué. (Jonesy ne put se retenir plus longtemps de vomir.) Mais j'ai besoin d'aide. Cette chose qui ressemble à une boucle, comme une sorte de collier avec du fil… J'en ai besoin. (Jonesy tenta de vomir encore, mais il n'avait plus de nourriture dans l'estomac et il fut secoué de haut-le-cœur secs.) J'en ai besoin maintenant, Jonesy !

Le visage de l'Anglais avait pris une teinte pâle entre le vert et le gris, mais il finit par tendre l'instrument que Jo lui arracha des mains. En un instant, elle avait fait deux boucles autour du mince col du mésentère, à côté de l'endroit où elle avait posé le clamp. Elle serra pour stopper le flux sanguin puis, d'un mouvement rapide du scalpel, elle sectionna l'appendice. Elle jeta celui-ci dans la bassine posée au sol où il explosa, répandant son contenu sur les parois métalliques et remplissant la tente d'une odeur de mort. Jo expira, puis s'attaqua aux réparations.

Libérée de la tension de l'ablation, elle commença à suturer précautionneusement les couches de fascia et de tissus dans une sorte d'abrutissement dû à l'épuisement et au choc. Les points de suture étaient parfaits, splendides, tous exactement identiques ; tandis qu'elle refermait chaque couche l'une après l'autre, Jonesy la saupoudrait de sulfamide. Toute sa concentration était dirigée sur le travail qui l'occupait, et pourtant elle était ailleurs. Elle revivait le passé, les vies passées, alors que ses doigts suturaient, tiraient le fil et suturaient encore.

Les pensées se présentèrent à elle sans ordre défini. Elle ne trouvait pas d'appartement, Kay non plus, et c'était comme ça qu'elles avaient fait connaissance. Toutes deux venaient de terminer leur première épreuve pratique. Jo sortait quand elle avait remarqué la fille assise dans le laboratoire.

— Ça va, toi ? Au fait, moi, je m'appelle Jo.

— Oh, salut, avait dit l'autre fille d'un air modeste. (Elle avait jeté des regards incertains sur le sol ciré, repoussant une mèche blond vénitien. Puis elle avait levé les yeux et rassemblé son courage.) En fait, non, ça ne va pas. Je pensais avoir un appartement, tout était arrangé, mais ça ne l'est plus. Ça fait deux matins que je me lave ici avant le début des cours, et je ne sais plus quoi faire. (Elle semblait surprise par sa propre franchise.) Et je m'appelle Kay.

C'est comme ça que tout avait commencé. Au début, la New-Yorkaise débrouillarde avait juste eu de la peine pour la pauvre fille provinciale perdue dans la grande ville. Mais après, quelque part entre la chasse à l'appartement, les samedis au parc d'attractions de Coney Island, le travail pour les examens finaux et le récit de leurs histoires familiales respectives, quelque chose s'était produit. Elles faisaient une paire improbable, un monde les séparait. Jo connaissait les meilleurs endroits pour les sandwichs au corned-beef et savait quels musées étaient gratuits et quand. Elle faisait montre d'une infinie patience pour expliquer à Kay le système labyrinthique du métro new-yorkais, que Kay n'arrivait pas à comprendre. Elle répondait du tac au tac à des siffleurs dans la rue, les faisant taire en deux langues, ce qui laissait Kay ébahie et quelque peu choquée.

Kay aussi avait ouvert tout un monde à Jo. Voilà quelqu'un qui ne savait même plus quand sa famille était venue en Amérique. « Nous avons toujours été simplement des Américains, je suppose. C'était il y a si longtemps, du temps de mon arrière-arrière-arrière-grand-père ou quelque chose du genre. Je ne m'en souviens pas, Jo. » Aucun souvenir de noms ou de dates ! Ils avaient toujours vécu là, disait Kay, nichés haut dans les montagnes – allant à l'église à pied, travaillant la terre jusqu'à l'ouverture des mines, puis travaillant dans les mines, travaillant la terre depuis l'intérieur. Ils étaient témoins des éternels changements de saisons sans jamais changer eux-mêmes. Dans l'esprit de Jo, Kay était ce qu'elle-même pensait ne jamais pouvoir être alors qu'elle l'était dans les faits : une Américaine. Mais l'identité de Kay lui était acquise et elle faisait preuve d'une confiance en elle dont Jo était incapable, ayant au contraire le sentiment de devoir prouver chaque jour qu'elle en était digne, qu'elle était elle aussi une Américaine. Elle avait toujours envié – tout en pensant détester – ces Américains qui ne possédaient qu'une langue, un foyer et une façon de vivre. À travers Kay, ils devinrent vulnérables, et réels.

Puis toutes deux s'étaient engagées dans l'armée. À quoi pensaient-elles donc ? Que ce serait amusant ?

Jo songea à la traversée mouvementée de l'Atlantique. Kay se trouvait déjà dans le Pacifique, et ce qui avait commencé comme une aventure était vite devenu monotone, voire dangereux ; quelqu'un avait été si malade qu'il en était mort. L'impatience en Angleterre. Le transfert vers l'Afrique du Nord et la montagne de membres amputés qu'ils y avaient trouvés, abandonnés là par les Allemands qui n'avaient pas pris la peine de les brûler mais les avaient laissés pourrir au soleil. Les festivités de Noël qu'ils s'efforçaient de maintenir, avec décorations et étoiles en papier découpé ; l'unique robe de soirée que les filles avaient portée à tour de rôle et dont Jo avait dû bourrer le corsage avec des mouchoirs en papier quand ce fut son tour. La fois – la première et dernière – où, peinant dans le désert nord-africain, les belligérants des deux côtés avaient appelé à une trêve afin de récupérer leurs blessés sur le champ de bataille, comme des enfants qui crient « Pouce ! » Les blindés – d'un côté les panzers allemands dont la portée des canons était incroyable, de l'autre les « pistolets à bouchon » américains, guère plus que des réservoirs de gaz mobiles et inflammables – avaient cessé le combat et le personnel médical des deux armées avait mis en sécurité les centaines d'hommes mutilés et ensanglantés. Puis les autres, les valides avaient recommencé à se massacrer mutuellement.

Elle repensa à la corvée de tombeaux, « le pire boulot dans l'armée », comme disait toujours Queenie, celui attribué aux « pédés », les homosexuels qui étaient passés à travers tous les filtrages et les conseils de révision. Ils étaient les éboueurs de la guerre, constituant une arrière-garde dispersée dont la tâche consistait à ramasser les morts que le gros de l'armée avait laissés derrière eux. Ils arrachaient une partie des doubles plaques d'identification pour l'envoyer à Washington où elle générerait un autre télégramme sur papier jaune qui détruirait une autre famille. L'autre partie restait sur le corps – quand il y en avait un. Dans le cas contraire, ils jouaient à un jeu macabre d'« Am stram gram », essayant de reconstituer les « corps » avec les membres et les torses d'une demi-douzaine d'hommes et les enveloppant dans des housses mortuaires, parfois avec des membres en trop plutôt que pas assez. Jo se demandait comment ils pouvaient supporter ce boulot profondément désespérant, comment ils pouvaient survivre à ce quotidien sans devenir fous. Puis elle pensa aux aumôniers de toutes confessions qui, d'un commun accord, avaient fait cadeau de leurs rations d'alcool aux hommes de la corvée pour leur permettre de se soûler et d'oublier cette horreur l'espace d'un moment.

Elle referma la plaie.

Pendant tout ce temps, ses mains s'étaient activées et, sans même s'en rendre compte, elle avait totalement refermé la plaie. Elle regarda Jonesy, qui hocha légèrement la tête avant de retirer son masque, libérant dans l'air ambiant des résidus douceâtres d'éther. Elle ne pouvait pas faire plus. Il n'y avait plus de pénicilline. Jonesy, qui s'était fabriqué un fauteuil roulant de fortune à partir d'une charrette et d'une chaise cassée, se propulsa lentement vers l'ouverture de la tente où il inspira goulûment l'air frais. Jo retira ses gants et prit la lampe des mains de James. Celui-ci n'avait plus besoin d'aide pour trouver le chemin de son lit. Tentée d'ôter les draps souillés sous son patient, Jo décida néanmoins que le commandant avait plus besoin de rester immobile, de prendre le temps de se réveiller – ou de ne pas se réveiller. De son côté, elle avait fait tout son possible.

Dans la tente, tout le monde dormait. La respiration de Billy s'était améliorée avec les inhalations de vapeur. David s'était calmé, même s'il continuait d'éructer des paroles incohérentes pendant ses périodes de veille. Le prêtre (« révérend père Justus Hook », disait la feuille) avait fini par desserrer les mains sur sa poitrine, mais son visage était plus cadavérique que jamais.

Jo gagna le coin de la tente où Grand-Père s'était ôté la vie et commença à arracher les draps blancs éclaboussés de sang séché. Elle les ramassa, ainsi que toute la literie éparpillée dans la tente, et sortit dans le froid du matin. Aucun des hommes du capitaine n'était en vue ; ils étaient repartis en reconnaissance, à la recherche de l'ennemi, restant cachés eux-mêmes. Elle jeta les draps et serviettes dans le chaudron bouillant ; ce n'était qu'un vieux bidon, chauffé par un feu de morceaux de bois et de caisses d'emballage qu'elle avait allumé plus tôt. Elle ajouta du savon et de l'eau de Javel et remua péniblement le tout avec une latte, telle la sorcière d'un conte de fées. Tandis qu'elle observait les tourbillons teintés de rose, ses pensées quittèrent l'Afrique du Nord et se fixèrent sur la traversée vers l'Italie à bord du *H.M.S. Newfoundland*.

Le navire, peint tout en blanc avec une gigantesque croix rouge bien visible, était illuminé comme un arbre de Noël dans le black-out général pour signaler clairement son statut de navire-hôpital. Les « sœurs » britanniques avaient paru très formelles et raffinées aux yeux de leurs collègues yankees ; l'appellation même de leur unité – le service d'infirmerie militaire impérial

Reine-Alexandra – sonnait comme un titre de noblesse. La traversée sembla si facile, au début, avec seulement deux patients. Puis, peu à peu, la chaleur devint presque tropicale pour un mois de septembre, supportable à l'air libre et exposé à la brise marine, mais terrible sous les ponts où la température faisait éclater les thermomètres. Les infirmières étouffaient et s'agitaient dans la nuit, incapables de dormir.

— Queenie, se plaignit une des filles, je n'arrive pas à dormir. Il fait plus chaud ici qu'en Alabama. Le thermomètre affichait quarante-sept degrés quand je suis descendue.

— Alors enlève tes vêtements, chérie. (La proposition récolta quelques gloussements.) Je suis sérieuse. Nous sommes entre filles ici, et de toute manière il fait noir comme dans un four.

— Tu es nue, Queenie ?

— Bien sûr.

— Et toi, Jo ?

Jo ne portait qu'une culotte.

— Pratiquement, Ellie, répondit-elle. Maintenant, essaie de dormir et arrête de te plaindre de la chaleur. Il fera jour dans une heure ou deux et…

Et la bombe tomba. Sous les ponts, aucune d'elles n'avait entendu approcher l'avion solitaire, ne l'avait vu piquer sur sa cible illuminée. Il y eut un énorme fracas et une sorte de bruit de glissement, et, en l'espace d'un instant, le tympan de Jo fut percé et le flanc du bateau ne fut plus qu'un vaste trou par lequel tout ce qui n'était pas fixé était aspiré vers l'extérieur. Partout, des alarmes se déclenchaient, les sifflets résonnaient et les hommes hurlaient sur le pont. Tout ne fut plus que bruit et confusion par-dessus lesquels Queenie hurlait à ses filles de se mettre en rang et de sortir, de n'oublier personne.

— Nos vêtements ! dit l'une d'elles.

Lentement, la fumée s'infiltra dans l'obscurité qui les entourait. Dehors, elles entendirent des hommes tousser.

— Oublie tes vêtements, ils sont partis ! répondit Queenie d'un ton brusque en poussant les filles vers la porte.

— Mais nos vêtements !

Les infirmières elles aussi toussaient maintenant. La fumée noire se mélangeait aux ténèbres de la nuit, et la chaleur de l'incendie à celle qui avait régné toute la journée.

— Mon rosaire !

La fille à la voix aiguë sortit de la file et se dirigea vers son lit.

Jo l'attrapa par le bras en essayant d'apercevoir quelque chose à travers la fumée qui irritait ses yeux.

— Nous t'en trouverons un autre à Rome, chérie. Remets-toi dans la file.

Les filles montèrent l'échelle et sortirent en titubant dans le matin sombre, leur pudeur se heurtant à leur besoin instinctif d'air frais. Elles se tinrent sur le pont, se blottissant les unes contre les autres, cachant leurs seins blancs derrière leurs bras croisés ; elles regardèrent autour d'elles, fixant l'immense colonne de fumée qui s'élevait à l'arrière de la passerelle et le feu qui serpentait à travers le navire. Queenie fut la dernière à sortir. Elle tenait son bras plié dans un angle bizarre et ne semblait pas pouvoir le bouger.

— Jo, quelqu'un doit y retourner pour vérifier que tout le monde est sorti.

Il n'y avait pas d'autre moyen de s'en assurer. Elles ne pouvaient pas être certaines du nombre exact de filles qui se trouvaient en bas au moment de l'explosion. Il y avait toujours quelqu'un qui se rendait aux toilettes ou qui partait chercher un verre d'eau. Malgré l'interdiction du commandant, certaines souffraient trop de la chaleur et dormaient sur les ponts, malgré le roulis qui risquait de les jeter furtivement dans l'eau sombre.

Alors que Jo se précipitait à l'intérieur, la fumée en sortit en volutes épaisses. Elle eut le temps d'entendre quelqu'un dire : « Tu auras la *Purple Heart* pour ça, Jo », puis elle se retrouva en bas avec de l'eau jusqu'aux chevilles ; gardant la tête sous la nappe de fumée, elle chercha à tâtons derrière des lits de camp renversés, dans les coins, et héla d'éventuelles retardataires. Sa gorge était à vif à cause de ses hurlements et de la fumée, mais elle ne ressortit pas avant d'être certaine que tout le monde était sauf. Lorsqu'elle émergea, elle vit les hommes qui couraient avec des seaux et des tuyaux d'incendie et tournaient la tête en direction des filles, comme s'ils doutaient de ce qu'ils voyaient dans la lueur incertaine des flammes.

— Dieu merci, tu vas bien, Jo. Quoi qu'il en soit, tu es une héroïne, dit Queenie à qui la douleur de son bras arracha une grimace. Nous quittons le navire, au moins les filles pour commencer. Ils ne pensent pas pouvoir éteindre l'incendie. Venez, mesdames.

Soutenant son bras blessé, Queenie ouvrit la marche, tête haute comme si elle n'était pas nue comme un ver, comme si sa formation l'avait préparée à ça. Plusieurs infirmières britanniques les rejoignirent sur le chemin des canots de sauvetage, échevelées, confuses et effrayées. Ce fut là qu'elles entendirent le hurlement.

C'était l'une des sœurs, prisonnière de sa cabine en feu et dont la porte était bloquée. Elle avait passé la tête par le hublot et hurlait au secours. Toutes les infirmières s'arrêtèrent aussitôt, horrifiées. Les hommes les plus proches cessèrent de combattre l'incendie et firent leur possible pour accéder à la porte, mais celle-ci était coincée derrière une tonne de câbles et d'acier tordu. Ils ne pouvaient pas l'atteindre. L'infirmière continuait de hurler. C'était un son horrible, le pire que personne n'eût jamais entendu. Les femmes oublièrent leur propre peur, leur nudité et leur vulnérabilité ; elles restèrent pétrifiées, leurs pieds nus ancrés sur place, incapables de pleurer, de prier ou de crier elles-mêmes. Elles ne purent que regarder, choquées, comme hypnotisées.

— Il n'y a plus de porte, nous ne pouvons pas entrer, le hublot est trop petit.

Un marin essayait d'expliquer à la prisonnière pourquoi ils ne pouvaient pas la sortir de là. À ses côtés se tenait un jeune mousse, pas plus de quatorze ans, les yeux écarquillés, bouche bée dans sa panique. À ce moment, le feu atteignit la fille et ses hurlements redoublèrent d'intensité, ses cheveux prirent feu. Alors, le garçon saisit une poutrelle et l'abattit de toutes ses forces sur la nuque de la sœur. Puis il se mit à pleurer. Elle était morte.

Elles clignèrent des yeux qui s'étaient remplis de cendres, et se mirent à l'abri du vent. « Aux canots de sauvetage ! » ordonna d'une voix brusque un homme au gros ventre et aux lunettes épaisses qu'il ne cessait d'enlever pour les frotter avec le devant de sa chemise avant de les remettre, ne comprenant pas que c'étaient ses larmes qui voilaient ses yeux.

Les canots furent descendus avec les premières infirmières à leur bord – les sœurs britanniques dévastées, les Américaines silencieuses, sous le choc. L'embrasement du réservoir de pétrole provoqua une autre déflagration qui secoua le navire. Jo se retint au gréement et regarda le canot en suspension cogner violemment le flanc du bateau. Elle jeta un œil sur le pont et ne vit aucun des médecins. Personne ne les verrait plus : ils avaient été logés sous la passerelle. Les infirmières, hébétées, étaient debout dans la file, et les premières lueurs du jour révélaient leurs formes aux hommes. Jo rougit malgré elle.

— Tenez, mademoiselle, dit un matelot à côté d'elle, en ôtant sa chemise.

Il fut aussitôt imité par ses camarades, et partout les hommes enlevaient leurs chemises, leurs pantalons pour les donner aux filles nues qui s'en revêtirent à la hâte sans oser lever les yeux, empêchées par la colère et la honte.

— Merci, murmura Jo.

Elle avait du mal avec les boutons et ne découvrit qu'à ce moment-là que ses doigts étaient brûlés.

— Pas de problème, mademoiselle. Ils envoient les tommies pour vous chercher, et je ne voudrais pas qu'on découvre une de mes sœurs… eh bien, dans votre état, mademoiselle.

Jo cessa de remuer, sortit les draps pesants, plus gris que blancs, et les essora à la main avant de les étendre sur une corde à linge abandonnée dans la hâte de l'évacuation. Puis ce fut le tour des serviettes et des gants de toilette. Elle s'ébouillanta la main en repêchant les dernières pièces de linge avec sa palette improvisée. Elle ne naviguait plus au large des côtes de Salerne, elle n'était plus la jeune infirmière dans un canot de sauvetage, vêtue d'une chemise d'homme qui sentait la sueur et le tabac ; elle ne pouvait plus entendre les cris frénétiques de cette pauvre fille, ni les sanglots de désespoir du jeune mousse qui l'avait tuée. Elle se trouvait ici, dans une cour sale où dégouttaient des draps en creusant de petits canaux dans la terre. La sœur était morte, Queenie était morte, et la plupart des filles qui, cette nuit-là, étouffaient dans la chaleur sur le *Newfoundland*, étaient mortes elles aussi, à tout juste un kilomètre de là. Jo regarda l'eau de lavage sale et recouvrit de terre les dernières braises du feu.

Elle songea vaguement au commandant, se demandant s'il était mort, et se dit qu'elle devrait aller vérifier, mais ne parvint pas à se secouer. Au lieu de cela, elle contempla la clairière déserte où, si peu de temps auparavant, se dressait un hôpital de campagne à la lisière d'une guerre qu'ils étaient en train de perdre. Le fait qu'elle ait survécu semblait une erreur, mais ce n'était pas triste. Rien ne l'était plus désormais. Elle s'était abstraite, avait isolé la partie d'elle-même qui avait été digne d'être aimée, qui avait été elle. La femme qui se tenait, solitaire, au milieu des draps humides n'était pas elle. Elle avait vaincu la mort, sans y gagner la vie.

— Putain, faut qu'on les sorte de là.

— Ouais, mais comment ?

Deux soldats contournaient la tente médicale : un jeune homme aux yeux voilés et à la moue dédaigneuse, et le capitaine. En la voyant, ils se séparèrent avec un mouvement de la main que Jo ne put interpréter. Le capitaine se dirigea vers elle.

Jo le regarda. Ce regard aurait dû être émerveillé et admiratif ; dans un film de guerre – un de ces films glorieux de propagande dont Hollywood avait le secret –, le rôle du capitaine aurait été joué par James Cagney, Clark Gable ou Cary Grant : un soldat courageux, sans peur et sans reproche, défendant un poste avancé face à mille dangers effarants. Pour cela, Jo aurait dû l'aimer, mais il n'en était rien. Il se donnait des airs importants, tout bravade et force militaire, et le sort des patients de Jo l'indifférait totalement ; à ses yeux, c'étaient six hommes sans valeur, blessés et inutiles. Seuls lui importaient les objectifs militaires : prendre et tenir des positions, user et abuser des hommes. L'infirmière échevelée et à moitié folle qui soignait les blessés présentait encore moins d'intérêt. Jo regarda le capitaine Clark tandis qu'il avançait vers elle, les mains sur les hanches, crachant avant de parler. Elle se rendit compte à quel point elle avait été influencée par les films d'Hollywood. Elle avait cru que tous les soldats en situation périlleuse étaient honnêtes, droits, polis, bons et purs, comme à l'écran. Et pourtant, cet homme était un salaud.

— Il faut que vous, vous tous, et tout ceci (il fit un geste englobant la tente) disparaissiez d'ici. (Jo le fixa, sans expression.) Vous devez partir. (Il grimaça.) Je ne peux pas tenir cette position avec un boulet comme ça. Par l'enfer, vous faites de la lessive !

Jo se secoua comme pour rester éveillée.

— Nous avons un cas de typhus dans la tente, monsieur. Il a été désinfecté au pulvérisateur à son arrivée, mais vous savez comment ces choses-là peuvent se répandre.

Après coup, elle ajouta « monsieur », comme si elle s'était rendu compte qu'elle s'adressait à quelqu'un.

— Je m'en fous, du typhus. Ils peuvent tous crever, pour ce que ça peut me faire. Leur présence met mes hommes en danger, c'est ma seule priorité. (Il regarda Jo droit dans ses yeux vitreux.) Ma seule priorité.

Cet homme était ennuyeux, franchement ennuyeux. Comment avait-elle pu le trouver mauvais ? Ses oreilles étaient tellement drôles... Il était ridicule. Oui, c'était ça. Elle eut envie de rire, d'éclater de rire et de ne jamais s'arrêter. Elle ébaucha un sourire provocateur, qui ne s'adressait pas à l'homme en face d'elle mais à la folie qu'elle côtoyait. Elle se retourna vers la tente, souriant toujours. Le capitaine l'attrapa par le bras et lui fit faire volte-face, son visage à quelques centimètres du sien.

— C'est quoi, votre putain de problème ?

— On ne parle pas comme ça à une dame, dit Jo sans réfléchir.

Le capitaine la secoua brutalement jusqu'à la faire grimacer de douleur.

— Quand je verrai une dame, je surveillerai mon langage.

Rassemblant ses dernières forces, Jo s'arracha à la prise, rendue à la réalité par la douleur et la colère. Elle fit volte-face brusquement et se dirigea vers la tente.

— Je ne vous ai pas congédiée. Saluez, lieutenant.

Dans sa bouche, ça sonnait comme une plaisanterie, et même une insulte.

Sans lui faire face, Jo dit :

— Quand je verrai un officier, je le saluerai.

— C'est de l'insubordination ! éructa le capitaine qui, s'efforçant de ne pas élever la voix, préféra jeter son casque par terre.

En quelques pas rapides, Jo revint vers lui et dit d'une voix rauque et virulente :

— Et qu'allez-vous faire, capitaine ? Me relever de mes fonctions ?

Après quoi, elle se précipita dans la tente, laissant derrière elle les draps et serviettes qui claquaient dans le vent.

6

Kay Elliott

Hiver, début 1945, camp d'internement
Santo Tomas, Manille, Philippines

Kay observait en contrebas la cour dont le périmètre était bordé par des palmiers, vestiges d'une végétation autrefois luxuriante. Les fenêtres richement sculptées donnaient sur une enceinte rectangulaire qui, auparavant, avait abrité du chiendent pied-de-poule, des gardénias et de l'ylang-ylang, et dont il ne restait que de la terre battue par des milliers de pieds traversant la cour. Des baraques construites à la va-vite avaient poussé comme des champignons là où, à une autre époque, se trouvaient des bancs, où des étudiants avaient étudié ou débattu et s'étaient moqués de leurs professeurs qui disaient que la vie était dure et que les idées n'étaient jamais anodines. C'était ça, Santo Tomas.

D'un air las, Kay détourna les yeux. Des cris rauques lui parvinrent depuis la cour où des enfants sales en culotte se disputaient au sujet d'un jeu joué avec des bâtons. « — C'est pas à toi ! — Si, c'est à moi, la dernière fois c'était à toi ! — Non, même pas vrai ! — Si c'est vrai ! — Je vais le dire ! »

Sa salle était pleine, comme toujours – de jeunes gens, de vieilles personnes, d'enfants. La dysenterie, la dengue, la famine… Tous souffraient de la famine. Même au cas où elle aurait eu des médicaments, il n'y en avait aucun contre la famine. Il existait deux manières basiques de mourir de faim : l'humide ou la sèche. Bien qu'elle vît chaque jour des gens mourir de malnutrition – qu'on appelait ici béribéri –, elle n'arrivait pas à décider laquelle des deux manières était la pire. Quelqu'un qu'on saluait dans la cour et qui semblait aller pas trop mal pouvait le lendemain être totalement méconnaissable à cause du gonflement de ses bras, de ses jambes, de son visage ; les fluides s'accumulaient aussi à l'intérieur, engorgeant le cœur, empêchant le sang d'irriguer les poumons, et entraînaient un arrêt cardiaque. La variante sèche était plus insidieuse. On voyait dépérir un patient ou le voisin dans la file d'attente pour le repas – ses clavicules saillaient et on pouvait compter ses côtes. Puis, soudain, il se flétrissait et semblait se ratatiner vers l'intérieur avant de tituber, de s'écrouler, étourdi, et de mourir. Kay ne cessait de s'étonner qu'il y eût des restes à enterrer ; ils étaient tellement poreux que le vent aurait dû les éparpiller comme de la poussière. « Car tu es poussière et tu retourneras à la poussière. » C'était ça, Santo Tomas.

Quatre mille civils, huit bâtiments universitaires, six cents abris de fortune. Les infirmières partageaient le deuxième étage du bâtiment principal avec trois cents autres femmes. Elles avaient à leur disposition trois douches, cinq lavabos et cinq toilettes. Une de leurs camarades, capable d'interrompre son sommeil à volonté, réveillait ses collègues infirmières à cinq heures du matin pour qu'elles puissent toutes prendre une douche. Même ainsi, une demi-douzaine de femmes rivalisait généralement pour accéder à chaque pommeau. Un plaisantin avait accroché une pancarte : SI VOUS VOULEZ DE L'INTIMITÉ, FERMEZ LES YEUX. En tâtant, Kay vérifia que ses quatre carrés de papier-toilette quotidiens, distribués le matin, se trouvaient toujours dans sa poche. C'était loin d'être suffisant, mais Kay pensa aux hommes qui n'en recevaient que deux.

Elle passa de lit en lit, ou plutôt de hamac en hamac, faits de draps suspendus qui contenaient chacun un être affamé et agonisant. Elle appliqua des compresses froides, donna à ses patients de l'eau sale à boire à petites gorgées, tint leurs mains semblables à des griffes dans la sienne qui, chaque jour, était un peu plus osseuse et faisait un peu plus ressortir ses veines bleues. Tels des garçons jouant aux soldats ou des petites filles jouant à la maman, les infirmières s'appliquaient à leur tâche même si, elles aussi, s'effondraient plusieurs fois avant d'arriver à l'infirmerie. Kay savait que le jour était proche où elles ne pourraient plus se relever après être tombées.

Dans son dos, il y eut du remue-ménage et plusieurs officiers japonais firent leur entrée dans la salle. Tout le monde se figea, comme au jeu d'« Un, deux, trois, soleil ». À son arrivée, Kay avait été vivement contrariée de devoir s'incliner, faire des courbettes ou rester debout sans bouger des heures durant, pendant que ces hommes procédaient à l'appel, à l'inspection ou aux annonces et proclamations sans fin. Tout prisonnier devait s'arrêter où qu'il se trouve – un pied sur une marche, dans l'encadrement d'une porte, les mains plongées dans un évier. Il fallait rester debout sans bouger ni s'asseoir ou s'accroupir, sans s'écrouler malgré la fatigue et les vertiges. Elle avait vu une douce missionnaire décapitée devant ses enfants en pleurs ; elle avait vu un représentant en assurances prendre une balle dans l'estomac et se vider de son sang – toute une journée, mon Dieu, comment ç'avait pu prendre toute une journée ? – pour avoir essayé de cueillir quelques papayes qu'il voulait apporter aux prisonnières enceintes. Elle savait comment les choses fonctionnaient ici. Elle connaissait ces hommes. Elle avait appris à connaître Santo Tomas.

Cette fois-ci, il semblait que l'interruption serait plus brève que d'habitude ; il ne s'agissait ni d'une inspection ni d'une saisie, mais de l'interrogatoire du médecin en chef.

— Sur ces certificats de décès que vous avez signés, vous avez mis : « Cause de la mort : inanition. » Vous ne pouvez pas écrire ça ! hurla l'officier japonais dans un anglais parfait qu'il avait acquis en passant sa licence en Californie.

Le médecin tenta de se tenir droit face à l'ennemi, ne parvenant à se redresser que de quelques centimètres. Kay remarqua qu'il avait du mal à regarder les Japonais dans les yeux ; il écarquillait et plissait les yeux alternativement, et tendait le cou en avant et en arrière à force d'essayer de fixer leur image.

— Mais c'est de ça qu'ils sont morts.

— Pas autant. Vous ne pouvez pas dire que tant de monde est mort de cette façon. Ce n'est pas vrai !

Le médecin cligna des yeux, remonta ses lunettes sur son nez et déglutit. Il jeta un regard à la ronde. Sa vision trouble ne lui épargna guère la vue des os – omoplates, clavicules, sternums, vertèbres, sacrums – qui saillaient des chairs affaissées de ses patients. Il eut un geste de désespoir.

— Ils meurent de faim, monsieur. Ils meurent tous de faim.

L'espace d'un instant, l'officier parut sur le point de frapper le médecin qui, déjà, vacillait sur ses jambes.

— Ce n'est pas de l'inanition ! Vous, les Américains, vous êtes faibles, c'est tout ! Vous avez le mal du pays. À partir de maintenant, mettez « mal du pays » comme cause de la mort.

Kay jeta un coup d'œil inquiet au médecin. Impossible de savoir ce qu'il pensait, ce qui se passait en lui. Il eut un mince sourire et chuchota, presque inaudible :

— Le mal du pays ?

— Oui. Désormais, vous mettrez « mal du pays » comme cause de la mort.

L'officier jeta un regard éloquent à Kay puis au médecin qui comprit la menace voilée. Au début de leur internement, un des patients avait réussi à s'évader. Les Japonais étaient arrivés dans la salle, avaient saisi les deux patients voisins et les avaient suspendus par leurs pouces pendant une journée. Ensuite, un panneau avait été accroché à chaque étage de l'hôpital déclarant que, à la prochaine tentative d'évasion, les Japonais ne montreraient plus autant de mansuétude. Si cela se reproduisait, les voisins de l'évadé seraient fusillés, de même que l'infirmière assignée à l'étage concerné. Il n'y eut plus d'évasion après cela.

— Le mal du pays, monsieur, répéta le médecin, obéissant.

Il secoua lentement la tête dans sa défaite, y perdant presque l'équilibre. Les officiers japonais quittèrent la salle aussi vite qu'ils étaient venus et l'activité reprit. Kay se précipita et aida le médecin à s'asseoir.

— Vous avez entendu, mademoiselle Elliott ? Le mal du pays.

— Oui, docteur, j'ai entendu. Nous souffrons tous du mal du pays.

— Mais rien qu'un bon repas ne pourrait…

Il ne put terminer sa phrase.

— Non, docteur, non.

Il soupira et sa poitrine produisit le bruit des feuilles sèches en automne. Kay frissonna en identifiant la forme la plus insidieuse du « mal du pays », sur le point de faire une autre victime.

Par la fenêtre, elle voyait le bleu pacifique du ciel, l'unique chose qui pouvait être qualifiée de belle dans toute cette saleté, cette laideur et cette mort. Elle se souvint comment elle et les autres infirmières avaient été aveuglées par la lumière du jour en sortant du tunnel de Corregidor. Elles avaient plaqué des mouchoirs sur leurs nez et leurs bouches et avaient enjambé les cadavres, se forçant à regarder le ciel parce qu'il leur était impossible de regarder à leurs pieds. Les quelques jours suivant leur capitulation restaient dans une sorte de brume, mais Kay se rappela leur peur quand les Japonais étaient entrés dans le tunnel où ils avaient interrompu des opérations, interrogé des officiers et inspecté les dortoirs des infirmières au milieu de la nuit, leurs gardiens se promenant vêtus uniquement de cache-sexe. À l'immense consternation des Américains, les Japonais s'étaient dirigés tout droit vers l'un des tunnels latéraux, pareil à tous les autres, avaient enfoncé la fausse paroi en plâtre et s'étaient emparés de caisses de la Croix-Rouge contenant de la farine de maïs, de la viande en boîte, des légumes, des fruits et de l'eau fraîche, ainsi qu'un hôpital de campagne entier avec ses précieux médicaments et matériels. Personne ne savait que toutes ces choses avaient été stockées là, qui auraient pu retarder leur capitulation, voire l'éviter si le soutien des Alliés leur était parvenu à temps. Les infirmières avaient souffert le martyre quand elles avaient dû laisser derrière elles leurs patients blessés. Kay avait mis en pièces une caisse et avait construit un cadre de fortune sur lequel elle avait posé une moustiquaire pour protéger son patient le plus malade tandis que les minuscules envahisseurs pénétraient par nuées dans le tunnel où ils se posaient sur des hommes trop faibles pour les repousser, apportant la dengue, le paludisme et une mort aussi certaine que celle promise par les Japonais.

Lentement, Kay descendit l'escalier – elle avait pris l'habitude d'agripper fermement la rambarde pour se soutenir – et sortit dans la cour crasseuse et sordide. Il fut un temps où des vendeurs ambulants étaient tolérés à l'intérieur du camp afin de proposer de la nourriture et permettre ainsi aux détenus de compléter les maigres rations avec des fruits, des légumes ou des œufs. Avant d'être faites prisonnières, les infirmières américaines avaient reçu l'ordre de brûler tout leur argent et leurs chèques, et elles avaient subsisté sur les maigres parts de bouillie, de poisson pourri et de riz blanc débarrassé du son riche en vitamine B1. C'était trop peu. Alors, un système clandestin, inimaginable trois ans plus tard, s'était mis en place. Certains civils qui avaient occupé des postes haut placés, et qui se retrouvaient emprisonnés avec les infirmières, avaient obtenu du crédit de leurs compagnies et donnaient de l'argent aux Américaines en échange de reconnaissances de dette. Leur solde – qu'elles recevraient à leur libération, à condition de survivre à la guerre et de retrouver les États-Unis en tant que nation souveraine – faisait d'elles un risque financier viable. Les filles avaient donc emprunté des sommes faramineuses pour rester en vie, payant soixante-dix *cents* pour un œuf, un dollar pour quelques poignées d'arachides et soixante-quinze dollars pour du lait. Le sucre était introuvable quel que fût le prix qu'on était prêt à payer. Mais ça valait la peine, même à ces prix exorbitants : un repas, voire un simple plat, pouvait faire la différence entre la vie et la mort. Kay pensa aux deux paquets de première nécessité de la Croix-Rouge qu'elle avait reçus. Quel bonheur ! Le café, la viande, le chocolat l'avaient rendue à la vie, elle s'était de nouveau sentie un être humain, mais ça n'avait pas suffi, rien ne suffisait jamais. Un homme avait vendu son paquet pour trois mille dollars ; le mois suivant, on l'avait enterré.

Kay était convaincue que les Japonais volaient leurs paquets, tout comme ils volaient ou détruisaient leur courrier ou confisquaient sur les quais les caisses contenant les donations marquées Squibb, Parke Davis ou American Red Cross afin de revendre les précieux articles aux médecins et infirmières américains – comme s'ils avaient les moyens, comme s'ils disposaient d'argent ou de crédit, comme s'il y avait dans ce monde affamé d'autres devises que la nourriture. Manille était au bout du rouleau. Les gens forçaient même l'entrée *dans* le camp.

Ils n'avaient aucun moyen de savoir ce qui se passait ailleurs dans le monde. Pendant tout ce temps, elle n'avait reçu qu'une seule lettre. Elle était de Jo et Kay l'avait lue et relue jusqu'à ce que la sueur de ses doigts commence à effacer les caractères. Si seulement Jo était avec elle ! Mais comment pouvait-elle penser ça ? Pour rien au monde elle ne souhaitait voir Jo dans cet enfer. Ce qu'elle voulait dire, c'était : « Jo. Tout ce que nous avons traversé ensemble. »

Kay essayait de ne pas regarder en arrière, mais dans les moments où elle ne s'y attendait pas, où elle le souhaitait le moins, remontaient les souvenirs de New York, de ce loup en habit de médecin. Quand elles avaient fait sa connaissance, pendant leur dernière année de formation, il était si beau garçon, si charmant, avec ses sourcils parfaits qui soulignaient son visage long et pâle parfaitement lisse. Comment avaient-elles pu ne pas voir clair en lui, ne pas voir qui il était réellement ? Kay n'avait pas été sa seule victime. En dehors de la surveillante générale (quelle emprise avait-il donc sur elle pour qu'elle ferme les yeux ?), chacune des infirmières avait appris à le craindre. Jo s'était entaillé la lèvre en le repoussant dans les toilettes des femmes ; Kay avait justifié ses hématomes par une chute imaginaire. Au début, avant que le vernis ne s'écaille, il avait été attentif, décontracté, calme et sans aucun doute séduisant, et les jeunes infirmières tremblaient rien qu'à le regarder. Il apportait de petits cadeaux, des cacahuètes, des sucreries ou des petits pains fraîchement sortis du four. Il s'insinuait dans leurs bonnes grâces avec ses traits d'esprit, ses plaisanteries, ses habits élégants et ses manières distinguées. Toutes étaient convaincues d'avoir affaire à un gentleman et, avant tout, à un médecin qui sauvait le monde dans lequel ils vivaient. Elles lui manifestaient le respect, le dévouement et l'obéissance dus à son statut.

Et il avait eu raison : personne ne les avait crues. C'était un chirurgien brillant, le meilleur de leur hôpital et, d'après certains, le meilleur dans toute la ville. Il faisait partie de l'élite et la fine fleur de la société réclamait sa présence en tant qu'orateur, enseignant et convive. Personne ne croyait aux divagations de ces stupides infirmières. « Oh, vous savez comment sont ces filles, elles veulent se rendre intéressantes, se mettre en avant. Elles ne devraient pas travailler pour commencer, aucune femme qui se respecte ne devrait être infirmière. Regardez leur façon de marcher – elles l'auront probablement cherché. » La fille qui s'était plainte avait été renvoyée et Kay, qui la connaissait, savait qu'elle n'avait pas retrouvé de travail dans leur hôpital, ni dans aucun autre. Elle avait quitté la ville et était rentrée chez ses parents. Il avait raison : elles n'étaient personne et on les remplaçait facilement. Encore maintenant, Kay pouvait entendre le bruit de sa démarche traînante dans les couloirs froids. C'était son unique imperfection – un pied-bot qu'une demi-douzaine d'opérations n'avait pas réussi à corriger totalement. Quelle ironie : un chirurgien avec un pied-bot ! Les gens se moquaient derrière son dos mais baissaient les yeux à son approche. « Pitié, pas moi. »

Un jour, il avait surpris Jo et Kay en train de donner un peu de nourriture à une femme. Celle-ci, pauvrement habillée, était venue mendier en silence, les vêtements détrempés par la pluie, les cheveux collés autour de son visage si pâle qu'il en était presque translucide. Il avait hurlé : « Faites-la sortir d'ici ! Vous pensez qu'on est où, ici ? Dans un bordel ? » C'est là qu'elles avaient découvert le ventre de la femme, si rond et tendu qu'on pouvait deviner la turgescence de son nombril sous le tissu de sa robe mouillée. La véhémence du médecin leur avait paru étrange, même venant de lui. La femme l'avait regardé avec ce qui ressemblait à de la pitié. On disait que tous les modèles des grandes madones étaient des filles des rues, des prostituées payées pour rester assises avec leurs bâtards sur les genoux et une expression placide sur le visage, pendant que les artistes créaient des images qui seraient adorées par les foules. Cette femme aurait pu être l'une d'elles. Notre-Dame de la compassion. Notre-Dame de la peine. Notre-Dame de la douleur.

« Méfiez-vous de cet homme », avait-elle dit avant de disparaître, non sans s'être auparavant emparée du pain dans la main de Kay et de la pomme dans celle de Jo. Elle les avait mises en garde. Elle savait qui il était. Elle savait.

« Pas maintenant. Cesse de te souvenir. Arrête de penser. » Kay passa devant les salles de classe vides, où quarante-six cours étaient dispensés par des professeurs internés, à une époque où les gens avaient encore assez d'énergie pour essayer de lutter contre l'ennui. À cinq *cents* l'ouvrage, on pouvait emprunter les nombreux livres (déjà infestés de punaises) de la librairie qui accueillait également les comités de la santé, des loisirs, et de l'hygiène avec sa campagne « Écrasez la mouche ».

Elle laissa derrière elle le cabanon de dératisation, désormais fermé sur ordre des Japonais, ce qui ne présageait rien de bon. Sans accès aux pièges et aux produits chimiques qui avaient eu l'avantage non négligeable de stabiliser la population de vermine, celle-ci croissait à une vitesse fulgurante. Les souris et les rats envahissaient les moindres recoins, dans les salles d'hôpital, dans les douches. Le jour où Kay avait trouvé une souris noyée dans sa bouillie, elle s'était contentée de pousser le plat, non sans avoir au préalable gratté et avalé les petits morceaux de nourriture sur les bords. La mort n'était-elle pas déjà partout ? Les Japonais avaient-ils besoin de lui donner en plus un tel coup de pouce ? Les rats étaient porteurs de puces qui, elles, véhiculaient le typhus, la peste et Dieu seul savait quoi d'autre créé dans les laboratoires des scientifiques. Kay frissonna à l'idée de ce que les Japonais pouvaient considérer comme « éthique médicale » ; qui se prêterait mieux à des expériences comme « sujets d'étude » que des prisonniers de guerre souffrant « du mal du pays » ?

Les Japonais avaient fait des promesses aux Américaines du tunnel de Malinta. « Vous monterez dans les camions. Vous serez avec des soldats américains. » Mais leurs geôliers les avaient expédiées dans un camp d'internement civil à Manille, loin de leurs patients. Elles devaient nettoyer des sanitaires comme des souillons jusqu'au moment où l'infirmière en chef avait fait comprendre aux gardiens qu'elles étaient des infirmières hautement qualifiées. Si elles ne pouvaient pas faire leur devoir pour l'armée américaine, elles voulaient au moins aider les centaines de civils malades. Ainsi, Kay et ses camarades avaient été envoyées dans cette université réquisitionnée où elles servaient maintenant depuis trois ans. Mais les Japonais n'avaient jamais reconnu leur statut d'officiers. Comment auraient-ils pu ? Ils ne les reconnaissaient même pas en tant qu'êtres humains !

L'appel de dix-sept heures trente approchait lorsque Kay surprit un homme se faufilant discrètement hors de sa cabane. Elle détourna vite le regard, de peur que ce simple coup d'œil donne l'alerte aux gardes japonais. Les hommes et femmes mariés n'étaient pas autorisés à se retrouver en dehors d'une plage horaire allant de dix heures à quatorze heures. Ce règlement tenait lieu de contrôle des naissances. Les partenaires de femmes enceintes étaient soit battus, soit emprisonnés, et parfois les deux.

Kay tâta sa poche et en sortit sa carte de rationnement, un bout de papier crasseux qui devait être poinçonné avant qu'elle puisse recevoir sa maigre ration quotidienne. La carte comportait une grille de trois lignes marquées MAT, MID et AM pour les repas du matin, de midi et du soir, et de vingt colonnes auxquelles pouvaient s'ajouter une vingtaine d'autres, une colonne par jour. Y figuraient également son nom, le numéro de sa chambre, le numéro de la carte et sa signature, tous presque illisibles à force d'être manipulés. Sur la gauche, les mentions « homme » et « enfant » étaient proprement barrées, laissant « femme ». Kay ne pouvait plus que deviner ce qui était écrit ; cela faisait des semaines que des lettres dénuées de sens flottaient devant ses yeux et disparaissaient quand elle essayait d'accommoder sa vision.

Il lui devenait chaque jour plus difficile de se concentrer et de contrôler ses pensées. Elle songea à Dot, à leur rencontre peu après l'arrivée de Kay aux Philippines. Elles avaient suivi ensemble leur formation de base mais ne s'étaient pas vues depuis des mois. Kay était tombée sur Dot alors que celle-ci passait en trombe une porte latérale de l'hôpital.

— Dottie ! s'était-elle exclamée en lui agrippant le bras, tandis que sa camarade faisait mine de vouloir l'éviter. Dottie Kimble ! Je n'y crois pas !

La femme lui avait lancé un regard surpris, presque apeuré, avant d'identifier son interlocutrice. Dès lors, son visage s'était éclairé.

— Kayak ! s'était-elle écriée en utilisant le surnom de Kay, et elle l'avait serrée dans une étreinte colossale.

— C'est le dernier endroit où je m'attendais à te rencontrer ! s'était exclamée Kay en riant. Qu'est-ce que tu fais ici ?

Dot avait baissé les yeux tout en rougissant.

— Où étais-tu ? avait-elle demandé en changeant de sujet.

— Hawaï. Et toi ?

— Ici, à perdre mon temps à ne rien faire. Je ne crois pas qu'il y aura une guerre.

— Eh bien, c'est plutôt une bonne chose, non ?

— Ça dépend de quel côté tu te bats. (Les traits de Dot s'étaient assombris et, d'une voix plus posée, elle avait continué :) Je… Je retourne au pays, Kay.

— Non ! Pas maintenant ! Il y a beaucoup de bons postes ici et, de nous toutes, tu es la meilleure infirmière. Tu sais poser des cathéters les yeux fermés. Tu te souviens de la fois où…

À ce moment, une infirmière d'âge moyen avait contourné le coin du bâtiment. Elle avait jeté un regard insistant aux deux amies avant de faire demi-tour de façon ostentatoirement méprisante. De nouveau, Dot avait rougi, mais Kay n'avait pas compris.

— Il *faut* que tu restes, Dot. On est ensemble maintenant. Même si nous ne voyons jamais le feu, ça n'a pas vraiment d'importance. Ensemble, nous pourrions nous amuser et…

— Kay, je ne peux pas…

— Tu dis des bêtises. Je suis en poste ici. Tu n'as qu'à venir me voir, et nous parlerons. Je suis si heureuse de t'avoir retrouvée. (Kay avait enlacé son amie en remarquant les larmes qui coulaient sur ses joues.) Qu'est-ce qui ne va pas, Dot ?

— Mademoiselle Kimble, avait jeté d'un ton sec l'autre infirmière qui était revenue sans que les deux amies s'en aperçoivent.

— Dot ?

— Adieu, Kay.

Dot s'était arrachée des bras de Kay et avait remonté en courant l'allée poussiéreuse.

Pendant un moment, Kay n'avait pas bougé, suivant son amie du regard.

— Vous connaissez cette femme ? avait demandé l'infirmière.

Kay n'avait pas apprécié le ton avec lequel elle avait prononcé « cette femme ».

— Oui, c'est une vieille amie à moi. (L'autre avait reniflé.) Et aussi une des meilleures infirmières avec qui il m'a été donné de travailler.

— Vous m'en direz tant.

— Hé, dites donc, c'est quoi, le problème ? avait demandé Kay en prenant l'autre par le bras.

— Ne me touchez pas, avait éructé la femme d'un ton glacial. Ça ne m'étonnerait pas que vous soyez comme elle.

— Que je sois quoi ?

— Je pourrais vous dénoncer. Je pourrais vous faire renvoyer de l'armée, comme elle. Oui, c'est ce qui est arrivé à votre « amie ».

— Renvoyée ? Vous voulez dire pour conduite déshonorante ?

— Oui. Elle a déshonoré son uniforme et sa profession.

— Qu'est-ce que vous insinuez ? Dot est la meilleure…

— Dot ! avait craché la femme en lissant son uniforme blanc. Je sais que vous êtes nouvelle ici, mademoiselle, mais à votre place je me méfierais. Je n'aime pas votre genre.

— Quel genre ?

— Les gouines.

— Quoi ?

La femme l'avait laissée là, bouche bée dans la chaleur. Est-ce que ça pouvait être vrai, au sujet de Dot ? On entendait des choses, bien sûr, aussi bien ici qu'au pays. C'était plutôt des chuchotements, en fait. On disait que c'était contre nature, que ces femmes n'étaient pas des êtres humains. Kay connaissait Dot, elle l'aimait, et tout le monde l'avait aimée pendant leur formation. C'était une amie et une excellente infirmière. Elle n'était pas capable d'imaginer qu'on puisse vivre de cette façon-là, rien de ce qu'elle avait appris ou vécu ne l'avait préparée à ça, mais cela ne changeait rien à l'affection qu'elle ressentait à l'égard de Dot. Elle l'aimait, pas de la façon qu'avait insinuée cette horrible bonne femme, mais d'une amitié profonde, un lien qui durait une vie entière et dont elle n'avait pas honte.

Qu'était-il arrivé à Dot ? Elle avait été renvoyée à la maison, « éliminée », limogée pour conduite déshonorante ; on avait voulu détruire sa vie. Mais Dot était rentrée avant les bombardements, avant la capitulation. Elle n'avait jamais dû fuir à travers la jungle du Bataan, ni se tapir dans les tunnels de Corregidor comme un animal pris au piège. Dot s'en était sortie avant d'être enfermée comme Kay, dans une cour qui puait les ordures, les corps sales et la nourriture pourrie.

Kay pensa à la nourriture. Elle y pensait tout le temps, sans relâche : à la dernière chose qu'elle avait mangée, à la prochaine qu'elle mangerait. La semaine précédente, elle avait trouvé une banane et l'avait engloutie avec la peau. Ce qu'elle avait pu être chochotte, là-bas, à New York, à chipoter du bout des lèvres l'*anguilla marinata*, l'anguille marinée. (C'est Jo qui la lui avait apportée et s'était moquée de ses grimaces de dégoût.) Il y avait tant de choses que, auparavant, elle aurait à peine qualifié de nourriture et qu'elle avalerait maintenant les yeux fermés : les *camotes*, sortes de patates douces ; les *dilis*, petits poissons ridicules d'à peine trois centimètres ; les *sapsaps*, poissons plus grands mais qui pourrissaient si rapidement qu'ils étaient impropres à la consommation, du moins pour les humains. On les donnait aux canards affamés, mais aujourd'hui les *sapsaps* et les canards avaient disparu, de même que tous les animaux domestiques, les quelques animaux errants malchanceux, les feuilles, les racines et les herbes – tout ce qui était organique et pouvait d'une façon ou d'une autre être mangé. Pendant l'été 1944, les Japonais avaient cessé d'évacuer les ordures et les internés avaient commencé par les enfouir, mais maintenant elles restaient à ciel ouvert. Les prisonniers farfouillaient sans conviction dans les tas à l'aide de bâtons ou du bout de leurs chaussures, à la recherche du moindre morceau de quelque chose qu'ils pourraient essayer de manger. Ils venaient à l'hôpital implorer les infirmières de leur donner une cuillerée d'huile de ricin, se léchant les babines de satisfaction après avoir avalé l'horrible mixture, tellement ils étaient en manque de graisses. Les enfants internés avaient été éloignés des mess japonais, sous peine de mort : la vue de ces minuscules squelettes ambulants gâchait l'appétit à ces hommes sans cœur.

Évoquer la nourriture n'était d'aucune aide à Kay, mais elle ne pouvait pas s'en empêcher. Y avait-il quelque chose qu'elle pouvait faire, quelque chose qu'elle pouvait troquer ? Y avait-il un moyen d'obtenir un peu plus de nourriture et de rester en vie un peu plus longtemps ?

— Vous. L'infirmière. Venez.

Kay se retourna et vit un petit groupe de ses camarades rassemblées par deux soldats portant des fusils équipés de baïonnettes. Elle approcha lentement, interrogeant les femmes du regard, se demandant si l'heure était finalement venue d'utiliser les ampoules de morphine toujours cachées dans leurs cheveux.

Parmi l'assistance, personne ne protesta, personne ne s'enquit de la destination de ces femmes. Personne ne leur vint en aide, évitant tout contact visuel avec les geôliers, et aucune des filles ne les blâmait. Dans ce camp, il n'y avait aucune place pour les actions héroïques, ni d'ailleurs pour les héros. S'il y avait des héros, c'étaient ceux qui parvenaient à se lever tous les jours pour faire leur devoir, sans espoir de rémunération, de secours ou même de survie. Ou celles qui possédaient des ampoules de morphine mais avaient jusqu'ici refusé d'en faire usage.

— Vous venez avec nous. Maintenant.

Et elles vinrent. Elles n'avaient pas le choix. Une des infirmières qui travaillaient au même étage que Kay lui prit la main et la serra légèrement, puis la lâcha avant que les gardes ne remarquent son geste. Kay comprit : elle lui faisait ses adieux. On les fit entrer dans le bâtiment principal et franchir la grande porte qui restait toujours fermée à clé, puis on les mena sur un petit bout de pelouse, d'un vert incongru dans une ville de pierre brune, de terre et de gravats.

— Mettez-vous en ligne ! aboya un garde.

Une des filles fit lentement le signe de la croix, avec sincérité, comme si elle savait qu'elle accomplissait ce geste familier pour la dernière fois. Elles se mirent en rang devant une vigne en fleur, violet et fuchsia, d'une beauté obscène dans la lumière déclinante. Elles se redressèrent et, résistant au réflexe de baisser les yeux, elles regardèrent devant elles, croisant le regard insensible de leurs ennemis. Puis apparut le commandant en personne, avançant vers elles d'un pas rapide. Il portait sa tenue de cérémonie et était suivi d'un photographe philippin chargé de son matériel qui essayait de suivre tout en se confondant en excuses. Elles étaient donc destinées à composer une autre image démoralisante envoyée aux États-Unis, censurée par la presse, bien sûr, mais dont les militaires prendraient connaissance. Si la nouvelle de leur mort pouvait éventuellement faire la une, ce ne serait pas le cas des images de leurs corps ensanglantés, étendus bras et jambes écartés sur l'herbe verte dans une mêlée de mort et de beauté, devant une vigne florissante.

— Vous prenez une chacune.

Ah bon ? Pourtant, les Japonais n'avaient pas la réputation de distribuer des bandeaux pour éviter aux condamnés de voir le peloton d'exécution en face d'eux.

Au lieu d'un bandeau, on lui tendit une délicate tasse en porcelaine. Chaque fille en reçut une. Elles étaient dépareillées – Royal Worcester, Wedgwood, Dresde –, décorées de roses miniatures, de nymphes enlacées, de bleu, d'or et de rose. Et toutes les tasses étaient vides.

— Nous envoyons photo à votre armée, pour montrer que vous êtes bien traitées. Vous prenez thé avec officier.

Le commandant se posta au centre de leur groupe, tenant sa propre tasse délicate. Lui eut droit à une soucoupe. Il fit face à la caméra, levant légèrement le petit doigt, entouré de femmes affamées regardant le fond de leurs tasses précieuses qui n'avaient aucun intérêt pour elles sans le thé, la crème et le sucre qui auraient constitué un repas copieux et les auraient maintenues en vie une journée de plus. Le photographe obséquieux tournait autour du groupe, s'inclinant à répétition entre deux prises, sourit, s'inclina de nouveau et remercia le commandant pour l'honneur, le privilège qu'il lui avait accordé de le laisser vivre lui et toute sa famille. Kay resta hébétée, sans émotion, même en voyant les larmes rouler sur les joues de l'homme souriant. Puis c'était terminé ; on récupéra les tasses et on reconduisit les filles dans la cour.

À leur retour, l'appel était en cours ; la mascarade avait duré plus de temps que Kay ne l'avait supposé. Elles prirent leurs places habituelles et se tinrent debout sans bouger, en silence. Les autres internés les regardaient et l'interrogation se lisait dans leurs yeux, mais elles n'auraient pas pu leur raconter, même à un autre moment. Les infirmières n'étaient autorisées à parler qu'au personnel médical, sous peine de mort. Elles ne pouvaient pas porter de pantalon ou – pire – de shorts, sous peine de mort. Elles ne pouvaient parler ni aux patients, ni aux étrangers, ni à personne. Elles n'avaient pas le droit de dire ni d'être quoi que ce soit. Tout était interdit, sous peine de mort.

L'espace d'un instant, Kay ressentit de la colère d'être toujours en vie, obligée d'écouter la lecture d'une liste d'appel chaque jour un peu plus courte. Pourquoi était-elle épargnée ? Pourquoi ne l'avait-on pas tuée à Corregidor ? Pourquoi était-elle née ? Pour connaître quelques semaines de bonheur avec un homme qu'elle ne reverrait jamais, qui avait rendu sa vie précieuse, une vie qui, sans lui, devenait d'autant plus désespérée et inutile ? La litanie des noms se poursuivit – « Gallagher, Aimée. Gallagher, Thomas » – et elle regarda les gens autour d'elle : les petits enfants aux bras cassés maintenus par les haillons d'une vieille robe à fleurs à défaut d'un plâtre ; un autre cas de béribéri qu'elle n'avait pas remarqué lors de l'appel de huit heures, les bras de l'homme crevant presque les manches de sa chemise en loques ; une de ses camarades infirmières, deux rangs plus loin, qui commençait à vaciller d'épuisement et à s'affaisser avant d'être rattrapée par les femmes qui l'entouraient et qui essayaient désespérément de ne pas attirer l'attention sur elles ou sur leurs enfants.

Quel était le but ? Pourquoi ne pas simplement les laisser partir ? Pourquoi ne les avait-on pas tous tués, au lieu de faire l'appel et de les faire tenir immobiles pendant des heures d'affilée jusqu'à ce qu'ils meurent de faim, s'écroulent ou deviennent fous ? C'était de la folie. C'était comme un mauvais rêve – ou comme le rêve agréable d'un sadique. Les Japonais avaient trouvé le meilleur moyen de torturer, d'estropier, de détruire l'esprit et le corps en même temps : la saleté, la misère noire, l'isolement et, par-dessus tout, la faim, toujours la faim. Ses camarades et elle avaient manqué le repas du soir pendant leur petite réception bidon sur la pelouse, et les quelques grammes de viande, de riz ou de bouillie rance, maintenant qu'elle en était privée, prenaient aux yeux de Kay des allures de festin. Sans cela, elle ne savait pas si elle survivrait à la nuit, ni même au reste de la journée, voire à la fin de l'appel. « Jackson, Jacobs, Jamison. » Elle était sur le point de mourir et elle ne pouvait même pas s'asseoir, s'allonger pour mourir – pourquoi ? Pourquoi ne pouvait-elle pas mourir ? Qu'est-ce qui l'empêchait de briser les ampoules dans ses cheveux et d'en boire le contenu ? Quel lien ténu l'attachait encore à Santo Tomas, au monde, à l'humanité ?

De la salle d'hôpital, deux étages au-dessus, lui parvinrent les pleurs d'un bébé. Les cris se prolongeaient, interminables, tenaces, les cris d'un unique objecteur de conscience impossible à faire taire, qui défiait l'injustice et l'inhumanité avec sa vie et une insistance déraisonnable et pourtant légitime d'être entendu, d'être vrai. Les cris continus, résolus et retentissants provoquèrent quelque chose à l'intérieur de Kay. Elle avait aidé ce bébé à venir au monde le matin même ; au milieu de toute cette mort, la vie était apparue et elle l'avait guidée vers la lumière. Elle avait assisté la mère du bébé, comme elle aidait deux cents êtres humains chaque jour ; chacun d'eux méritait de la compassion, de la décence et des soins bienveillants, et c'était là tout ce que Kay avait eu à leur offrir. Ils mouraient tous de faim, comme le disaient les certificats de décès ; en revanche, tant que leurs corps survivaient, elle pouvait faire en sorte qu'ils ne manquent ni de bonté ni de tendresse. Pas tant qu'elle serait en mesure de soulever, de marcher, voire de rester immobile pendant des heures. « Lambert, Landon, Langley. » Les cris du bébé persistaient et le bruit maintint Kay en vie. C'était comme s'il criait et pleurait et s'exprimait en son nom à elle, au nom de tous ceux contraints au silence et à la soumission. Mais pas pour toujours, Kay se fit la promesse : pas pour toujours. Elle pouvait tenir encore un peu. Elle tiendrait jusqu'à la fin de l'appel. Ils en étaient déjà aux L.

Elle devait seulement rester debout.

7

Jo McMahon

Printemps 1945, front occidental

Le commandant ne mourut pas. Pendant une journée ou deux, Jo avait craint le pire, mais sa fièvre avait fini par baisser et son regard par être moins vitreux. Soudain, il se rappela où il était et ce qui lui était arrivé. Quand on lui raconta par quoi il était passé, il fut surpris d'être encore en vie. Billy aussi s'en sortirait, à condition de ne pas trop bouger, et mieux encore avec un peu de vapeur à portée de main pour soigner son asthme.

— Je sais que j'ai l'air d'agoniser, mais, en fait, je me sens moins moribond maintenant, raillait-il.

Jonesy, fier d'avoir été nommé responsable du rationnement des aliments obtenus par Grand-Père, roulait à travers la tente dans son siège insolite, sa jambe plâtrée allongée devant lui comme un bélier bizarre. Un jour, James demanda à s'habiller.

— Si vous avez toujours mes vêtements, mademoiselle. Je veux dire, je ne suis pas malade et pas si gravement blessé, ce ne sont que mes mains, vous savez. Pour ce qui est de mes yeux, eh bien, je ne peux quand même pas rester alité toute ma vie à cause de ça.

Jo sortit le ballot sale de dessous le lit de camp et l'autorisa à s'asseoir sur son lit dans son uniforme à moitié brûlé.

Les blessures du père Hook guérissaient lentement. Il lançait des regards furtifs à droite et à gauche sans pouvoir fixer l'espace devant lui, et il répondait par monosyllabes : « Oui » à la question : « La douleur est-elle supportable ? » « Non » à : « Avez-vous besoin de quelque chose, mon père ? » En revanche, Jo ne parvint pas à atteindre l'homme à l'intérieur. Dès qu'elle essayait de le faire parler en lui posant des questions personnelles, sur son passé par exemple, il se figeait en dedans comme en dehors, se retirant dans sa coquille durant des heures. Jo connaissait les symptômes de l'état de choc, mais de les observer chez un prêtre la perturba. Dans son esprit, un prêtre était censé secourir les autres, et n'avait pas de besoins personnels à satisfaire. Quand elle était enfant, des hommes comme lui venaient rendre visite aux habitants des immeubles crasseux de Brooklyn pour administrer les derniers sacrements aux mourants ; ils nourrissaient les foules affamées avec la chair de leur Dieu et entendaient en confession des milliers de pécheurs endurcis sans en être affectés, sans épuiser leurs ressources ni leur pouvoir de guérison de l'âme – du moins en apparence. Elle était face à un homme qui aurait dû être invincible, qui aurait dû pouvoir surmonter sa propre douleur. Il aurait dû porter sa croix avec joie comme un joug léger, pour ensuite plonger dans les recoins de son être et leur offrir – offrir à Jo – les mots d'espoir, d'amour et de salut que le monde brûlait d'entendre. Mais il était seulement effrayé.

Puis il y avait David. Jo avait déjà vu des cas de typhus mais n'arrivait pas à comprendre celui-ci. Parfois, l'Écossais semblait reprendre le dessus, la fièvre tombait et il parvenait à dormir, bien que par à-coups. Puis la maladie revenait en force, surtout pendant la nuit, et il gémissait et se débattait sur son étroit lit de camp, son épaisse chevelure collée par la sueur. Il appelait alors sa mère ou exigeait son fusil, ou leurs équivalents écossais. Il rejetait sa tête en arrière et cambrait le dos, tout raide, signe avant-coureur de la phase terminale ; mais, au matin, il était toujours là, tenu par un fil mais toujours là.

Jo s'assit à côté de lui et repoussa ses cheveux sombres, dégageant le haut front lisse. Il n'y avait que les cernes noirs sous ses yeux qui témoignaient de la proximité de la mort.

— David, David, David, murmura-t-elle en fermant les yeux.

Elle voulait se cramponner à elle-même et à cet homme qu'elle s'était juré de sauver. La maladie ne lui était pas inconnue. En Sicile, le typhus avait ravagé des villages entiers ; les mères mourantes lui avaient amené leurs enfants morts à examiner, les vieillards avaient pleuré et imploré les médecins de sauver leurs femmes, leurs filles, leurs petits-enfants. On les avait pris pour des dieux, capables de tout guérir, le typhus, la peste, la fièvre typhoïde. Quand l'armée américaine s'était retirée, les Allemands avaient détruit les systèmes d'irrigation et bloqué l'approvisionnement en eau ; ils avaient démoli les puits artésiens, abattu des murs vieux de deux mille ans, fait exploser les aqueducs. L'eau était devenue un poison mortel, mais que pouvaient faire les gens sous la chaleur accablante de l'été sinon boire cette eau source de vie pour les hommes et la terre depuis des millénaires ? Pour commencer, ils avaient attrapé le typhus, puis ce fut le choléra ; ensuite, l'eau stagnante avait attiré les moustiques, propagateurs du paludisme, pour ôter tout reste d'espoir là où il n'y en avait déjà plus. La quinine faisait virer au jaune la peau des infirmières et teintait les poches d'uniforme des soldats, qui y glissaient les pilules et refusaient de les avaler, de peur qu'elles ne leur détruisent l'estomac.

Tandis que Jo caressait distraitement les cheveux du mourant, elle se mit à fredonner un thème de l'opéra *Hänsel und Gretel*[1]. Cela lui semblait une éternité, mais, quelques années auparavant, elle avait étudié l'opéra. Avec le *signor* Luigi. C'était un *bastardo* acariâtre, mais il avait adoré sa voix. Il lui avait donné des cours pour une bouchée de pain et, avec force cris et imprécations, avait fait tout son possible pour transformer sa *voce argento* (sa voix d'argent, comme il l'appelait) en *voce d'oro*. Puis Jo avait commencé sa formation d'infirmière, travaillant de nuit ; la guerre avait éclaté et Gianni avait été appelé. Tout s'écroulait autour d'elle, alors, elle avait arrêté le chant. Pourtant, la musique l'habitait encore, certes assourdie, presque éteinte, mais toujours présente, et jaillissait à des moments inattendus, comme maintenant. *Papageno, Abendsegen, O mio babbino caro* : de la musique écrite en allemand, en italien ou en anglais, des langues dans lesquelles on s'entretuait à présent. C'était la musique d'un monde de rêve et de paix, désormais disparu.

Abends, will ich schlafen gehn,
Vierzehn Engel um mich stehn:
Zwei zu meinen Häupten,
Zwei zu meinen Füßen,
Zwei zu meiner Rechten,
Zwei zu meiner Linken,
Zweie, die mich decken,
Zweie, die mich wecken,
Zweie, die mich weisen,
Zu Himmels-Paradeisen

Sans réfléchir, elle chanta doucement ces paroles pour David – comme une berceuse, comme s'il pouvait

1. Opéra en trois actes d'Engelbert Humperdinck, d'après le conte des frères Grimm.

l'entendre – et son esprit vagabonda, le temps passa au ralenti, ponctué uniquement par les sensations de faim et de froid, chaque moment interminable, infini, irréel. Le premier film de guerre que Jo avait vu, *Correspondant 17*, était sorti avant même l'entrée en guerre des États-Unis. Elle se souvenait encore de l'éclat, du raffinement, du glamour de ce monde d'espionnage peuplé d'héroïnes intrépides, qui s'était déployé devant ses yeux pendant une heure et demie. Il y avait eu cette scène où les protagonistes se faufilaient dans un vieil immeuble d'habitation… Elle-même avait grandi dans un de ces bâtiments ; déjà à l'époque elle se soignait elle-même lorsqu'elle tombait malade. L'odeur de la cuisine à l'huile et l'absence d'aération lui revinrent en mémoire, le bruit des disputes sur deux étages et en trois langues différentes, les échardes dans le bois de la rambarde d'escalier, le métal dur et froid de l'escalier de secours où elle dormait lorsque les nuits d'été étaient étouffantes, quand toute la chaleur de la ville semblait renfermée dans leur pièce unique. Pourvu que tout ait brûlé, les rats y compris… En pensant aux rongeurs, son œil averti capta une ombre qui se faufilait sous la toile de tente et, tournant la tête, elle vit une petite souris, non, deux… une demi-douzaine. Il n'y avait rien à manger pour elles ici, elles venaient juste s'abriter du froid.

Elle interrompit son chant en allemand, passant à la version anglaise qu'elle avait chantée à d'innombrables reprises pour des enfants de toutes nationalités, malades et blessés, pris dans les tenailles de la guerre. Elle avait chanté pour ceux qu'elle pouvait aider comme pour ceux pour lesquels toute assistance était désormais inutile. Elle avait chanté des berceuses apaisantes qui passaient par-dessus la barrière de la langue et donnaient à ces innocents sinon la guérison qu'ils méritaient, du moins un moment de paix, de calme et de sécurité dans un monde devenu fou.

Elle se rappela la petite fille, là-bas en Italie, qui avait perdu un pied, écrasé par un camion. On la lui avait amenée quelques jours après l'accident pour qu'elle examine la blessure et pour quémander des antibiotiques que Jo lui avait donnés. « Qui l'a amputée ? » avait-elle demandé en voyant les points de suture rudimentaires et irréguliers, tandis que la petite se tortillait pour descendre de la table d'examen. Jo avait répété la question dans le dialecte sicilien de ses parents, sachant que, aussi loin au sud de l'Italie, on la comprendrait. Le vieux dentiste du village s'était avancé, triturant son chapeau de feutre. La petite avait commencé à pleurer et Jo l'avait laissée sauter de la table. Elle s'était remise d'aplomb avec ses petites mains dodues et s'était éloignée du vieil homme en sautant à cloche-pied.

— Elle ne m'aime plus, avait-il dit. (Il avait secoué la tête avec tristesse. Sur son visage, les poils blancs de sa barbe de plusieurs jours se détachaient sous la lumière du soleil.) Depuis que je lui ai pris son pied.

— Et avec quoi l'avez-vous anesthésiée ? avait demandé Jo.

— *Abbiamo avuto niente*, avait-il répondu simplement.

Il n'y avait pas eu d'anesthésie. Jo avait failli vomir de compassion pour la petite fille dodue qui, assise devant elle, jouait avec une boîte renversée. Jo avait imaginé son petit visage tordu de douleur, son doux babillage se muer en longs cris d'horreur et de souffrance mêlées. Où donc s'était enfui son ange gardien ?

Après cette petite fille, Jo avait cessé de s'attacher aux victimes. Cela lui arrivait encore parfois – par exemple, quand elle aidait une paysanne à mettre son enfant au monde, ou un soldat à utiliser ses béquilles –, mais du jour au lendemain, elle avait appris à faire barrage à la compassion. Maintenant, elle pouvait passer ses doigts dans les cheveux d'un beau soldat et lui chanter des mots d'amour et de paix merveilleux sans sentir plus d'émotions que le capitaine quand il gardait sa position ou que Jonesy quand il comptait les rations et faisait des calculs savants pour évaluer combien de temps celles-ci pourraient durer. Jo s'était endurcie pour que ni l'amour ni les sentiments ne l'entravent plus, et pour interdire l'accès du chagrin à son cœur. Si sa carapace avait encore des points faibles, elle travaillait dur et sans répit pour la renforcer, pour enfouir son âme. C'était l'unique moyen de survivre aux semaines, mois et peut-être années de guerre qui l'attendaient.

Cela faisait combien de temps que Grand-Père s'était tué ? Que Queenie avait été tuée ? Parfois, le capitaine faisait une apparition pour lui dire des choses sans importance au sujet des mouvements sur le front, des lignes d'approvisionnement et des voies hiérarchiques ; les renforts viendraient dans une semaine, dans deux mois, de l'arrière ou juste devant eux. Il fit miner le champ derrière la tente, au cas où les Allemands essaieraient de s'approcher par là, et envoya une escouade de reconnaissance pour tenter de rétablir le contact avec le commandement. Ses informations changeaient sans cesse mais Jo ne se préoccupait plus que de ses patients. Pour elle, la guerre se réduisait maintenant à six vies, les seules dont elle se souciait et sur lesquelles elle avait une influence. Elle était satisfaite de l'état de santé du commandant – pas contente, ni heureuse ni transportée, comme elle l'aurait été avant si on lui avait prédit qu'elle opérerait avec succès et sauverait la vie d'un homme. Elle était simplement satisfaite : du rétablissement de Jonesy, du fait que James s'asseyait, que les voies respiratoires de Billy s'étaient libérées, que le prêtre avait mangé ce matin-là, que David dormait, dans un état stable et sans pics de fièvre. Ses préoccupations se limitaient à cela, et seuls son cerveau, ses mains et les neurones qui les reliaient étaient sollicités. Elles ne touchaient ni son cœur ni son âme. Parce que, quand on aimait, on pouvait perdre. Quand on aimait, on perdait. Jo McMahon avait déjà trop perdu.

Elle se leva et retourna dans le petit espace qu'elle avait reconstruit avec les mêmes draps, lavés à plusieurs reprises, mais où, en esprit, elle voyait encore les éclaboussures de sang. Qu'elles fussent invisibles pour d'autres ne changeait rien à leur réalité. Dans l'intimité relative de cette petite cellule, elle enfouit son visage dans ses mains puis le frotta vigoureusement, comme si elle voulait retrouver l'énergie nécessaire pour continuer ce marathon de devoir qui, semblait-il, n'aurait jamais de fin. Elle se regarda dans le miroir sale et écaillé, suspendu de travers à un clou, sans reconnaître la personne en face d'elle. Sa peau d'ivoire, si prisée des Italiens du Sud, était grisâtre et sans vie ; ses cheveux emmêlés et feutrés étaient en grande partie cachés dans un chignon miteux. Elle passa les doigts sur son cou, ses clavicules, ses épaules : tout était trop long, trop maigre, trop saillant. Les veines de ses mains étaient gonflées et bougeaient au toucher comme des choses vivantes. Plus rien en elle n'était beau, ni même propre ou convenable. Elle regarda sa chemise de nuit en loques sur le sol humide, souillée d'une dizaine de vieilles taches de sang menstruel. Sa faim, sa laideur, la sensation constante de froid, les poils sur ses jambes et sous ses bras lui faisaient horreur. Elle se promit que, cette nuit même, elle porterait le négligé de contrebande – cette chose si délicate, soyeuse et somptueuse – pour se sentir de nouveau une femme et non une bonne nettoyant les résidus d'une orgie de mort. Oui, elle le ferait.

Il y eut du bruit devant la tente. Ce n'était pas les chuchotements étouffés de la section du capitaine, mais le brouhaha d'une conversation. Puis Jo entendit des cris. Les voix lui étaient étrangères et elles se rapprochaient de la tente. Jo émergea de derrière les draps au moment où une demi-douzaine de rangers[1] se ruaient dans la tente. À ses yeux, ils étaient des surhommes, chacun dépassant le capitaine (qui les avait suivis) d'une bonne demi-tête. Les pièces de coton en losange bleu et jaune cousues sur leurs manches les désignaient comme un commando d'élite. Voici des hommes qui pouvaient affronter n'importe quoi, surmonter toutes les difficultés, même si tout semblait leur être contraire. Ils pouvaient la sauver et, ce qui était encore plus important, ils pouvaient sauver ses patients.

Toutefois, en y regardant de plus près, elle se rendit compte qu'ils n'étaient pas là pour la secourir et la sortir de ce gouffre de mort et de désespoir. Au contraire, ils venaient lui demander de l'aide.

— Docteur ! hurla l'un d'entre eux.

Il était couvert de sang, mais pas du sien. Avec un autre ranger, il soutenait ce qui restait de leur camarade. Celui-ci avait des garrots posés sur les deux jambes et sur un de ses bras (ou de ce qui avait été un bras), et sa tête était enveloppée d'un bandage dégorgeant de sang. Ses globes oculaires tournaient vers l'arrière de ses orbites ; il était manifestement dans un délire au-delà de la douleur. Il suffit d'un regard à Jo pour savoir. Elle secoua la tête, presque imperceptiblement, à l'adresse de ses camarades qui étaient venus à bout de Dieu sait combien de difficultés pour trouver quelqu'un qui le sauverait. Il ne le serait pas.

1. United States Army Rangers : unité d'élite de l'armée américaine.

— Il n'y a pas de médecin ici. Et même s'il y en avait un…

Sa voix s'estompa.

— Nom de Dieu, mademoiselle ! Il y a bien quelque chose que vous pouvez faire !

Ils remontaient leurs manches, proposaient de donner leur sang. Ils ne pouvaient, ne voulaient pas entendre que rien ne sauverait leur camarade, que personne, même pas un ranger, n'était capable de survivre après avoir perdu autant de sang. Le garçon fut pris de convulsions et ils réclamèrent de nouveau de l'aide, espérant qu'un homme pourrait réparer ce qui avait été endommagé et ramener leur camarade à la vie. Ce fut alors qu'une femme – hautement qualifiée, qui savait arranger presque tout, mais pas cette fois-ci – osa ce qu'aucun homme n'eût osé. Jo s'assit sur l'unique table d'opération et leur fit signe de déposer l'homme dans ses bras. Au début, ils semblaient vouloir refuser, leurs yeux bordés de larmes qu'aucun ranger ne pouvait laisser couler, refusant d'être battu par la mort après tous ces efforts consentis. Mais le corps de l'homme blessé tremblait si fort qu'ils finirent par céder. Les yeux fous du mourant se fixèrent sur la dernière chose qu'il s'attendait à trouver si loin de chez lui et avait pensé ne jamais revoir : le regard sombre et humide d'une femme qui l'enveloppait comme celui d'une mère, d'une amante, d'un ange. Il vit qu'elle n'était pas le fantôme de sa douleur mais qu'elle était réelle ; il put sentir ses bras, de vrais bras qui le soutenaient. Puis il n'y eut plus qu'elle, tout le reste devint flou – la guerre, la tente, même ses camarades qui étaient pour lui plus que des frères. Uniquement elle, qui le contemplait avec le regard d'un ange. Brusquement, il ne ressentit plus ni peur, ni douleur, ni même de la tristesse à l'idée qu'il allait mourir (maintenant, il savait que c'était fini) parce qu'elle était là, elle était réelle et elle le tenait. Maintenant, tout se passerait bien, même la mort.

— Là, mon bébé, disait-elle, repoussant délicatement une mèche de cheveux. Là, mon chéri. (C'étaient des mots que sa mère employait, et il se sentit en sécurité.) Là, mon cœur.

Elle le serra plus près contre son corps doux et chaud, elle était son amante malgré la vie qui le quittait ; son corps répondit, il la désirait, il l'aimait et il guérirait pour lui faire l'amour passionnément. Il serait heureux parce qu'elle n'était pas une petite roulure parisienne qui l'aidait à passer le temps mais la femme de ses rêves, enfin, une vraie femme, et tout se passerait bien. Il ferma les yeux, reposant son corps fatigué contre le sien, qui le berçait doucement, très doucement sur la table qu'il ne pouvait pas sentir, dans une tente froide qu'il ne pouvait plus voir. Le balancement que ce corps imposait au sien le détendait et l'excitait, il était en sécurité, la guerre était terminée et ils rentreraient tous à la maison. « Mon chéri, mon chéri, mon chéri », chuchotait-elle, ses lèvres chatouillant son oreille couverte de sang séché, et un bonheur pur inonda son corps, un bonheur fait de plaisir lascif, de chaleur et de force. Il avait de nouveau dix-huit ans, il embrassait Katie Sue qui avait pris son anneau dans sa main minuscule et qui lui avait dit en pleurant qu'elle l'attendrait (Oh ! Quelle joie !) et qu'elle l'épouserait quand il rentrerait. Puis soudain, sans douleur, il partit.

La tente était plongée dans le silence. Ils étaient des hommes et ne pouvaient pas pleurer. Ils étaient incapables de franchir la ligne que Jo avait franchie, de faire ce petit rien qui était tout et qu'aucun homme ne peut comprendre tout en en ayant besoin, détestant la femme parce qu'il en a besoin, lui qui ne peut ni le donner lui-même ni vivre sans. Ses patients la regardaient fixement, bouche ouverte, et convoitaient les caresses qu'elle avait prodiguées à cet étranger et qu'elle ne leur donnerait jamais à eux. Les rangers, hommes d'acier, se tinrent en un demi-cercle impuissant autour de la femme qui avait offert à leur frère d'armes l'unique chose qu'elle possédait et dont il avait besoin. Ils la virent telle que le jeune homme mort l'avait vue, quelques secondes auparavant : la miséricorde personnifiée, l'amour incarné et, par-dessus tout, un havre de paix dans un monde qui les terrifiait plus que tout. Ils la regardaient et s'émerveillaient de sa douceur, de sa bonté et de sa chaleur.

Pourtant, Jo ne possédait rien de tout cela, plus maintenant. Le jeune homme était mort et son rôle à elle était terminé. Elle se dégagea de sous son poids telle une prostituée s'extirpant de sous un micheton épuisé. Puis, avec une froideur qui fit sursauter même les rangers, elle laissa retomber cette chose sans vie, insensible au révoltant bruit sourd que fit la tête en heurtant la table.

8

Kay Elliott

Hiver 1945, camp d'internement de Santo Tomas, Manille, Philippines

Immobile, Kay tenait l'objet flasque dans ses mains. Incapable de bouger, elle ne pouvait que rester là à regarder, confuse et ébahie. Que leur racontait-on donc, là-bas, au pays ? Comment croyaient-ils que les gens vivaient ici ? Elle pensa aux décapitations, aux empalements, aux pelotons d'exécution et aux noyades, aux petits enfants et aux femmes désespérées qui se prostituaient pour un peu de nourriture, violées mais jamais payées, ne recevant rien que le bout d'une baïonnette ou un coup de pied dans un coin sombre qui les laissait rongées par la culpabilité et la honte.

Elle repensa aussi à Malinta, cette bouche de l'enfer qui les avait avalés puis recrachés dans un endroit pire encore. Pour la première fois depuis longtemps, son esprit retourna à une époque antérieure à Malinta, aux infirmières qui avaient traversé la baie de Manille à la faveur de la nuit. Dans la lueur sanglante des bâtiments en feu, les hommes les avaient emmenées à la rame vers Corregidor et les faux espoirs que le rocher suscitait. Une multitude de minuscules embarcations les avaient entourés : des canots pneumatiques militaires, des bateaux de pêche, des jonques et des radeaux de fortune. Il y avait ceux qui agrippaient des tonneaux ou des caisses de bois attachés les uns aux autres avec des cordes. D'autres tentaient la traversée à la nage ; épuisés à mi-chemin, ils appelaient au secours, s'accrochaient à tout ce qui, bois ou métal, passait à leur portée, leurs ongles raclant l'objet, leurs mains faisant chavirer ceux dont ils espéraient de l'aide. « Ne regardez pas, mademoiselle », lui avait conseillé le sergent, et elle l'avait écouté. Elle avait fermé les yeux mais elle avait senti le canot s'arrêter et tanguer tandis que l'homme se levait ; elle avait senti le déplacement de l'air quand il avait balancé la rame, l'abattant avec force sur quelque chose qui se trouvait dans l'eau, quelque chose qui avait émis un grognement avant d'exhaler, comme épuisé. Alors leur embarcation avait semblé plus légère, dansant sur la mer agitée, et il avait repris les rames et les avait transportés vers des eaux plus profondes. Il lui avait dit qu'elle pouvait rouvrir les yeux, que tout allait bien et qu'ils seraient en sécurité à Corregidor.

Les mains squelettiques de Kay tâtèrent le tissu inconnu. « Laxet », disait l'étiquette. Ils ne devaient plus utiliser la laine. C'était plus doux que la laine, beaucoup plus lisse et extensible ; ça ne frotterait sûrement pas contre la peau comme la laine qui laissait des éraflures sous les bras ou à l'entrejambe. Était-il aussi imperméable que la laine ?

— Qu'est-ce que tu as là, Elliott ?

— Hmm ?

Le cerveau de Kay tournait au ralenti. Elle était lente et stupide. Elle regarda de nouveau l'étiquette mais les lettres bougeaient devant ses yeux. *Laxet. Lt. Ex. Latxe.*

— J'ai su qu'un colis avait été distribué, après tout ce temps. J'ai du mal à y croire. Les Japs ont dû le laisser passer pour se moquer de nous. Qu'est-ce qu'on t'a envoyé de chez toi ?

Kay songea à toutes ces choses dont elle aurait eu besoin et que sa famille aurait pu lui envoyer – et qu'ils lui avaient très probablement envoyées au cours des années mais qui avaient été confisquées par les Japonais : des boîtes de thon, des pots de beurre de cacahuète, des biscuits de mer, du lait condensé, du café. Du chocolat... Son estomac se tordit douloureusement. Kay ferma les yeux et serra les dents, luttant pour ne pas perdre pied.

— Un maillot de bain. Ils m'ont envoyé un maillot de bain, dit-elle en rouvrant les yeux.

— Quoi ?

Kay cessa de triturer le tissu soyeux. « Ils doivent penser que c'est toujours le paradis ici, de longues vacances, et que nous recevons leurs paquets et lettres même s'ils ne reçoivent jamais les nôtres. Pour ça, on doit sûrement inventer des explications. Ma famille m'aime. Ils ne m'enverraient jamais cette chose stupide et inutile alors que je meurs ici et qu'ils ont tant de choses – du beurre, de la crème, des œufs de la ferme –, mon Dieu, ils ne m'oublieraient pas. Ils ne m'ont pas oubliée ! » hurla-t-elle jusqu'à ce que sa tête fût prête à éclater. Du moins elle pensa avoir hurlé, mais tout ce qu'elle dit en réalité fut :

— Aha.

Elle regarda l'infirmière à côté d'elle. Celle-ci appliquait avec soin du rouge à lèvres avec un petit bout de rien du tout. Kay l'observa avec curiosité. Comment avait-elle fait durer ce petit morceau pendant tout ce temps ? Aussi loin que Kay s'en souvenait, Kelly (ou était-ce Kathy ? Kitty ? Les noms virevoltaient dans sa tête, interchangeables ; elle ne connaissait pas cette femme) mettait du rouge sur ses lèvres, même dans cet enfer. Comment résistait-elle à l'onctuosité de ce bâton ? Comment faisait-elle pour ne pas le manger ? Sa collègue avait l'habitude de s'en mettre, rouge, gras et criard sur sa peau blafarde. Elle devait avoir sur elle une dizaine, une centaine de tubes quand elle avait été capturée. Pourquoi les avait-elle emportés ? Personne ne se souciait de son apparence. S'en souciait-elle ? Elle procédait toujours exactement de la même façon : elle prenait son temps pour la lèvre supérieure, d'abord une moitié, suivant la courbe avec adresse, puis l'autre côté, tout aussi précautionneusement, et retouchait avec son auriculaire quand le rouge débordait. Puis, lentement, posément, la lèvre inférieure, de gauche à droite jusqu'aux commissures. La lèvre rebondit quand elle relâcha la pression. La fille replaça le bouchon, plaqua plusieurs fois les lèvres l'une contre l'autre en une sorte de baiser futile jusqu'à ce que ce soit parfait, jusqu'à ce que sa bouche soit aussi belle et hideuse que possible. Kay eut envie de gifler cette figure vide et stupide, irréelle et monstrueuse, et dont le sourire n'était qu'un autre masque cachant la mort.

— Kay ?

Kay regarda sa camarade et, l'espace d'un instant, la vit clairement. L'espace d'un instant, elle fut elle-même.

— Kay chérie ? J'ai cru que tu étais ailleurs. (Kay l'avait cru aussi, mais elle se sentait trop faible pour répondre.) Il est temps de prendre notre service, chérie. Temps d'aller travailler.

Kay se rebella de toutes les fibres de son corps, la personne qu'elle était et celle qu'elle avait été : la petite fille de Mount Carmel qui, en se réveillant par une belle matinée chaude de septembre, écoutait les oiseaux au-dehors et tentait de décider si elle irait pêcher ou randonner, ou peut-être essayer la nouvelle recette pour les beignets à la crème aigre – pour découvrir que, en fin de compte, c'était un jour d'école et qu'elle serait enfermée toute la journée. Elle ne voulait pas y aller. Elle n'irait pas. Elle avait été en colère à l'époque et elle l'était maintenant.

Elle eut tout juste la force de se lever. Les Japonais avaient installé les dortoirs des infirmières dans un bâtiment à l'opposé des salles d'hôpital. Il n'y avait que quelques pas à faire, mais ça lui était impossible, d'autant que la pluie avait rempli la longue tranchée qui courait entre les deux bâtiments et qu'elle devrait marcher dans l'eau sale. Elle manquait de force, elle n'y arriverait jamais. Ne pouvait-elle pas simplement se mettre en boule là où elle se trouvait et se rendormir ? Si elle faisait semblant d'être malade, sa mère ne l'enverrait pas à l'école et elle pourrait faire ces beignets, pour finir.

Sa tête lui tournait. Puis, brusquement, elle n'était plus une gamine mais une infirmière d'un hôpital de New York. Comment avait-elle fait pour arriver là ? Tout semblait plus limpide. Le brouillard s'était levé d'un coup, révélant les lumières vives au plafond, et elle put entendre, sentir les effluves de l'eau de Javel et voir les marques noires que laissaient ses chaussures de cuir sur le sol ciré. Jo venait d'entrer dans la salle de repos et ferma la porte derrière elle. Elle se tenait devant Kay, fixait le sol du regard. Elle secoua doucement la tête en articulant des paroles silencieuses. Quand Kay se leva et s'approcha d'elle, Jo tendit une main, mais c'était pour la repousser.

— Jo. Jo chérie.

Jo fronça les sourcils comme si ce prénom n'était pas le sien, comme si Kay s'était trompée. Elle secoua la tête avec plus de vigueur, apparemment perturbée par quelque chose qui la tourmentait. D'un signe de la main, elle demanda à Kay de s'éloigner : elle ne servait à rien.

— Jo ? Qu'est-ce qui s'est passé ?

Ça ne faisait qu'une demi-heure, voire moins : à deux, elles avaient transporté le patient cardiaque au troisième étage puis Kay, qui était attendue en salle d'opération, était partie chercher un café. Jo avait dit qu'elle montrerait les salles à l'une des nouvelles infirmières et la mettrait au courant. Elle avait ri. C'était il y a un quart d'heure, mais quand Kay regarda son amie, celle-ci n'était plus la même. Elle semblait absente. Kay toucha doucement son bras et Jo sursauta, son regard maussade traversa Kay, puis elle la reconnut et son visage se tordit.

— Oh, Kay ! chuchota-t-elle.

Elle tenta de s'asseoir sur le banc en bois mais se releva d'un bond, la douleur était trop forte. Alors Kay comprit et la prit dans ses bras, répétant inlassablement : « Oh mon Dieu, non ! » jusqu'à ce que la colère et la douleur l'aveuglent. Leurs douleurs ne faisaient qu'une, elles avaient toutes deux subi la même chose.

— Mon Dieu, Jo, comment ?

Les lèvres de Jo bougeaient mais aucun son ne sortait de sa bouche.

— Je vais le dénoncer, fit Kay d'une voix rauque.

Elle tenait toujours Jo serrée, sentant pulser le sang dans sa tempe et un sifflement lancinant dans ses oreilles, mais avant même que Jo pût souffler « Non », elle sut qu'elle ne le ferait pas, qu'elle n'oserait pas. Les deux femmes avaient à peine survécu à la Grande Dépression, et elles ne pouvaient pas se permettre de perdre un travail alors que le pays comptait dix millions de chômeurs. La faim et les privations de leur enfance continuaient à les paralyser. Pourtant, à deux, elles s'étaient senties en sécurité, pensant qu'elles pourraient se protéger mutuellement, et elles avaient échoué. En voyant son amie se renfermer sur elle-même et baisser les bras, Kay jura :

— Bon, Jo, ça s'arrête là. Nous trouverons un moyen. Ça s'arrête là.

Puis un jour, l'occasion se présenta. Une grossesse. Pas celle de Jo, Dieu merci, mais celle d'une patiente de l'assistance publique, la même femme qui avait mendié sous la pluie. Elle fit une hémorragie et faillit en mourir, mais donna finalement naissance à un garçon en bonne santé – hormis un pied-bot très important. Plusieurs spécialistes, appelés à la rescousse, étaient prêts à en faire un cas d'étude pour la faculté de médecine.

Elles n'eurent pas besoin d'attendre plus longtemps. Jo tint sa main tandis qu'elles franchirent le seuil du bureau. Les genoux de Kay tremblaient, mais elles iraient jusqu'au bout, elle en avait fait le serment.

— Plus jamais vous ne vous attaquerez à une infirmière dans cet hôpital, dit Kay de but en blanc.

— Comment ? Quel est votre nom ? Elliott ? Vous êtes virée, Elliott, vous ne travaillerez plus jamais dans…

— Dans cette ville. Oui, je sais. Mais… (Kay parvint à afficher un petit sourire)… je ne pense pas que vous ferez ça, docteur.

— Comment osez-vous ? hurla celui-ci, outré. Vous deux, Elliott et McMahon, vous êtes virées. (Il nota leurs noms sur un bristol.) Vous n'êtes que des agitatrices et je vais vous mettre sur la liste noire !

— Si vous faites ça… (Jo éleva la voix et lutta pour parler d'un ton égal tout en serrant la main de Kay.)… Si vous nous mettez sur la liste noire, nous ou n'importe qui, si nous apprenons que vous vous êtes ne serait-ce que frotté contre une infirmière en la croisant, nous parlerons à tout le monde de votre bébé.

— Mon bébé ? Vous avez perdu la tête ?

Voilà, le masque était tombé ; l'homme derrière son bureau – très occupé, dédaigneux et furieux de leur intrusion – se transforma en un être vil et haineux.

— Oui, votre bébé, celui que nous avons aidé à mettre au monde la nuit dernière. Le bébé de cette pauvre femme. Nous nous étions demandé cette nuit-là pourquoi vous lui refusiez notre aide, pourquoi vous teniez à la chasser. Elle vous connaissait. Je l'ai vu dans ses yeux.

— Personne ne vous croira. Vous n'avez aucune preuve ! éructa-t-il en se levant de son siège, menaçant.

— Nous l'avons vu dans ses yeux… et n'importe qui peut s'en rendre compte en regardant les pieds de votre fils. (L'air bravache et agressif de l'homme s'estompa ; penché sur son bureau, sa lèvre supérieure agitée d'un tic nerveux, il écoutait avec attention.) La particularité du pied-bot, continua Kay qui gagnait en confiance, c'est qu'il est héréditaire. Et rare. Si cette femme vous fait un procès en paternité, si elle porte plainte…

— Elle n'oserait pas !

— Vous croyez ? Vous l'avez mieux traitée que nous autres, peut-être ? Mais je ne crois pas qu'elle vous attaquera en justice. Je me demande pourquoi. Je crois qu'elle vous a pardonné, ou quelque chose comme ça. (Il se détendit, se rassit et expira lentement, reprenant le contrôle de lui-même.) Mais nous, nous ne pardonnerons pas. Nous avons dit à toutes les infirmières de cet hôpital qui est le père de cet enfant. Elles sont toutes au courant maintenant. Il suffit que l'une de nous aille voir un des administrateurs. Ou votre femme ? Jusqu'à présent, nous n'avions aucune preuve, mais un bébé atteint d'un pied-bot, né d'une prostituée que vous avez payée… Je ne pense pas que ce serait bénéfique pour votre carrière, docteur.

Il garda le silence en les observant de ses yeux étrécis.

— Sortez de mon bureau, finit-il par articuler.

Kay comprit que leur adversaire avait été vaincu. Ses épaules s'étaient affaissées et son regard restait fixé sur son bureau, de peur de croiser celui des infirmières.

Les genoux de Kay ne tremblaient plus. Elle se tenait droite, à côté de Jo. Tout ce pouvoir lui montait à la tête, qui lui semblait sur le point d'éclater. Elle se sentait tellement légère ! Avec le temps, Jo s'en remettrait, elle guérirait. Elles avaient agi ensemble pour se protéger mutuellement.

Quand elle quitta la pièce, les pieds de Kay touchaient à peine le sol.

— C'est du chantage ! vomit la chose dans leur dos, crachant son venin qui atterrit à leurs pieds, inoffensif.

Kay mit son bras autour de la taille de Jo pour la soutenir, pour se soutenir. Elle se retourna vers lui et, les yeux étincelants, rectifia :

— Non, ce n'est pas du chantage. Nous avons gagné. Vous ne pourrez plus rien contre nous.

Et la porte se referma bruyamment.

— Kay, chérie ?

L'infirmière aux lèvres rouges la secouait doucement mais avec insistance. Cette femme l'accompagnait depuis Clark Field, une amie et néanmoins une étrangère. Elle s'appelait peut-être Frances. Avec un e.

— Allez, viens, chérie.

Kay voulut se mettre debout mais retomba lourdement sur le sol. Frances (ou était-ce Emily ?) l'aida à se relever et la guida vers la porte puis à l'extérieur où elle lui tendit son uniforme en ballot, entouré d'une vieille ficelle.

— On le mettra quand on commencera le travail. D'abord, il faut qu'on traverse cette fichue tranchée.

Vêtues de leurs shorts les plus courts, elles descendirent dans l'eau stagnante. Elles tendirent leurs uniformes propres au-dessus de leurs têtes et se tinrent à la corde attachée aux bâtiments de chaque côté de la tranchée.

« Pas short, pas pantalon, avaient dit les Japonais aux femmes. Seulement jupes. Seulement robes. » Kay se souvint de la mine outrée et des cris de l'officier japonais, la semaine précédente, lors d'un de ces interminables cours de courbettes qu'elles étaient obligées de suivre.

Quatre-vingts pour cent des prisonniers du camp mouraient du béribéri, les survivants étaient ravagés par la dysenterie et l'épuisement, et elles devaient écouter ce dément discourir sur les différentes formes de respect que lui devaient les femmes, non seulement à lui mais à tous les Japonais, à tous les hommes.

— Va te faire foutre, dit Kay à haute voix à son fantôme.

Son amie, dans l'eau jusqu'à la taille, sourit sans regarder en arrière. Elle savait que Kay livrait une bataille contre ses propres démons. Cette démonstration d'esprit combatif était plutôt encourageante, mais, heureusement, aucun Japonais ne l'avait entendue.

Kay n'eut pas conscience de s'être changée, mais elle se retrouva dans la salle de l'hôpital, séchée et en uniforme, les mains tremblantes. En essayant de remplir la bouilloire, elle répandit de l'eau partout. Elle ajouta les feuilles de goyavier séchées, qui aidaient à atténuer les symptômes de la dysenterie bacillaire, mais renversa la moitié du breuvage sur elle et ses patients. Puis elle distribua ce qui restait de médicaments aux malades souffrant de dysenterie amibienne – du moins pensait-elle qu'elle était amibienne. Elle l'avait lu sur la feuille, quand elle parvenait encore à lire. Mais qui savait de quoi il retournait ? Il était midi, néanmoins, lorsqu'elle regarda la vieille horloge cinq minutes plus tard, elle indiquait six heures et les rayons de soleil obliques entraient par la fenêtre.

Un bébé se mit à pleurer puis commença à rire avant de lui parler avec une voix d'homme bourrue. Ah non, en fait c'était un *kempeitai*, un membre de la gestapo japonaise qui lui faisait signe de faire quelque chose, mais elle ne savait pas quoi. Elle avait dû tomber parce qu'elle leva les yeux depuis le sol, sous le hamac où elle avait roulé.

Elle vit un rat qui s'approchait d'elle. Elle ferait mieux de se lever. Quand finalement elle réussit à se mettre debout, la nuit était tombée. Le médecin qu'elle avait vu au début de son service était penché sur son travail. Elle se dit qu'il était peut-être mort – mais non, il écrivait. Mais, en y regardant de plus près, il était bien mort. Elle revit le rat et prit un balai pour le chasser ; à contrecœur, l'animal se faufila dans la salle contiguë. Kay le suivit, mais s'arrêta sur le seuil de la porte.

La pièce était remplie de cadavres. Les *kempeitai* l'avaient dit : « Plus d'enterrement individuel. » De toute manière, les prisonniers étaient trop faibles pour creuser des tombes ou pour soulever des corps ; alors, par défaut, les morts avaient atterri ici. Jetés pêle-mêle, ils gisaient sur des tables, sur le sol – et partout il y avait des rats. Cela incommodait Kay, bien plus que les montagnes de chair morte, de cadavres de compagnons perdus entassés négligemment devant ses yeux. Elle s'indigna de voir que les rats ne souffraient plus de la faim et se gavaient d'un festin inépuisable ; ils finiraient par se tuer, leurs estomacs explosant après cette orgie, mais ce ne serait pas fini puisqu'il y en aurait toujours d'autres ct d'autres morts pour les nourrir.

Kay partit à reculons et heurta un des lits-hamacs, délogeant un rat qui tomba lourdement par terre. Les doigts du patient avaient été grignotés. Son regard alla de hamac en hamac et partout elle vit la vermine, une queue disparaissant sous un drap par-ci, un museau à moustache sous un bras par-là. Les rats ne se contentaient plus des morts mais avaient commencé à s'attaquer aux vivants, les demi-morts trop faibles pour les chasser, des patients dont les yeux vitreux fixaient les horreurs qui les mangeaient vivants.

« Ils ne sont pas encore morts. » Quelque chose en elle se révolta dans un mélange d'horreur, de stupéfaction et de folie revigorante.

— Pas encore morts ! articula-t-elle à voix haute.

Elle secoua un autre hamac d'où chuta un rat obèse qui se rattrapa avec ses minuscules griffes arrière pour escalader la toile. Elle la secoua jusqu'à ce qu'il tombe pour de bon. Là, il s'ébroua, écœuré, et s'éloigna de quelques pas.

— Pas encore, répéta Kay.

Dans un des hamacs, un enfant pleurait en se débattant pour se débarrasser des souris qui lui mordaient les doigts.

— Pas encore ! hurla-t-elle.

Elle n'était plus elle-même. L'infirmière s'était muée en démente qui se précipitait d'un patient à l'autre pour les secouer, les frapper, les battre avec son balai et ses paumes ouvertes.

— Pas encore morts… pas encore !

Quelqu'un essaya de l'arrêter mais il était trop faible pour y parvenir. Elle possédait la force et l'énergie de la folie elle-même ; elle était terreur impitoyable, un ange de la mort impuissant qui brandissait un vieux balai à la place de l'épée flamboyante. Les souris et les rats étaient maintenant à terre et elle écrasait leurs queues charnues sous ses pieds, provoquant des couinements de protestation et l'exode vers la salle des morts où la récolte serait plus profitable. Le médecin affalé sur son bureau tenait encore un crayon entre ses doigts. L'annulaire disparaissait lentement entre les dents d'un rat monstrueux, gonflé au-delà de toute mesure. Il était arrivé à l'alliance. Vive comme l'éclair, elle attrapa le crayon et l'abattit pile au milieu de cette chose gigantesque et dilatée qui poussa des cris perçants, se débattit et la mordit, mais Kay ne lâcha pas prise. Elle maintint le crayon dont la pointe s'enfonçait profondément dans le bois de la table, avec du sang qui giclait partout, et dit au docteur en riant :

— Et voilà, Jim, je l'ai eu. On peut dire que c'est quelque chose, hein, Jim ?

Lorsqu'elle se réveilla, des heures plus tard, sa main agrippait toujours le crayon.

Ce devait être l'après-midi, mais Kay ignorait de quel jour. Sa montre semblait indiquer trois heures, mais ce pouvait aussi bien être le matin, ou alors il était neuf heures. Difficile à dire. Ça ne pouvait pas être le réveil puisqu'elle n'avait pas entendu la musique diffusée par les haut-parleurs. Peut-être que les autres la croyaient morte – au cas où il y aurait des vivants pour la croire morte. Elle songea à s'asseoir, mais l'effort que cela exigeait lui parut insurmontable. Elle ne se trouvait plus à l'hôpital mais était allongée sur son lit de camp, sans se souvenir de la façon dont elle avait franchi la tranchée et grimpé l'escalier. De toute façon, ça n'avait pas d'importance. Est-ce que ça valait la peine de ramper (puisqu'elle ne pourrait pas se déplacer autrement) jusqu'en bas pour recevoir sa ration quotidienne de soupe au riz sans goût et les quelques grammes de viande ? Et qu'était-ce donc, cette viande ? La veille, les Japonais avaient ordonné aux internés de tuer les derniers *carabaos*[1], pauvres choses affamées et maladives. À défaut d'armes, les prisonniers avaient attaché les animaux et avaient frappé sur leurs têtes jusqu'à ce qu'ils s'effondrent. Un professeur d'un certain âge avait frappé encore et encore sur la bête stupide avec une pierre en demandant, à l'animal et à Dieu, de lui pardonner. Mais, dans un jour ou deux, cette viande aussi serait épuisée, et il n'y aurait plus rien. Oui, elle

1. Buffle d'eau des Philippines.

ferait mieux de se lever. Elle devait se forcer, sinon elle mourrait sur place, sur son lit. Elle y songea pendant une minute, ou peut-être une heure, et décida qu'elle se lèverait. Dans une minute. Juste une minute…

Kay découpait des décorations de Noël, une guirlande d'anges se tenant par la main. Elle en avait fait toute une série et les agrafait ensemble pour en décorer les portes de l'hôpital. Elle songea au cadeau qu'elle offrirait à Aaron pour leur premier Noël à deux. Son esprit vagabondait malicieusement du côté d'une pièce de lingerie, en particulier un magnifique kimono très osé qui ne couvrait presque rien et qu'elle avait vu en solde sur le marché. Oh non, elle ne pouvait pas faire ça, pas à l'occasion d'une fête chrétienne ! Elle lui offrirait plutôt un cadeau pratique, des gants par exemple. Et une cravate. Et en dernier le kimono, emballé dans du papier de riz imprimé, avec un ruban de soie rouge. Elle imaginait déjà sa réaction quand il ouvrirait le paquet.

Elle plia une autre feuille de papier en accordéon, appuyant sur les plis avec l'ongle de son pouce. À force, elle n'eut plus besoin de dessiner la silhouette au crayon et elle commença à découper la tête, les ailes et le bas de la robe en forme de cloche. Aaron devait être sur la piste de décollage à Clark Field, ou peut-être déjà en l'air. Tous deux étaient arrivés à Luçon quelques jours auparavant ; lui devait inspecter les appareils et elle devait poursuivre son travail à l'hôpital. Et dormir avec Aaron. Elle était venue pour ça, elle était née pour ça. La simple pensée d'Aaron lui donnait des bouffées de chaleur et elle eut un mal de chien à se concentrer sur son travail. Elle était une jeune mariée et amoureuse, et tout lui rappelait Aaron – l'odeur de la mer, le parfum entêtant des fleurs, la brise du Pacifique qui s'engouffrait par la fenêtre ouverte, jouant avec ses cheveux qui dépassaient de sous sa coiffe d'infirmière, faisant danser les silhouettes découpées.

Kay s'était déjà habituée au bruit des avions qui les survolaient en rugissant. À l'heure qu'il était, Aaron devait faire une virée d'essai dans un avion capricieux. Il aimait son travail. C'était un jeu auquel il s'adonnait jusqu'au moment où il rentrait le soir et la déshabillait avant même de dîner. Le visage de Kay s'empourpra quand elle pensa à lui, la veille au soir, en train de manger assis à table nu comme un ver. Le vrombissement des moteurs se confondit avec les cris des oiseaux, des insectes et d'autres créatures prêtes à s'accoupler, et dont elle faisait joyeusement partie. Elle pensait être enceinte, mais il était trop tôt pour en être sûre. À cette seule idée, son corps vibrait du désir d'un enfant, du désir d'Aaron. Elle ferait l'amour avec lui jusqu'à lui donner une dizaine de fils ; les grossesses rendraient ses chairs adipeuses et flasques, mais elle s'en fichait, tant qu'il revenait pour plus, toujours plus d'amour. Dans quelques semaines, elle serait fixée, et l'annonce de la naissance prochaine de ce bébé parachèverait la joie d'Aaron et il lui ferait l'amour, délicatement, prudemment, incapable de contenir complètement sa fougue mais avec une tendresse plus grande encore que celle dont il faisait montre maintenant, une nouvelle sorte de passion, révérencieuse et admirative. Trois semaines jusqu'à Noël. À ce moment-là, elle saurait. C'était décidé, elle lui annoncerait la nouvelle.

Sandy, sa meilleure amie, entra dans la salle, tenant toujours le plateau avec les seringues dont elle avait aiguisé les pointes en biseau. Ses lèvres rouges se découpaient sur son visage pâle parsemé de taches de rousseur ; en revanche, contrairement à son habitude, elles n'affichaient pas un sourire mais une moue semblable à un petit nœud rouge.

— Qu'est-ce qui se passe, Sandy ? On dirait que tu vas pleurer, dit Kay en riant.

Son secret la faisait rayonner de l'intérieur. Sandy était sa complice, elle l'aidait à dissimuler son mariage avec Aaron. L'infirmière en chef ne devait pas l'apprendre : il n'y avait pas de place pour des infirmières mariées dans cette armée d'hommes, et Kay serait renvoyée. Elles se disaient que, à deux, elles pourraient garder le secret pendant un bon moment.

Comme Kay n'obtenait pas de réponse à sa question, elle redescendit de son petit nuage et réintégra le monde des mortels.

— Sandy ?

La bouche rouge trembla et les dents blanches qui mordaient la lèvre inférieure en avaient ôté la couleur.

— C'est Pearl Harbor, Kay. Pearl Harbor a été bombardé.

Kay continuait à sourire. Rien ne pouvait ternir la perfection de sa vie, de son avenir, de ce lundi matin brillant. Les paroles de Sandy rebondirent sur l'aveuglement de son bonheur.

— De quoi parles-tu ? Qui a bombardé quoi ? demanda-t-elle, presque irritée.

Ce ne pouvait pas être très important, peut-être une explosion accidentelle, sûrement quelqu'un qui avait fumé trop près des réservoirs de carburant, ou des idiots maniant des explosifs instables qui s'étaient fait sauter. Ce n'était sûrement pas grand-chose.

Kay vit une larme solitaire couler sur le nez retroussé de Sandy, où elle resta coincée dans la petite fossette à côté de la narine droite.

— Les Japonais, Kay. Ils ont bombardé Pearl Harbor. Il y a des milliers de morts, et les navires, les avions, tout a été détruit. Nous sommes attaqués. Je veux dire, ils peuvent débarquer ici à n'importe quel moment. Nous sommes censés mettre nos masques à gaz et…

Le reste fut perdu pour Kay. Elle voulait Aaron, elle avait besoin de lui. Si les Japonais avaient fait ça, si l'inconcevable s'était réellement produit, elle devait absolument voir Aaron, le voir accourir vers l'hôpital, sentir ses bras puissants autour d'elle une fois encore. Elle voulait qu'il lui dise que tout allait s'arranger, qu'ils sortiraient vainqueur de cet affrontement. Elle voulait au moins un baiser d'adieu avant qu'il ne s'envole afin de sauver le monde pour leur enfant à naître. Mais il ne vint pas. Les sirènes se déclenchèrent, les gens couraient dans tous les sens mais Aaron ne vint pas. Elle mit son masque à gaz, destiné à un homme et dont les bords n'adhéraient pas à ses tempes, quelle que soit la force avec laquelle elle tirait sur les sangles. Les infirmières étaient supposées rester à leur poste, gagner les abris, ne rien entreprendre jusqu'à nouvel ordre. Dans l'attente, elle se tint à la fenêtre, respirant un air qui sentait le vieux caoutchouc et le moisi, cherchant Aaron des yeux, et Aaron ne venait toujours pas.

Puis elle entendit les avions.

Elle les avait guettés sans le savoir, mais dès qu'elle perçut le bruit discordant, différent de celui des moteurs américains qu'elle avait appris à reconnaître, elle sut ce que c'était. Avant même de voir les silhouettes volant bas sur l'horizon, se détachant sur le ciel de l'après-midi – avant de les voir approcher en formation au-dessus du terrain, elle sut. C'était la mort.

Le bâtiment de maintenance voisin de l'hôpital fut le premier à sauter. L'explosion, si forte et si proche, la prit par surprise, l'ébranla, et elle sentit la chaleur sur son visage. Se précipitant de l'autre côté de la salle vide, elle regarda les avions japonais faire demi-tour pour amorcer une nouvelle vague de bombardements. « Les avions ! Mon Dieu, les avions ! » hurla quelqu'un. Il ne parlait pas des Vals et des Zéros[1] à l'approche mais des P-40 américains, rangés bien proprement les uns à côté des autres tels des dominos prêts à tomber. Ils n'avaient pas reçu l'autorisation de décoller, ils n'avaient pas reçu le feu vert – la guerre n'était pas déclarée officiellement –, et maintenant il était trop tard. Les Japonais larguaient leurs bombes sur les cibles méticuleusement alignées, les détruisant l'une après l'autre, avec précision et sans risque. En quelques secondes, tous les avions étaient en feu et les pilotes, à mi-chemin sur la piste, regardaient, abasourdis, pétrifiés.

Il y avait des blessés au sol et les infirmières attendirent le passage du dernier avion japonais pour se ruer sur la piste. Elles s'agenouillaient sur le bitume brûlant, appelaient les brancardiers, traînant elles-mêmes les hommes sur le sol pour les évacuer. Trois minutes plus tard, les Japonais revinrent, mais leur premier passage avait laissé peu de chose intact. Ils larguèrent leurs dernières bombes avant de disparaître, ne laissant derrière eux que flammes et fumée.

— Avez-vous vu Aaron ?

Kay posa la question à tous ceux qu'elle rencontrait – les blessés dont elle s'occupait, les autres infirmières, les copains de beuverie d'Aaron, les hommes sous ses ordres et d'autres qui n'avaient jamais entendu parler de lui. La carcasse tordue et en flammes d'un B-17 lui rappela ce qu'il avait dit au petit-déjeuner : qu'il devait tester un de ceux-là. Du moins croyait-elle s'en souvenir. Elle n'y avait pas vraiment prêté attention. Mais ça ne pouvait pas être le sien. Il ne pouvait pas être mort ! Son ventre se tordit

1. Bombardiers japonais.

de douleur, elle allait sûrement vomir – et là elle le vit. « Merci, mon Dieu, merci ! » Pour finir, il n'avait pas décollé. Elle le vit courir sur la piste en flammes, hurlant des ordres, hissant des blessés sur les civières. À travers le rideau de fumée, il ne put pas la voir ; elle-même ne pouvait pas traverser le terrain, mais, au milieu de toute cette destruction et cette mort, elle pleurait des larmes de joie. Il était vivant, et tant qu'il était vivant elle pouvait tout affronter, tout.

Kay roula sur le côté et tomba de son lit. Puis, lentement, centimètre par centimètre, elle se mit à ramper en direction de la porte du dortoir, vers l'escalier et la cour avec son odeur de nourriture avariée et pourtant irrésistible.

C'était la veille de Noël et ils se repliaient en laissant tout le matériel derrière eux. Ils étaient en train de perdre. Comment était-ce possible ? N'étaient-ils pas la plus grande des nations ? Ne possédaient-ils pas la plus grande armée du monde ? Et pourtant, ils perdaient. Les infirmières préparaient les blessés et leurs fournitures, tout le monde s'engouffrait dans des camions et des ambulances pour se diriger vers Bataan, où que ce fût, puis sur quelque île avec une forteresse souterraine, d'après ce qu'elle avait entendu. Un lieu où ils seraient en sûreté. Mais, d'abord, il leur fallait traverser la jungle. Les moustiquaires des lits drapaient maintenant les blessés, celles qui ne servaient pas étaient emportées. Là où ils allaient, ils en auraient besoin. Kay avait pu voir Aaron le matin, juste un instant. Elle l'avait à peine reconnu avec ses cheveux longs et hirsutes, les cernes sombres sous ses yeux. Il avait passé des nuits sans sommeil à mettre au point des stratégies avec les autres officiers et le commandement pour essayer de trouver une échappatoire et sauver leurs hommes. Pas seulement les hommes, d'ailleurs, les femmes aussi, les infirmières prises entre deux feux. Et pas n'importe quelles femmes : il devait sauver Kay.

Elle savait qu'elle lui compliquait la vie par le simple fait qu'elle existait et qu'il l'aimait. Il avait déjà assez à faire sans devoir en prime écouter son cœur. Il devait imaginer (en fait, il y pensait sans cesse) les Japonais lui prendre sa femme, la violer et la jeter après lui avoir transpercé le ventre d'un coup de baïonnette. Mais il avait des ordres qui étaient prioritaires... presque. Il lutta pour ne pas regarder dans la direction de Kay tandis qu'elle montait dans le camion. C'était trop demander à un officier, à un homme, que de placer la vie de ses soldats au-dessus de celle de la femme qu'il aimait. Il était déjà assez dur de mener ses hommes vers un destin incertain, la mort peut-être, sans avoir sa femme pendue à son bras. Alors Aaron avait voulu bâillonner son cœur, éloigner Kay, garder ses distances – et il avait échoué, lamentablement, il n'avait pas pu se protéger et museler son âme. Les deux fois où ils avaient réussi à s'isoler, il lui avait fait l'amour avec désespoir et lassitude, puis s'était endormi en la serrant contre lui avec ses bras et ses jambes, jusqu'à ce que le bras de Kay s'engourdisse sous son poids. Mais elle était restée là sans bouger, l'enlaçant comme si elle pouvait le protéger et ne jamais le laisser repartir.

Ils se repliaient. Pendant toute la journée, les camions dévalèrent la piste dans un bruit de ferraille, secouant les passagers. Ils devaient atteindre Bataan et Corregidor avant qu'il ne soit trop tard, et ils ne progressaient pas vite. Ils croisèrent le chemin d'autres unités avec d'autres soldats ; ils s'embourbèrent, furent retardés par des villageois, des réfugiés, des missionnaires descendus des collines pour s'enquérir des raisons de tout ce raffut.

Les routes étaient inondées et encombrées de *carabaos* embourbés. Les enfants les imploraient de les laisser monter sur les marchepieds ou s'accrocher à l'arrière des jeeps. « Emmenez-nous, GI ! » Lorsqu'ils tombaient sur des blessés américains, ils s'arrêtaient, montaient des tentes et opéraient tandis que les Japonais repéraient les croix rouges et les prenaient pour cibles, comme si la convention de Genève n'existait pas. Les avions japonais les mitraillaient, déchiquetant les corps des blessés à peine rafistolés, et les infirmières, debout devant la tente, invectivaient le ciel en brandissant le poing et en maudissant leur ennemi. Vint le jour où les civils qui s'étaient battus aux côtés des Américains se rendirent compte que la partie était terminée et s'en retournèrent dans leurs villages pour mourir avec leurs femmes et leurs enfants. Personne n'essaya de les retenir. Ensuite, Aaron ordonna aux officiers d'arracher leurs insignes et tout ce qui pouvait les distinguer comme cibles privilégiées aux yeux des snipers. Cela valut aussi pour les infirmières avec le grade de sous-lieutenant, donc pour Kay.

Quand ils furent bombardés dans la jungle, Kay avait déjà appris à garder la bouche ouverte : la compression de l'air due aux déflagrations pouvait se révéler fatale pour les tympans. Ils retapaient les blessés et les Japonais les mettaient de nouveau en pièces, et tout n'était qu'un cauchemar éternellement recommencé. Jusque dans ses rêves, Kay marquait des lettres M sur le front des hommes avec leur sang, l'unique façon qui lui restait pour distinguer les patients qui avaient reçu de la morphine.

Quelques infirmières philippines qui avaient servi à Clark et à Hawaï les accompagnaient. Un commandant leur donna l'ordre de partir : on n'avait plus besoin de leurs services, elles devaient regagner par leurs propres moyens les îles dont elles étaient originaires, merci beaucoup pour votre aide. Les filles pleuraient, implorant les officiers de ne pas les abandonner. Elles voulaient venir à Corregidor pour ne pas être violées et torturées par les Japonais. N'étaient-elles pas des Américaines, elles aussi ? Mais le commandant resta inflexible ; pour lui, les États-Unis se limitaient brusquement à quarante-huit États contigus. Il n'était pas responsable d'elles, dit-il – après tout, elles n'étaient pas de « véritables » Américaines, elles devaient s'en accommoder.

Alors, les infirmières du Kentucky, du Texas, de la Louisiane et du Maine s'assirent par terre et refusèrent de bouger. « Prenez-nous toutes ou laissez-nous toutes », dirent-elles. Kay participa à ce mouvement de protestation. Elle s'assit sur le sol boueux avec ses camarades, croisant les bras. Elle vit le regard d'Aaron sur elle quand elle leva la tête d'un air de défi, et, l'espace d'une seconde, ses yeux parurent lui sourire avec un amour plus fort que jamais. Puis le regard disparut, il redevint l'un des officiers, en colère contre ces femmes obstinées, du moins en apparence. Le commandant hurla, donnant des coups de pied dans un appentis qui s'écroula, mais pour finir il dut emmener toutes ces « fichues femelles » dans les camions pour les évacuer. La petite infirmière philippine assise à côté de Kay dans le camion lui prit la main et la baisa.

Ce fut le début de la fin. Les obus pleuvaient sur eux jour après jour, parfois plusieurs fois dans une même journée. Ils perdirent de nombreux véhicules et beaucoup d'entre eux parcoururent à pied le long chemin vers le sud et la péninsule de Bataan. Les blessés hurlaient quand les camions et les jeeps roulaient dans des nids-de-poule qui les secouaient, réveillaient leurs douleurs et rouvraient leurs plaies.

Puis Aaron fut touché par des éclats d'obus. Ce n'était qu'une blessure mineure, mais dans cette jungle de saleté, de sueur et d'infection, il fut rapidement incapable de marcher sans l'aide de Kay. Bientôt, il ne put plus marcher du tout. Kay le fit monter dans un camion, changea ses pansements plus souvent que nécessaire et les saupoudra de sulfamide. Malgré tout, elle constata que les bords de sa blessure viraient au rouge, puis au violet et gagnaient son abdomen ; la sueur due à la chaleur, à l'humidité et à la fièvre couvrait tout son corps.

— Nous y sommes presque, mon chéri, dit-elle avec un sourire beaucoup trop réjoui. (Elle marchait à côté de l'ambulance, suivant facilement l'allure de tortue du véhicule.) Nous sommes presque à Bataan. Là, il y aura un vrai hôpital pour nous, ne te fais pas de soucis, mon chéri. Tout sera prêt.

Mais qu'est-ce qui serait prêt ? Certes, ils pouvaient nettoyer la plaie, lui donner de l'eau fraîche à boire, et elle pourrait s'asseoir à côté de lui et l'éventer. Qu'y avait-il à faire quand l'infection s'était installée ? On était en 1941 et, nom de Dieu, rien ne pouvait soigner ce type d'infection. L'infirmière en elle pensait qu'Aaron mourrait, tandis que la femme portant son enfant (elle n'avait pas saigné depuis trois mois maintenant) savait qu'il ne mourrait jamais, qu'il ne pouvait pas mourir, pas avant la naissance de leur fils, pas avant que leurs dix fils soient nés et aient grandi, tous plus grands que lui, et se tiennent près de leur père encore séduisant avec sa chevelure blanche.

Kay regarda alentour et revint sur terre. Depuis l'instant où elle avait descendu la passerelle à Pearl Harbor (quand ce n'était rien qu'un port d'escale), elle avait vécu dans un rêve, mais ce rêve s'était dissipé. Elle était sale, hirsute, en sueur ; elle avait faim et soif et elle était tellement fatiguée qu'elle aurait voulu se coucher sur la route de terre pour dormir et ne jamais se réveiller. Puis elle eut une révélation : tout le monde autour d'elle en était au même point, depuis des semaines, voire des mois, tandis qu'ils se frayaient un chemin dans cette jungle, allant au-devant de la mort. Elle ne s'en était pas rendu compte avant parce qu'elle s'était sentie spéciale, en sécurité, amoureuse. Elle avait pensé que rien ne pourrait jamais séparer deux personnes qui s'aimaient autant qu'Aaron et elle. Rien sauf la mort. Et la mort faisait exactement cela : elle avait séparé des millions d'amoureux avant eux et en séparerait des millions d'autres, bien après qu'elle et Aaron auront disparu. Finalement, elle n'était pas spéciale. Elle avait aimé un homme pendant quelques mois, et il était peut-être en train de mourir sans qu'elle puisse rien faire que l'accompagner en marchant à côté de lui et rester avec lui jusqu'à la fin. Au moins, elle avait ça, et elle s'y accrocherait. Elle resterait avec lui jusqu'à la fin.

La Kay qui mourait de faim à Manille descendit douloureusement l'escalier obscur. Quelque chose bloquait le passage devant elle. Elle tenta de l'écarter, mais la chose bougea à peine. Elle mit alors les deux pieds en avant et, avec un grognement, poussa de toutes ses forces. Le cadavre distendu tomba en bas de l'escalier, dans les ténèbres.

Leur retraite vers le sud les amena jusqu'à l'hôpital n° 2, mais, à leur arrivée, il n'y avait plus ni médicaments ni fournitures. On leur conseilla de tenter leur chance plus loin – Little Baguio en disposait peut-être encore. Ça se trouvait sur leur chemin puisque tout le monde se dirigeait vers le sud. Corregidor était leur dernier espoir, avec les Japonais à peine huit kilomètres derrière eux – un quart de million d'hommes bien armés, bien approvisionnés et bien équipés qui arrivaient du nord. Kay observa les rangées de civières et de paillasses prêtes pour le transport : selon ses estimations, ils devaient être quatre mille blessés ici et probablement autant à Little Baguio, dernier avant-poste avant le tunnel. Comment allaient-ils s'y prendre pour les y emmener tous ? Et, une fois là-bas, pourraient-ils tous y entrer ? Mais peu lui importait, du moment qu'il y avait de la place pour Aaron. Elle lui trouverait un véhicule, elle l'emmènerait à ce Corregidor dont tout le monde parlait, une espèce de forteresse, et tout s'arrangerait. D'une façon ou d'une autre. Ça devait s'arranger.

À Little Baguio, elle se procura des bandages propres (lavés et séchés au soleil, mais c'était mieux que rien), un peu de sulfamide en poudre et un bidon d'eau potable, rien de plus. Là aussi, la pénurie sévissait, ils mobilisaient et devaient s'occuper de leurs propres malades et de ceux que les forces en retraite avaient laissés à leur charge. Les États-Unis se retiraient, traînant comme un boulet huit mille soldats en sang. La cacophonie des klaxons remplissait l'air alors que la circulation en direction du sud était complètement bloquée. Les réfugiés cognaient sur les côtés des véhicules, grimpaient sur les toits, et tout le monde hurlait et pleurait, implorant la femme américaine de prendre leur enfant, leur bébé, s'il vous plaît. C'était l'enfer. Pas besoin de mourir pour le connaître – l'homme lui-même l'avait créé sur place, pour les vivants. Que Dieu puisse avoir pitié d'eux.

Kay lutta pour trouver une place sous un citrus où Aaron put se reposer à l'ombre. Elle aurait voulu que la fièvre soit plus virulente, assez ardente pour le faire réagir et se battre, ne serait-ce que dans son délire. Mais il devint de plus en plus faible, il avait « de plus en plus sommeil », comme il disait avec un sourire hésitant. Il demandait à se reposer, à rester allongé là et à dormir. « Kay chérie, allonge-toi à côté de moi, laisse-moi dormir, mon cœur. » Elle regarda son visage émacié et sut que, s'il se laissait aller, il ne se réveillerait plus. Il fallait l'emmener à Corregidor. Elle ne pouvait pas le perdre, pas encore.

Bud, l'officier du corps médical le plus gradé, s'approcha d'elle et des autres infirmières occupées à poser des bandages et des éclisses et à veiller sur les blessés. Une des filles le héla mais, au lieu de répondre avec une de ses vannes habituelles et un sourire qui dévoilait ses dents en avant, il regarda le sol puis la casquette entre ses mains d'un air penaud. Il déglutit et sa pomme d'Adam tressauta derrière son col pourtant serré.

— Le général King vient de livrer Bataan, annonça-t-il.

Bataan : l'endroit même où ils se trouvaient…

— Officiellement, la capitulation prend effet aujourd'hui à minuit. (Il déglutit de nouveau, la gorge sèche.) Pour être concret, les filles, elle prendra effet au moment même où les Japonais arriveront.

Kay jeta un regard alentour, aux infirmières de Little Baguio qu'elle ne connaissait pas, à celles qui avaient débarqué avec elle le jour où leur bateau avait jeté l'ancre au paradis. Chacune à sa façon, elles se préparaient à ce qui allait suivre. Kay put le deviner à des dizaines de petits gestes : une rousse se mordit les lèvres et inhala vivement ; une brune joufflue se redressa en se frottant le bas du dos, douloureux à force d'être penchée sur les blessés depuis des heures ; une femme plus âgée hocha lentement la tête, comme si elle savait depuis toujours ce qui l'attendait, comme si l'arrivée du pire était en elle-même une sorte de délivrance. D'autres croisaient les bras sur leur poitrine ou posaient la main sur leur gorge d'un geste protecteur.

— Qu'on soit prêtes ou pas, ils seront bientôt là, fit l'une des filles sur le ton de la plaisanterie, et toutes firent semblant d'en rire.

— Pour vous, l'ordre est d'évacuer, immédiatement, continua l'officier sèchement.

Kay se demanda pourquoi Bud était aussi formel. Elles connaissaient toutes les procédures par cœur maintenant, non ? Une des infirmières en chef commença à crier des ordres :

— Triez les patients, faites-les monter dans les bus. Les patients ambulatoires recevront un badge vert, ceux qui ont besoin d'une opération à Corregidor recevront...

— Non, pas les patients, l'interrompit Bud. Vous devez évacuer immédiatement.

— Quoi ? Ouais, c'est ça ! raillèrent les infirmières.

Elles ne le prenaient toujours pas au sérieux et se retournèrent vers les civières et leurs patients. Alors, le jeune officier s'adressa à elles en haussant la voix pour la première et dernière fois (il mourrait à peine deux heures plus tard) :

— Ceci est un ordre formel du quartier général. Les infirmières qui refuseront d'obtempérer seront passibles de la cour martiale. (Elles le dévisagèrent, incrédules. D'une voix plus calme, contrite, celle d'un grand frère faisant ses adieux à ses petites sœurs, il poursuivit :) Les Japonais ne sont qu'à cinq putain de kilomètres derrière nous, les filles. Ne mourez pas ici, devant nos yeux. S'il vous plaît, montez dans les bus.

Les gens protestèrent. Une infirmière aux cheveux courts, fortement charpentée, cria sur Bud, et d'autres officiers s'approchèrent pour répéter ce qu'il venait de dire, sauf que, maintenant, les Japonais s'étaient rapprochés et n'étaient plus qu'à trois kilomètres. Les bus les attendaient en bas de la colline et on les escorterait pour traverser la foule et monter dans les véhicules. L'une dit qu'elle refusait de monter, une autre pleurait au milieu de la route, la tête dans les mains et les coudes sur ses genoux. Kay entendit une autre fille demander s'il lui restait assez de temps pour récupérer ses sous-vêtements qui séchaient. En entendant la réponse négative, Kay tomba à genoux et tint la main d'Aaron si serrée qu'elle blanchit.

— Doucement, bébé, doucement, marmonna-t-il faiblement.

Elle relâcha sa prise. Il ne connaissait pas la raison de ce remue-ménage. Dans son état de faiblesse, les alentours, en dehors de Kay, n'étaient que lumière et bruit confus. Elle était tout ce qui lui restait. L'ombre d'un sourire se dessina sur ses lèvres et il la dévisagea avec adoration.

— Je ne te quitterai pas, Aaron, je ne te quitterai jamais.

Hébété, il regarda autour de lui, prenant en compte ce qui se trouvait au-delà de Kay pour la première fois depuis longtemps.

— Qu'est-ce qui se passe ? Nous évacuons ?

— Je ne partirai pas. Ils évacuent les infirmières sans les blessés. Ce n'est pas juste et je ne le ferai pas, je ne te laisserai pas.

Aaron fronça les sourcils, signe de l'effort qu'il faisait pour comprendre la situation. L'espace d'une seconde, Kay le vit tel le vieil homme qu'il serait un jour, frottant pensivement son menton et sa barbe râpeuse.

— Ils évacuent les infirmières..., répéta-t-il doucement. Alors ça veut dire que nous allons bientôt capituler...

— Ils viennent de le faire. Nous venons de capituler. Au moins Bataan.

Aaron tenta de s'asseoir, se pencha brusquement en avant puis retomba sur le dos.

— Et tu es encore là ? Bud ! Bud ! appela-t-il, poussant sa voix faible au niveau d'un cri rauque et cassé. Bud, fais monter ma femme dans un camion !

Bud était toujours aux prises avec l'infirmière déchaînée qui gesticulait furieusement, mais Kay vit des rangées de femmes officiers descendre la colline et monter dans les bus.

— Non, Aaron ! Je ne t'abandonnerai pas. Jamais.

— Écoute..., commença Aaron.

Elle s'apprêtait à lui résister, à résister à toute l'armée américaine, à se battre bec et ongles pour avoir le droit de rester à ses côtés. Aucune des menaces de cour martiale, d'emprisonnement, voire de mort ne la forcerait à partir. Elle n'était pas prête pour...

— Écoute, recommença-t-il, doucement. Regarde-moi, mon amour.

Et il sourit.

Ce fut la paix intérieure qui émanait de lui qui anéantit Kay. Il la regarda et le cauchemar autour d'eux disparut. Son sourire était celui d'un mystique ayant découvert le secret de l'univers, qui n'était qu'une merveilleuse plaisanterie dont lui seul connaissait la chute.

— Nous nous sommes trouvés, mon bébé.

— Non, Aaron, non...

— Nous nous sommes trouvés et nous avons été ensemble, ne serait-ce qu'un petit moment.

— Arrête, Aaron...

Il y eut une explosion et des femmes hurlèrent, mais ce n'était pas les Japonais, pas encore, seulement les soldats américains faisant exploser leurs dépôts de munitions.

— Non, je ne t'écouterai pas, Aaron.

Elle ôta son ancien bandage couvert de fourmis et versa la poudre de sulfamide sur la plaie suintante qui virait au noir. Elle pleurait, inhalant des goulées d'air mêlé de poudre, enroulant de nouveaux pansements pour les enlever immédiatement, refaisant les nœuds, encore et encore.

— Je les ai faits trop serrés, laisse-moi recommencer…

Il attrapa son poignet et l'immobilisa.

— Kay.

L'énergie qu'il mit pour prononcer son prénom révéla à Kay combien elle l'avait sous-estimé. Elle n'avait pas vu la force d'acier qui l'habitait. Si on lui avait donné une chance, il aurait fait un honnête travailleur, un père énergique et un amant fidèle.

— Kay.

Il le dit avec tant de tendresse, ne pensant qu'à elle et à sa sécurité, lui faisant comprendre que sa vie ne valait rien comparée à la sienne.

— Mais… Les Japonais ne soignent pas… (Elle bégayait, secouait la tête. Ça ne pouvait pas arriver, ça ne pouvait pas être vrai.)… les blessés…

Elle ne put terminer. Sa respiration lui fit défaut et elle hoqueta, inspirant et expirant rapidement.

— Kay.

Le monde autour d'eux s'évanouit, elle se fondit dans ses yeux et… ils se retrouvaient sur la plage, ils faisaient l'amour et le port devant eux était plongé dans la lueur argentée de la lune.

— Vas-y, Kay.

Les bus étaient prêts, même l'infirmière en colère avait fini par descendre la pente raide de la colline. Ils klaxonnaient pour elle. C'était le départ.

— Va.

Le souffle de Kay se mua en vagissement tandis qu'elle déchargeait sa musette, fourrant dans les mains d'Aaron la bouteille de sulfamide, sa gourde et ce qui lui restait de nourriture.

Les yeux bleus d'Aaron s'illuminèrent une dernière fois et, avec un sourire, il dit :

— Tu as été à moi. Je suis l'homme le plus chanceux du monde.

À mi-chemin de la pente, le dépôt de munitions explosa. La déflagration la fit trébucher mais elle se rattrapa. L'intérieur de sa lèvre s'était fendu sous la force de son dernier baiser, elle sentait le goût salé puis elle se remit à courir en bas de la colline.

Jamais elle ne pourrait courir assez vite.

9

Jo McMahon

Printemps 1945, front occidental

Quelques Italiens ne seraient pas de trop. Les Italiens étaient amusants. Aux yeux de Jo, ils n'avaient jamais paru prendre la guerre très au sérieux. Certes, ils tiraient, se battaient et saignaient à mort comme tout un chacun. Au pays, dans leurs petits villages médiévaux somnolents, les fascistes avaient probablement attisé leur ferveur patriotique, stimulée par de généreuses doses d'alcool et par des femmes disposées à les envoyer à la guerre dans tout le respect de la tradition. Néanmoins, quand l'unité médicale de Jo était tombée sur eux, leurs cœurs n'y étaient plus. Bien sûr, ils n'étaient pas contre la violence. Au contraire, leur nostalgie au souvenir d'affrontements au couteau, de vendettas familiales, de la vue du sang paternel coulant dans le caniveau après un duel pour l'honneur d'une fille équivalait à celle de leurs homologues de Nouvelle-Angleterre à l'idée d'une dinde farcie avec la garniture complète. Ces actes de violence, ils les comprenaient. Ça faisait partie de la vie – la vengeance, la passion et la brutalité, des gestes rapidement exécutés dans une rage aveugle qui soulageait. Mais la guerre, de longue durée et préméditée, n'avait pas été à leur goût. L'Afrique du Nord avait été un enfer, tout comme la retraite à travers leur patrie, où ils avaient été impitoyablement poursuivis et combattus aussi bien par leurs ennemis que par leurs alliés. La coopération avec les Allemands avait été pour eux un supplice. Les Allemands avaient beau se considérer comme des demi-dieux destinés à répandre leur semence aryenne, le monde libre pouvait les prendre pour des bouchers et des usurpateurs menés par un leader fanatique, aux yeux des Italiens, les Allemands étaient terriblement ennuyeux.

Ils ne savaient pas s'amuser et le plaisir n'avait pas de place dans leur vie. Tout n'était que règles, ordre et méthode. Ils traitaient les Italiens comme des êtres inférieurs et barbares et ne comprenaient jamais leurs blagues grossières, même ceux qui parlaient italien. Pour les Italiens, l'idéologie allemande semblait vouloir se débarrasser de tout ce qui leur tenait à cœur : la corruption et la vie facile, les gestes théâtraux et les fêtes improvisées, le plaisir de se trouver au lit avec la femme de votre meilleur ami, buvant son vin, regarder ses vignes mûrir sous le soleil et voir votre fils mûrir dans le ventre de sa femme. Les discours eugéniques et génocidaires des Allemands tombaient dans des oreilles de sourds ; par ailleurs, les Italiens avaient le mal du pays, ils avaient faim et voulaient rentrer chez eux. Quand les Américains avaient fini par les rattraper, ils avaient jeté leurs armes et levé les bras dès qu'ils avaient été sûrs d'être à l'abri des Allemands.

Jo pensa à ces premiers prisonniers de guerre italiens et à leur façon d'acclamer et de siffler les infirmières américaines, de tendre leurs mains pour des cigarettes et de se bousculer pour mieux voir les femmes. « Ciao belle dame, je vous aime, je vous embrasse. » Le même jour, ils avaient fait des prisonniers allemands dont certains étaient gravement blessés. Queenie s'était disputée avec un patient qui faisait une tête de plus qu'elle, lui demandant de s'allonger sur la table d'opération, essayant de lui faire comprendre qu'ils devaient opérer, commencer l'anesthésie. En mauvais anglais, l'officier l'avait défiée, affirmant qu'il subirait l'opération en restant conscient. L'anesthésie était pour des faibles, pour les Américains ; un homme comme lui n'en avait aucunement besoin. Puis, en hurlant, il s'en était pris aux garçons de ferme bavarois et aux étudiants en musique berlinois apeurés et les avait exhortés à se lever de leurs civières, à tuer les infirmières, à détruire leurs oppresseurs et à se battre jusqu'au dernier homme. Avec la mine désapprobatrice d'une institutrice, Queenie avait dit : « Et merde ! » puis avait sanglé le masque d'anesthésie sur le visage de l'Allemand où elle l'avait maintenu jusqu'à ce que le « surhomme » tombe comme un tas par terre. Les patients italiens avaient rigolé, et certains s'étaient mis à applaudir.

Jo regrettait les Italiens, auxquels on lui avait demandé de servir d'interprète. Pour la plupart, ils comprenaient son dialecte, et souriaient même quand ce n'était pas le cas. Ils s'intéressaient à peine aux questions que les officiers américains voulaient aborder, tels que les termes de leur rapatriement ou leur statut légal jusqu'à la fin de la guerre. « Nous mangeons ? Nous avons des cigarettes ? Que Dieu bénisse l'Amérique ! » disaient-ils en se félicitant mutuellement de leur bonne fortune avec force tapes dans le dos.

Jo se souvenait d'un soldat italien à qui elle avait posé la série de questions habituelles en italien et qui, avec un impeccable accent de Brooklyn, lui avait demandé une Lucky Strike.

— Vous êtes américain ? avait demandé Jo, abasourdie.

— Écoutez, j'étais en visite chez ma tante quand la guerre a éclaté. Je n'avais aucun moyen de rentrer chez moi, et ma tante avait peur qu'on me fusille parce que j'étais américain, vous voyez ? C'est comme ça que je me suis retrouvé dans leur armée. (Il avait ri en voyant la mine ahurie de Jo.) Ça fait des mois que je tire en l'air en attendant que vous nous fassiez prisonniers.

Jo regrettait aussi de ne plus chanter pour eux. D'ordinaire, elle était timide – elle n'avait jamais chanté pour ses parents, et seul Gianni était venu la voir une ou deux fois chez le *signor* Luigi. Les hommes et les femmes qu'elle côtoyait au travail semblaient toujours « plus américains » qu'elle ; elle ignorait pourquoi cela devait faire une différence, mais il n'en était pas moins vrai que sa *voce argento* était restée silencieuse en leur présence. Puis l'un des Italiens l'avait surprise à fredonner du Puccini et, à la fin de son service, il connaissait toute son histoire et lui faisait chanter chaque morceau qu'elle connaissait en italien – il ne se sentait pas trop d'affinités avec les opéras allemands.

O mio babbino caro[1]
Mi piace, é bello, bello.
Vo'andare in Porta Rossa
A comperar l'anello !

L'allusion à l'achat de l'anneau avait tiré de l'Italien un sourire béat, mais quand elle avait évoqué le désir de Lauretta de se jeter dans l'Arno, son extase avait été absolue.

Mi struggo e mi tormento !
O dio, vorrei morir !
Babbo, pietà, pietà !

Elle pouvait encore voir leurs visages reflétant l'adoration, les hommes plus âgés qui pleuraient ouvertement, assis à deux ou trois sur le même lit. L'homme censé les surveiller jouait au poker avec les garçons de salle, son fusil négligemment suspendu à l'épaule. Son travail était facile, puisque personne ne tentait de s'échapper. Où donc seraient-ils allés d'ailleurs ?

1. L'air le plus célèbre de l'opéra *Gianni Schicchi*, de Puccini.

Les Italiens avaient pourtant fini par y aller, ailleurs, dans un autre lieu de détention, avec d'autres cigarettes, d'autres rations et – ils espéraient – d'autres femmes avec qui flirter. Jo contempla la tente et tout lui sembla gris sans eux : le sol de terre desséché et craquelé n'était que poussière grise, et le teint de ses patients d'une nuance de gris plus claire ; ses cheveux en étaient parsemés, le linge en était teinté et le ciel au-dehors n'était qu'un immense drap gris. Le temps capricieux leur faisait un jour espérer le retour du printemps avant de laisser le lendemain l'hiver s'infiltrer de nouveau par le col de leurs vêtements. Les flaques d'eau n'en finissaient pas de dégeler pour regeler aussitôt.

Les Allemands ne les avaient toujours pas découverts, et les patrouilles de Clark n'avaient pas rencontré l'ennemi. Ils ignoraient toutefois si celui-ci avançait dans leur direction, s'il les encerclait ou s'il les avait dépassés depuis déjà des semaines. Les rangers, après avoir enterré leur camarade à la hâte, avaient été pressés de partir (histoire de « s'éloigner de cette folle d'infirmière », avait marmonné l'un d'eux en crachant). Deux hommes de l'équipe de Clark les avaient accompagnés ; ils devaient rétablir le contact avec le commandement et se sortir de ce bourbier pour retourner à la guerre. Cela faisait cinq jours qu'ils étaient partis, et toujours pas de nouvelles. Et tout était gris.

Jo repensa à une autre matinée gris acier et monotone. Elle avait été occupée à poser et à suspendre des plâtres lourds, descendant la file interminable d'hommes brisés. Près de la tente ouverte, elle avait remarqué une douzaine d'hommes en demi-cercle qui semblaient interroger un nouveau venu. Le jeune homme fumait une cigarette et souriait d'un air doucereux bien que nerveux. « Allez, les gars, ça suffit maintenant », avait-il dit. D'autres hommes avaient rejoint le groupe, dont quelques officiers. À leur arrivée, les soldats s'étaient écartés en saluant, puis les officiers avaient à leur tour interrogé le jeune homme, un garçon de salle qui avait rejoint leur unité quelques semaines auparavant. D'après ce qu'en savait Jo, il était plutôt agréable, et elle n'avait jamais eu à lui demander quelque chose deux fois.

— Je ne sais pas de quoi vous parlez, c'est de la folie..., avait-il dit. (Puis, répondant à une question qu'elle n'avait pas pu entendre :) C'est n'importe quoi ! Qui a dit ça ? (Énervé, il avait haussé la voix et semblait sur le point de pleurer, ou de frapper, ou les deux.) Je n'ai jamais été à... (Une autre question.) Je viens de Cleveland Heights... Oui, à côté de Cleveland... Dans l'Ohio, bordel, vous me prenez pour qui ?... Dieu tout-puissant... (Il avait du mal à garder son calme.)... Voisin de la Pennsylvanie, de la Virginie-Occidentale, du Kentucky, de l'Indiana et d'un petit bout du Michigan, nom de Dieu !

Les officiers s'étaient redressés, frottant leurs mentons, se consultant solennellement en haussant les sourcils. Le garçon les avait regardés à tour de rôle.

— C'est bon ? Vous êtes satisfaits ? Je peux retourner au travail ?

L'un des officiers avait hoché la tête et les autres avaient commencé à élargir le demi-cercle qui s'était resserré autour du jeune homme. Celui-ci avait imperceptiblement relâché la tension dans ses épaules en expirant, puis il avait essuyé son front avec un mouchoir sale. Tardivement, un des officiers, s'était adressé à Jo par-dessus son épaule.

— Mademoiselle ?

— Oui, monsieur ?

— Nous avons des raisons de croire que quelqu'un ici n'est pas ce qu'il – ou elle – semble être.

— Monsieur ?

— Je sais que je peux compter sur votre discrétion, mademoiselle, alors je vais être franc. Nous pensons qu'il y a un agent secret ennemi dans nos rangs, peut-être dans votre unité. (Jo avait fixé l'officier, puis le garçon de salle et de nouveau l'officier, et avait attendu la suite.) Connaissez-vous quelqu'un qui se serait comporté de façon suspecte ces dernières semaines ? Réfléchissez bien, mademoiselle.

Jo avait été tellement surchargée de travail qu'elle n'aurait pas remarqué si Queenie s'était rasé la tête, mais elle s'était contentée de répondre sobrement par la négative.

— Non, monsieur, je n'ai rien remarqué qui sorte de l'ordinaire.

L'officier avait secoué la tête, à la manière d'un détective suivant une piste et réticent à l'abandonner tant qu'elle était fraîche.

— Y a-t-il quelque chose, n'importe quoi, que, selon vous, un Boche ne connaîtrait pas ? Je veux dire, ils sont malins, d'accord, et bien entraînés. Ils connaissent l'équipe première des Dodgers, le nom de la copine de Superman et la géographie des États-Unis mieux que mes propres gamins. Est-ce qu'il y a *quelque chose* qui vous vient à l'esprit ?

Tout le monde l'avait dévisagée avec espoir ; le garçon au visage de gamin, assis sur un tonneau, lui avait lancé un sourire espiègle derrière leurs dos. Elle n'avait pas de temps à consacrer à leurs bêtises d'espionnage. Quelqu'un avait probablement une dent contre ce gamin qui lui avait peut-être simplement piqué un peu de chocolat, ou bien sa copine, ou avait resquillé dans la file de la cantine. Toutes ces idioties sorties tout droit d'une bande dessinée…

Les regards persistants des hommes lui avaient fait comprendre qu'elle ne retournerait pas au travail avant de leur avoir donné une réponse satisfaisante.

— Je ne sais pas, avait-elle dit. (Elle avait regardé les nuages en quête d'inspiration avant de proposer, exaspérée :) Demandez-lui de chanter *Joyeux anniversaire*. Tout le monde connaît ça.

Et elle était retournée à son travail et s'était excusée auprès de son patient pour l'attente et la perte de temps.

Le dos tourné, elle n'avait pas vu le visage du garçon. Celui-ci avait cessé de heurter le tonneau de ses talons. Son sourire s'était lentement évanoui et, l'espace d'un instant, ses yeux s'étaient agrandis de terreur avant de se rétrécir et lui donner une apparence presque inhumaine. Elle avait entendu quelqu'un crier, sans comprendre les paroles, et quand elle s'était retournée, il s'était saisi de l'arme de poing du sergent qui se tenait à côté de lui et lui avait envoyé trois balles dans la poitrine avant d'être descendu. Il avait continué à hurler, son poing libre serré, son visage éclaboussé de sang ; puis il avait cessé de bouger sur le sol mais avait continué à fixer Jo d'un regard haineux jusqu'à ce qu'il meure. Ils avaient trouvé leur taupe.

L'esprit de Jo ne cessait de vagabonder. Ils étaient à court de médicaments, et la nourriture se faisait rare. Ses patients dormaient de manière intermittente et elle avait l'impression d'être une surveillante de salle plutôt qu'une infirmière. Elle s'asseyait avec eux, vérifiait qu'ils étaient vivants ou morts et leur tenait la main quand ils le demandaient, quand la douleur était trop forte. Son corps était prisonnier de cet espace, mais son esprit vagabondait.

Un des casques roula sous un lit de camp et elle le regarda fixement, la tête penchée. Il la faisait penser à un ancien patient, un jeune soldat souffrant de psychose traumatique et qui n'arrivait jamais à retrouver son souffle, convaincu qu'il suffoquait. Il s'était retrouvé dans une maison dans la campagne française, lui avait-il dit, en proie au froid et à la faim, mendiant un peu de nourriture avec ses camarades. Ils avaient été séparés de leur unité et une famille les avait accueillis. Puis un petit garçon était entré en coup de vent : les Allemands arrivaient par la route. La maison était située au milieu de champs sans même un arbre ou une haie derrière lesquels se cacher. Les Américains étaient pris au piège, comme la famille qui hébergeait l'ennemi.

La mère avait l'esprit vif et elle leur avait dit : « Descendez, nous vous cacherons dans le tas de charbon jusqu'à leur départ, ce ne sera pas long. Dépêchez-vous ! » Et ils l'avaient fait. Ils avaient enterré les soldats sous le charbon. « Inspirez profondément, les gars, et couvrez-vous le visage de vos casques. Ils vont bientôt nous sortir de là. » Les Allemands étaient arrivés et ne les avaient pas trouvés. Toutefois, ce jour-là, ils n'étaient pas venus pour inspecter la maison ou pour trouver de la nourriture avant de repartir, mais pour établir un quartier général temporaire, un poste de reconnaissance. Les Allemands étaient partis trois jours plus tard, talonnés par les camions kaki des Américains que la même femme avait hélés en agitant son tablier blanc : « Venez, allez chercher vos soldats morts, ils sont dans ma cave, sortez-les de mon charbon. » Néanmoins, tous n'étaient pas morts. Une fois déterré, ce jeune homme étendu sur le sol gelé de la cour de ferme toussait et cherchait sa respiration, le visage noir, crachant des mucosités sombres et du sang coagulé. Ils avaient tout essayé mais n'avaient pas pu le raisonner pour lui faire ouvrir les yeux et pour lui faire lâcher le casque qu'il maintenait devant son visage pour pouvoir respirer.

Le regard de Jo passa d'un lit à un autre, détaillant les visages des six hommes. Le père Hook, dont les boucles atteignaient ses oreilles, avait besoin d'une coupe de cheveux. Ses taches de rousseur tranchaient sur sa peau pâle et ses cils, si blonds qu'ils semblaient transparents, protégeaient ses yeux de petit garçon. Le commandant Donahue, faible et épuisé, ne cessait de gratter la cicatrice sur son côté droit. Il avait les cheveux et les yeux sombres, et grand besoin d'un rasage – et d'antibiotiques, pour éradiquer une fois pour toutes l'infection persistante qui lui ôtait l'énergie même de s'asseoir. Le commandant soupira, roula sur l'autre côté et recommença à gratter. Bill – Billy, corrigea-t-elle mentalement – était calé contre des coussins, des couvertures roulées et des uniformes pliés, tout ce qui pouvait l'aider à rehausser son buste et l'aider à respirer. Il était chauve alors que tous les autres, y compris elle, étaient hirsutes ; la peau tendue sur la tête en forme d'œuf de Billy miroitait. Ses petits yeux étaient fermés derrière ses lunettes à la monture dorée et il respirait rapidement, toujours trop rapidement. De l'autre côté de l'allée, James était assis dans son lit, les genoux ramenés contre sa poitrine puissante. Il détournait son visage. Plus tôt dans la semaine, elle avait ôté ses bandages. La peau avait guéri, elle n'était plus à vif et suintante, mais des bourrelets de chair s'étaient formés autour de sa pommette et de son orbite. De ses doigts, James explorait maladroitement le terrain bouleversé de son visage, suivant les monticules et les vallées, les fissures et les crevasses, comme si, ce faisant, il pourrait récupérer son vrai visage. Puis il y avait David. David aurait dû être mort. Tout ce que Jo connaissait de la médecine lui indiquait qu'il aurait dû être soit mort, soit en voie de guérison, au lieu de rester dans les limbes, entre la vie et la mort. Bientôt, le typhus atteindrait son paroxysme, mais quelque chose – une infection secondaire, une mutation de la maladie ou peut-être sa constitution robuste – l'empêchait de guérir ou de mourir, le laissant suspendu nulle part. Jo contempla l'homme allongé calmement (trop calmement) sur son côté droit. Ses sourcils épais jetaient une ombre sur ses paupières et sa tignasse noire et brillante contrastait avec la pâleur de sa peau. Elle pensa à une lithographie d'Endymion qu'elle avait vue un jour, éternellement beau, éternellement endormi, plongé dans un sommeil infini afin que la déesse Séléné puisse lui faire l'amour et lui donner cinquante filles qu'il ne verrait que dans ses rêves.

— Mam'zelle ?

Jo fut tirée de sa rêverie.

— Oui, Jonesy ?

À côté de David, Jonesy faisait incroyablement ordinaire, avec ses traits grossiers, ses dents en avant, ses larges oreilles et son nez qui semblait couvrir la moitié de son visage. Jonesy n'avait rien d'éthéré.

— Y a quelque chose que je peux faire pour vous, mam'zelle ?

— Non, rien, Jonesy, mais merci quand même. Je suppose que nous ne pouvons qu'attendre.

— Excusez-moi, mam'zelle, mais on attendrait quoi ?

Jo n'avait pas de réponse, et d'ailleurs Jonesy n'en escomptait guère. Attendre : n'était-ce pas tout ce qu'ils faisaient ?

Y avait-il de l'espoir ? Telle était la question posée par les familles anxieuses à l'hôpital d'accueil ou par les soldats qui leur amenaient leurs camarades blessés, en sang et inconscients. Elle-même se la posait chaque jour, et la réponse n'était pas plus évidente aujourd'hui qu'elle ne l'avait été alors. De tout temps, les infirmières avaient été confrontées à ce dilemme et s'étaient posé les mêmes questions : devaient-elles dire à un soldat qu'il allait mourir ? Devaient-elles lui donner une dernière chance de se réconcilier avec son Dieu, ses démons ou la fin d'une existence tronquée, inachevée ? Alors que sa vie ne tenait plus qu'à un fil, verrait-il une prophétie dans les paroles de l'infirmière ? Tiendrait-il le choc ou s'effondrerait-il ? Est-ce que son cœur s'arrêterait de battre par simple pouvoir de suggestion ? L'infirmière ferait-elle plus de mal que de bien ? Y avait-il de l'espoir ? Elle l'ignorait, depuis toujours.

Et quel rôle devait donc jouer la foi dans tout cela ? Si on lui avait posé la question de but en blanc, Jo aurait répondu que sa foi la soutenait. Seulement, cela faisait longtemps qu'elle n'était plus capable de ressentir ni d'atteindre sa foi. Bien qu'elle pût encore prier – avec des mots dépourvus de sens, ou à travers sa propre souffrance –, les prières ne lui étaient d'aucun secours. Elle était trop inerte, paralysée même ; d'une certaine façon, elle était devenue insensible au redoutable pouvoir que possédait autrefois pour elle la prière. Peut-être qu'elle était simplement trop fatiguée, trop famélique ou trop engourdie par le froid. Peut-être que ce que, dans le monde civilisé, elle avait pris pour de la piété n'était en fait que le corollaire de draps propres, du chauffage central et d'un bon repas quotidien, au minimum. Peut-être que ses propres bonté et générosité à l'égard d'autrui n'étaient dues qu'à son bien-être résultant de jambes rasées, de cheveux peignés et de douches chaudes avec quantité de savon, et n'avaient rien à voir avec elle, avec la personne qui s'en attribuait le mérite. Se pouvait-il que Dieu résidât dans le vide, dans le froid, la douleur et le désespoir ? Le trouver serait alors la vraie foi, et imaginer sa simple présence un regain d'espoir.

Son regard retomba sur David et son cœur fit un bond. « Nom de Dieu, je n'ai pas besoin de ça, pas maintenant. » Elle s'ébroua et traversa la tente d'un pas rapide.

— Peut-être que vous pourriez faire quelque chose pour moi, finalement, dit-elle. (Elle lut l'empressement dans les yeux de Jonesy qui ressemblait à un bull-terrier demandant à jouer.) Vous y connaissez-vous en radios ? La nôtre est cassée, mais je ne sais pas à quel point. Peut-être que vous pourriez y jeter un œil.

Jonesy accepta de bonne grâce et prit l'appareil, dont le boîtier était fêlé, pour l'inspecter sous toutes les coutures.

— J'essaierai, mam'zelle.

Son visage s'était illuminé, tel un petit garçon avec un nouveau jouet. Elle lui tendit un vieux tournevis qu'il prit sans même lever les yeux tandis qu'il tapotait le boîtier et le secouait doucement en l'approchant de son oreille.

Jo chercha quelque chose à faire. Elle devait s'occuper, c'était absolument nécessaire.

Elle vida les bassines et retendit les draps et les couvertures. (Elle aurait dû s'en abstenir, tant l'odeur douceâtre du corps non lavé de David lui faisait tourner la tête.) Elle fit bouillir de l'eau pour le café, mais comme il n'y avait plus de café, elle donna de l'eau chaude à boire aux hommes. James refusa de lui parler, ne voulut même pas la regarder et se cacha le visage derrière la main à son approche. Lorsqu'elle demanda pour la centième fois au père Hook si elle pouvait faire quelque chose pour lui, il ne répondit pas tout de suite par la négative.

— Mon père, n'y a-t-il *vraiment* rien ?

— Pourriez-vous... Pourriez-vous vous asseoir près de moi un petit moment ? (Jo approcha une caisse d'emballage et s'assit doucement.) Je... Je viens de traverser une très mauvaise passe, commença-t-il. (Par automatisme, Jo prit son pouls et tâta son front, ce à quoi il sourit.) Non, mademoiselle, je ne veux pas dire de ce genre-là. Je ne me sens pas plus mal physiquement. C'est plutôt que je me suis retrouvé dans un lieu très sombre. Et c'était terrible. Mais je pense que je m'en suis sorti maintenant. Je sais où je suis et ce qui s'est passé, et comment vous avez été présente et m'avez aidé pendant tout ce temps sans que ça ait aucun effet sur moi, du moins en apparence. (Il sourit naïvement de lui-même.) Que Dieu vous bénisse pour ça, mademoiselle.

Son aspect était toujours affligeant – pâle, hirsute et malade –, mais il n'avait plus ce regard vide. Très doucement, Jo demanda :

— Acceptez-vous de me parler de ce qui s'est passé, mon père ?

La pause qui suivit fut si longue que Jo le soupçonna d'avoir changé d'avis. Soudain, il se mit à parler, décrivant la scène qui l'obsédait depuis qu'il était arrivé ici.

— Et nous avons sauté comme nous le faisions toujours. Les plus jeunes avaient peur maintenant, ils avaient « de la religion », comme ils disaient. Ils me demandaient de les entendre en confession, même les non-catholiques. Les plus âgés se moquaient d'eux et juraient, mais ce n'était pas grave, nous savions que nous étions tous les mêmes à l'intérieur. Tout le monde croit en Dieu avant de sauter. Alors nous l'avons fait – sauter, je veux dire. Je ne porte pas d'arme, vous savez, et ils essayaient toujours de me garder à l'œil, un ou deux toujours près de moi pour me couvrir quand le feu éclatait. Plus leurs péchés sont importants, plus je deviens précieux, semble-t-il. (Il eut un sourire ironique, puis hésita avant de reprendre d'une voix plus basse :) C'était la nuit et plus on s'approchait du sol, plus il y avait de rafales de vent. Je me suis entortillé et, pendant un moment, je ne savais pas où était le haut et où était le bas. Tout à coup, j'étais tout près de deux gars, assez près pour les entendre crier. Ils coupaient leurs suspentes et se débarrassaient de leurs harnais. Nous nous approchions de l'eau en vitesse, on en voyait le miroitement en dessous, et ils voulaient se libérer avant de tomber à l'eau pour pouvoir nager sans être entravés. Brusquement, je me suis rendu compte… Je pense que c'était en voyant les bâtiments tout proches… Je leur ai crié de ne pas le faire, que ce n'était pas de l'eau mais de l'asphalte. Vous saviez, mademoiselle, que, sous la lune, l'asphalte peut briller comme de l'eau ? Mais il était trop tard et ils ont percuté le sol – ils ont dû percuter le sol – à près de cent kilomètres à l'heure.

Une larme coula sur sa joue, et Jo en remercia Dieu. « Faites qu'il me raconte le pire, faites qu'il lâche prise. » Elle prit la main du jeune homme qui ne la repoussa pas. Il sourit timidement, renifla et se frotta le nez avec sa manche avant de poursuivre.

— Comme je disais, il y avait beaucoup de vent. Je ne sais comment mais mon parachute est remonté – en fait, il a été tiré vers le haut et sur le côté opposé aux bâtiments, mais… Il y avait toute une rangée de très grands arbres, on les voyait qui se détachaient en noir sur le ciel et j'en ai frôlé un. Comme vous pouvez voir, je ne l'ai pas totalement évité. (Sa main libre se posa sur son ventre.) Je me souviens d'avoir crié tellement j'avais mal, mais j'étais surpris en atterrissant parce que j'étais vivant et entier et, tout compte fait, j'avais atterri en douceur, comme sur un matelas. (Son regard traversait Jo sans la voir. En cet instant, elle n'était pas là, elle n'était que le catalyseur qui lui permettait de s'exprimer sans avoir conscience d'elle en tant que personne.) Et puis j'ai regardé en l'air. Et… Et tous les autres étaient encore là-haut. (Ses larmes coulaient librement maintenant, en silence.) Ils étaient là-haut, ils hurlaient, tous. Ils étaient coincés… empalés sur les branches qui traversaient leurs corps. La lune s'était levée et je les voyais se débattre en hurlant, ils ne pouvaient que hurler... Mon Dieu, mademoiselle...

Brusquement, en sortant de l'enfer où il était reparti, il prit de nouveau conscience de la présence de Jo et relâcha l'étau de ses doigts, lui libérant la main.

— Oh, mon Dieu ! répéta-t-il d'une petite voix, la regardant droit dans les yeux, un garçon effrayé qui pleurait dans la nuit.

Jo se pencha et essuya les larmes sur son visage.

— C'est fini, mon père. C'est terminé maintenant.

— Ils sont morts. Ils sont morts et moi aussi je voulais mourir.

— Mais vous êtes vivant, mon père. Vous êtes ici et vous êtes guéri. (Puis, lentement, posément, comme si elle s'adressait à un petit enfant, comme si le fait de la dire allait rendre la chose réelle, elle répéta :) C'est terminé.

Elle-même était dans un sale état, elle le savait, non seulement physiquement mais aussi intérieurement. Elle en était tout à fait consciente. Son frère mort lui apparaissait et elle avait été près de se tuer. Elle savait aussi que le pire était probablement encore à venir. Son courage et sa force l'avaient abandonnée ; son avenir, l'avenir de ses patients et celui de ce fichu monde étaient plus qu'incertains. Tandis qu'elle se levait et dirigeait son corps endolori vers l'entrée de la tente, elle ne fut sûre que d'une chose : elle venait de se comporter en infirmière, et c'était important. Elle n'avait passé qu'un court moment avec le patient, mais elle savait ce que cela représentait. Elle était une infirmière. Jo fut surprise de constater le sentiment que cela réveillait en elle, qui avait cru ne plus rien pouvoir ressentir.

Elle passa en revue ce qui restait des rations à la recherche d'un peu de nourriture. La nuit avait fini par tomber et elle dut allumer une des petites lampes à alcool qu'elle avait découvertes dans une des caisses. À la lueur de la flamme, elle tourna et retourna des boîtes en essayant de déchiffrer les étiquettes : une ration B ouverte (biscuits rassis et berlingots, moins le café et le sucre qui en avaient déjà été prélevés) ; une boîte de ragoût à la viande et aux légumes, une autre de hachis de viande et de légumes. Elle pourrait manger les deux et se sentir toujours affamée, et pourtant la voilà, à essayer de nourrir toute une tente avec une seule de ces boîtes en gardant l'autre pour le lendemain.

Elle se décida pour le hachis et tendit le bras pour attraper l'ouvre-boîte accroché à un clou rouillé. Un jour à Anzio, elle avait tenu la main d'un patient en soins post-opératoires, essayant de le calmer avec des paroles et le toucher. Une des nouvelles infirmières s'était plainte de ne pas trouver l'ouvre-boîte. Jo pouvait encore entendre sa voix grinçante, exaspérée et exaspérante même aux oreilles des gens en bonne santé, sans parler des patients en voie de rétablissement. Pour finir, Jo s'était retournée sur sa chaise et avait dit à la jeune fille : « Pourriez-vous faire un petit peu moins de bruit ? L'ouvre-boîte est accroché juste là. » Puis elle avait senti la main de son patient se relâcher en même temps que se déclenchait une rafale de tirs à l'extérieur. La nouvelle s'était laissée tomber par terre, sans cesser de geindre, et Jo l'avait regardée avec mépris, mais lorsqu'elle s'était retournée vers son patient son cœur s'était arrêté de battre. À travers la toile de tente, juste derrière le lit sur lequel l'homme était calé contre des oreillers, était apparue une nouvelle rangée de perforations bien nettes qui laissaient passer les rayons du soleil couchant. La rangée se terminait là où Jo aurait dû se trouver si elle n'avait pas changé de position à cet instant. Le tir de la mitrailleuse avait traversé la toile et la nuque de l'homme dont la tête sectionnée gisait par terre. Jo tenait la main d'un corps décapité. Elle s'était levée, avait laissé tomber la main inerte et, trébuchant sur la forme prostrée de la fille, s'était précipitée dehors où elle avait vomi jusqu'à ce qu'elle n'eût plus rien à rendre.

Jo s'entailla le doigt avec le bord coupant du couvercle. Elle mit son doigt dans la bouche : il avait un goût de sel et l'odeur de la nourriture pour chiens. Elle commença à répartir le contenu de la boîte dans les bols métalliques mais se retrouva à court et dut recommencer. Sans leur poêle à pétrole, sans carburant depuis l'après-midi, elle n'avait aucun moyen de réchauffer leur maigre repas. Quelques nuits auparavant, le capitaine Clark avait cru entendre un bruit, et il était désormais hors de question d'allumer un feu, alors que les températures avoisinaient le zéro. L'infâme bouillie était recouverte d'une pellicule grasse et huileuse, pourtant sa faim était telle qu'elle eût été heureuse ne serait-ce que de lécher l'intérieur de la boîte et le couvercle. Divisé en sept, ce n'était simplement pas assez. Divisé en six, chaque homme profiterait d'une bouchée. Jo divisa le contenu de la boîte en six.

Elle frissonna sous une brusque rafale de vent. Cuillère en main, tournant le dos à l'ouverture de la tente, elle se retrouva soudainement avec le canon d'un Luger collé contre sa tempe.

Rien n'aurait pu lui faire lâcher la nourriture, même pas le bras d'un homme qui lui serrait le cou, embusqué dans son dos. Avec mille précautions, elle posa la précieuse bouillie sur le bureau devant elle. La scène se déroulait comme si elle la regardait en spectatrice, et elle ressentit de la fierté : elle n'avait rien lâché.

Maintenant que ses deux mains étaient libres, elle tenta de se dégager de l'homme dont le bras, vigoureux et dur comme du fer sous l'étoffe de laine sombre, lui permit à peine de glisser son menton entre sa prise et son cou meurtri. Elle toussa, déglutit et inspira rapidement. La pointe de l'arme était pressée contre sa tempe. Les Allemands avaient donc fini par arriver. Elle n'avait jamais cessé d'envisager ce moment – en Afrique du Nord, en Italie, en France, ici. Dans son imagination, c'étaient des surhommes puissants, grands, ténébreux et sans merci. L'homme qui la tenait lui chuchotait des ordres d'une voix rauque qu'il n'osait pas élever, mais Jonesy leva les yeux de son travail et ouvrit la bouche. L'homme resserra sa prise et leva le coude en angle aigu en repositionnant l'arme contre la tête de Jo dans un geste de menace à l'intention de Jonesy. Celui-ci n'eut guère besoin de connaître l'allemand pour comprendre. Il ferma la bouche et fixa l'homme en silence. Billy cligna des yeux et sa respiration superficielle se fit plus rapide. Le commandant Donahue s'assit avec difficulté, tout comme Hook dont le visage se contracta sous la douleur. James se tourna vers l'origine de l'agitation et demanda ce qui se passait. Hook tenta de le faire taire mais James répéta sa question, plus fort cette fois, et la voix de l'Allemand se fit plus agressive.

— James, tenez-vous tranquille. Ne dites rien, dit Jo sur un ton égal dont elle fut la première surprise.

— Mais qu'est-ce qui... ?

L'Allemand répétait inlassablement la même phrase, qu'il prononça lentement, en décomposant les mots en syllabes. Aux oreilles de Jo, un de ces bouts ressemblait au mot anglais why.

Son regard se posa sur David, juste devant elle. Il avait les yeux ouverts, mais, compte tenu de son expression lointaine, elle ignorait s'il la voyait, s'il voyait l'ennemi.

La cheville de Jo cogna contre le pied de la table, ce qui la fit légèrement trébucher et percuter le torse de l'homme. Elle le sentit se contracter, sa prise se relâcha l'espace d'un instant et il retint sa respiration.

— Vous êtes blessé, constata Jo.

L'homme recommença sa litanie, mais cette fois il dut lutter et ne put que marmonner certains mots.

Jo tenta de se tourner pour lui faire face. L'avertissement de l'Allemand fut presque un cri, stoppé in extremis. Il semblait en proie à la douleur et elle sentit le tremblement qui parcourait son corps. Son intuition lui soufflait qu'il ne la tuerait pas sur le coup et, jouant le tout pour le tout, elle se retourna dans ses bras avec un mouvement brusque. Elle le voyait de très près maintenant, terriblement près ; elle était collée contre lui, ses yeux à la hauteur des petits crânes sur le col de son uniforme. Le pistolet était dès lors pointé sur sa tempe gauche et il la tenait par la taille, la serrant brutalement contre lui. Pendant tout ce temps, il continuait à lui dire des choses qu'elle ne put saisir mais qu'il était manifestement impatient de lui faire comprendre. Si seulement elle portait une croix rouge !

— Infirmière, dit-elle. (Elle voulut pointer un doigt sur elle-même, mais ses bras étaient maintenus le long de son corps. Parcourant la surface du bureau avec le bout des doigts, elle trouva le stéthoscope, l'attrapa et le cogna contre le meuble pour attirer son attention.) Infirmière. Je peux aider.

L'homme se tut, jeta un regard rapide sur l'objet dans sa main et posa une question.

— Je suis désolée. Je ne comprends pas l'allemand. (Elle fit un effort de mémoire.) *Ich spreche kein Deutsch*. Enfin, je crois.

Il desserra légèrement son étreinte, assez pour prendre un peu de recul et la regarder en face, la jaugeant. Jo fixa les yeux bleus qui se plissaient de douleur, puis le menton fendu parsemé de poils dorés. Les petits crânes sur le col captèrent de nouveau son attention, et elle pensa à Halloween, aux enfants déguisés en squelettes, aux citrouilles creusées et découpées, illuminées de l'intérieur et affichant des sourires lugubres. Tout en maintenant l'arme pointée sur elle, il recula d'un pas. Sous le manteau déboutonné, elle découvrit l'uniforme sur lequel s'étendait une tache plus foncée : du sang, au niveau du ventre. Jo souffla bruyamment et tendit le bras vers le tiroir du bureau. Immédiatement, la prise mortelle se resserra et l'homme cria presque.

— Nom de Dieu ! protesta Jo en frappant du pied d'impatience. Voilà, ouvrez-le vous-même !

Elle lui fit signe d'ouvrir le tiroir. Il s'exécuta et elle en sortit les rouleaux de bandages qu'elle empila sur le bureau. Approchant la minuscule lampe à alcool, elle se mit à genoux et commença à écarter des couches de tissu ensanglanté. Soudain, l'homme fut bouleversé par quelque chose ; il lui prit les mains en oubliant son arme l'espace d'un instant, puis la pointa de nouveau contre la tempe de Jo tout en continuant à plaider.

— Je ne comprends pas, dit Jo. (Elle repoussa la main libre afin de mieux voir.) Pouvez-vous rester tranquille ?

Cette dernière demande s'adressait plus à elle-même, puisqu'il ne la comprenait pas plus qu'elle ne le comprenait, lui. Elle nettoya la plaie en la tapotant doucement avec la gaze, puis la lava avec de l'eau froide qu'elle avait fait bouillir plus tôt. L'arme ne cessait de se glisser entre elle et la lumière jusqu'au moment où, exaspérée, elle lui arracha le Luger, mais uniquement pour le placer dans l'autre main de l'Allemand avant de la remonter contre sa propre tempe.

— Voilà, tirez-moi dessus si vous voulez, mais ne vous mettez pas dans la lumière.

Après cela, il se tut et se tint les yeux baissés, docile. Voilà le genre de chose que Queenie aurait pu faire. Jo se rendit compte que, pour la première fois, elle pouvait penser à Queenie sans avoir le cœur brisé, et même avec un petit sourire, comme si elle était vivante et allait apparaître dans l'ouverture de la tente en écoutant Jo raconter comment elle avait désarmé un Allemand pour lui rendre son arme aussitôt.

Jo couvrit la plaie de gaze puis commença à la panser. Les longues bandes devaient passer dans le dos de l'homme puis recouvrir sa poitrine avant de passer de nouveau derrière, se croisant et se recroisant. En passant ses mains derrière le dos de l'Allemand, elle posa sa joue contre sa poitrine et le sentit trembler. Il tenait toujours le pistolet contre sa tête, mais maladroitement, comme si l'arme ne savait pas où aller. Il continuait à tenir Jo, sans la serrer contre lui ; l'arme n'était plus qu'une formalité.

— Vous devriez vous rendre, commença Jo machinalement.

Pourtant, elle n'en était pas certaine. Elle ignorait ce que Clark pouvait faire d'un Allemand blessé à qui il serait facile de soutirer des informations. Pour un homme tel que le capitaine, la convention de Genève ne signifiait rien. Jo frissonna : elle n'aurait jamais cru que ça pouvait être comme ça, que l'ennemi pouvait être un individu et qu'elle s'en soucierait. L'Allemand secoua lentement la tête, incapable de comprendre ses paroles.

— Bon, d'accord, fit Jo. (Elle jeta un coup d'œil autour d'elle.) Vous devez être affamé. (Elle baissa les yeux sur la nourriture et il suivit son regard.) Il va falloir le diviser en sept, en fin de compte. (Elle attrapa un bol et le lui tendit, mais il la fixait du regard sans bouger, une expression d'incompréhension sur le visage.) Allez-y, c'est bon, l'encouragea-t-elle. Chez moi, j'ai souvent dû sauter des repas. (Il resta immobile.) Vous avez peur que ces hommes vous sautent dessus ? (Elle sourit.) À mon avis, vous pourriez vous passer de cette arme, mais s'il vous la faut à tout prix…

Elle ramassa un peu de la nourriture et la lui tendit. Il avala goulûment. Elle lui en donna plus. Un minuscule morceau adhéra à sa lèvre supérieure et elle le gratta pour le lui donner. La quantité de hachis était minime, mais le temps sembla s'arrêter tandis qu'elle lui donnait la becquée. Un homme et une femme, unis dans une étreinte avec un pistolet chargé se balançant entre eux…

Finalement, Jo baissa les yeux, se reconcentrant sur sa tâche. Les hommes de Clark pouvaient revenir à n'importe quel moment, et cette idée la rendait malade.

— Vous feriez mieux de partir, dit-elle. (Elle se surprit à chuchoter. L'homme fit un pas en direction de l'arrière de la tente.) Non ! (Il hésita et se retourna pour la regarder, perplexe.) Nom d'un chien, comment on dit déjà ? (En espérant tomber juste, elle expliqua :) *Land.* Mines. Par là.

— *Landminen* ? fit l'Allemand en écarquillant les yeux.

Jo ferma les yeux et remercia Dieu en silence.

— Oui, c'est ça. *Landminen.*

L'homme se précipita vers l'avant de la tente, mais, à mi-chemin, il s'arrêta, se retourna et s'approcha de Jo d'un pas résolu.

— *Sie sind der letzte wahre Mensch in Frankreich.*

Et il l'embrassa.

Il l'attira vers lui et elle sentit de nouveau l'arme dans sa main fermée, mais le pistolet ne représentait plus une menace. Il la tint serrée et l'embrassa. Elle entendit le tic-tac de la montre à son poignet près de son oreille et l'agitation des hommes sur leurs civières. Elle resta distante et froide, détachée, puis brusquement quelque chose se brisa en elle, un ressort, une dent d'engrenage, tout un barrage qui la retenait depuis tant de mois, la laissant sans émotions, vivante et pourtant morte. Tout lui revint avec une puissance irrésistible : son amour pour Gianni, l'agonie qu'elle ressentait à l'idée de sa mort, de la mort de tous ceux qui lui importaient. Elle entendit Grand-Père chantonner et vit Queenie qui riait tandis que Jo saluait et que le camion s'éloignait dans la nuit. Elle tenait la main de ce garçon qui levait les yeux vers elle depuis le sol, et tout ce qu'elle avait aperçu et entendu, tout ce dont elle avait été témoin sans rien ressentir la submergea, le bon comme le mauvais. Alors elle embrassa cet homme, son ennemi, cette figure qui hantait ses rêves depuis le début de la guerre, et qui n'était qu'un autre être humain perdu, estropié et seul. Comme elle, il était coupé de ses amis, de ses compatriotes ; comme elle, il avait faim et froid et, comme elle, il cherchait. Elle glissa sa main derrière la tête de l'homme et dut se dresser sur la pointe des pieds pour presser ses lèvres avides contre les siennes. Elle le voulait. De nouveau, elle désirait, elle sentait. Puis il disparut, franchissant l'ouverture de la tente, et Jonesy appelait Clark, n'importe qui, donnant l'alarme.

Jo ramassa le premier bol qui lui tomba sous la main. Celui-ci sembla tout léger et elle vérifia deux fois qu'il contenait de la nourriture. Elle s'assit sur le lit de David pendant cinq bonnes minutes, mais, elle avait beau essayer, il refusa de manger. Le délire était de retour et il était en colère contre elle, la traitant de quelque chose d'infâme en écossais qui n'avait pas besoin d'être traduit. Elle put entendre sa propre voix et pourtant ce n'était pas la sienne, trop calme et douce. Jo voulut hurler mais ne put répondre qu'en chuchotant à James tandis qu'elle lui passait le bol : oui, l'homme était parti ; non, elle n'était pas blessée, il avait juste été séparé de son unité. Elle posa le bol suivant entre les mains du prêtre à la mine sombre et maussade. Se sentait-il insulté par les libertés prises par l'Allemand, ou souffrait-il ? Jo l'ignorait. Le commandant Donahue mangea, Billy mangea et, après que Jo l'eut convaincu d'arrêter de hurler et de cogner du métal contre du métal (« Vous voulez vraiment alerter toute l'armée allemande ? »), Jonesy fit de même. Jo continuait de chuchoter et faisait taire les hommes quand ils parlaient. Elle écoutait sans savoir précisément quel son elle guettait. Elle récupéra les bols et les lava du côté de la tente qui ouvrait vers les champs de mines, puis elle les sécha en tendant l'oreille dans le silence. Elle empila les bols, l'un après l'autre, avec l'impression de devenir folle, que tout dépendait de cet empilement précis et géométrique. Elle posa les bols, les ramassa de nouveau, puis elle l'entendit.

Le rire. Au début, elle ne sut à qui il appartenait – elle ne l'avait jamais entendu rire – mais c'était un son repoussant, sinistre et malin. Il y eut des murmures, un autre rire voilé puis :

— Elle a allumé la lumière, on pourra le fouiller à l'intérieur.

Clark fit son entrée, tout sourire. Mon Dieu qu'il était séduisant, elle le haïssait et souhaitait qu'il fût mort. À sa suite, ses hommes portaient quelque chose de lourd et d'oblong qu'elle ne put identifier dans l'obscurité qui régnait à l'extérieur. L'espace d'un instant, l'un des hommes lâcha prise et la chose bougea. C'était un corps. Un bras pendait sur le côté et Jo aperçut la montre à son poignet, entendit le tic-tac depuis l'autre bout de la tente, depuis l'autre bout de l'univers qui les séparait. Elle lâcha les bols qui tombèrent dans un fracas métallique discordant, brisant le silence, et se mit à hurler.

— Ne le touchez pas ! Allez-vous-en ! Éloignez-vous de lui, putain de merde !

Jamais elle n'avait crié aussi fort. Cela venait du fond d'elle, incontrôlable, et la haine brûlait sa gorge comme de l'acide. Les yeux morts de Clark revinrent à la vie l'espace d'une seconde, s'écarquillèrent avec une expression de surprise et de confusion, et Jo le vit reculer d'un pas.

— Non, mon Dieu, non !

Elle sanglotait, pire que quand Gianni était mort. Les larmes d'une douleur fulgurante coulaient sur ses joues. Elle se précipita sur les hommes désarçonnés, toutes griffes dehors telle une furie vengeresse, leur arrachant leur fardeau et s'agrippa au manteau noir, au col rouge.

Clark se ressaisit.

— Putain, sortez-le d'ici tout de suite ! hurla-t-il.

De derrière, il saisit Jo à bras-le-corps, immobilisant ses bras. D'un coup brusque de la tête, elle lui ouvrit la lèvre et il jura tandis qu'il tombait avec elle, essayant de la plaquer au sol tout en crachant du sang et en criant :

— Sortez-le d'ici !

Les hommes firent alors demi-tour et lâchèrent le corps pour le tirer vers l'extérieur par les pieds, pendant que Jo s'acharnait. Elle lutta et se débattit jusqu'à l'épuisement total de ses forces, jusqu'à s'effondrer dans les bras de Clark. Elle pleurait, poussait des cris et, pour finir, gémissait pitoyablement comme un chien battu. Avec une expression d'horreur et de dégoût, il la laissa tomber et la repoussa avec sa botte. Un gouffre infranchissable les séparait. Alors Jo se roula en boule et resta là, tremblante, le petit insigne blanc en forme de crâne serré dans sa main rouge de sang.

10

Kay Elliott

Février 1945, camp d'internement de Santo Tomas, Manille, Philippines

Aujourd'hui, des avions. Américains. Je les reconnais au bruit. Pitié, mon Dieu, faites qu'ils arrivent à temps.

Kay et les autres infirmières sautèrent de l'arrière du camion et se regroupèrent devant le bâtiment imposant.

— Ça, c'est Santo Tomas, dit Sandy gaiement. C'est la grande université de la région. Ils en parlaient dans une brochure de voyage que j'ai lue. Dire qu'il y a des gens qui voulaient venir ici !

Elle jeta un coup d'œil préoccupé à Kay. Celle-ci contemplait les balcons, la tour de l'horloge et la croix qui dominait l'ensemble.

— Pourquoi n'ont-ils pas arraché la croix ? demanda Kay, plissant les yeux pour se protéger du soleil.

Les infirmières se dirigeaient vers l'entrée principale lorsque leurs geôliers leur firent signe avec leurs baïonnettes de faire demi-tour et de gagner un bâtiment de l'autre côté de la rue. Le panneau disait : SANTA CATALINA. DORTOIR FILLES. Elles entrèrent au rez-de-chaussée. Avant qu'on les fasse monter à l'étage, Kay eut le temps d'apercevoir des silhouettes en longues robes blanches qui semblaient fraîches et douces au toucher. Mais pourquoi une telle élégance ? Qu'y avait-il à fêter en temps de guerre ?

Qui s'habillerait ainsi pour aller en enfer ? Puis elle se rendit compte que c'étaient des bonnes sœurs, bien sûr, emprisonnées comme tout le monde. Les bonnes sœurs n'avaient rien d'autre à porter.

Les officiers confisquèrent leurs musettes et leurs autres possessions qu'ils fouillèrent avant de les rendre et de commencer à interroger les femmes l'une après l'autre.

— Je dois accompagner celle-ci, dit Sandy tout en aidant Kay à se mettre debout.

— Pourquoi ? Qu'est-ce qu'elle a ? demanda le garde.

Il pointa son arme sur le ventre de Kay, puis sur sa tête.

— Rien. Rien du tout, répondit Sandy avec son plus doux sourire. Je suis sa meilleure amie, et je peux répondre à n'importe quelle question que vous pourriez lui poser. Elle est née à Mount Carmel…

— Qu'est-ce qu'elle a ? Pourquoi elle pas parler pour elle-même ?

Sandy mordit ses lèvres peintes pour ne pas répondre : « Parce que, bâtards que vous êtes, vous avez tué son mari, le père de son bébé, vous lui avez sûrement enfoncé une baïonnette dans le ventre puis l'avez laissé saigner à mort dans la jungle, salauds. » Elle se contenta de dire :

— Elle est juste un peu fatiguée du voyage, c'est tout.

Elles furent confinées dans le dortoir pendant six semaines. Elles avaient le droit de descendre deux fois par jour pour manger (mais jamais avec les bonnes sœurs qu'elles ne revirent plus), le plus souvent du riz, du *carabao* et des papayes. Leurs derniers fruits frais dataient d'avant le tunnel. Personne n'entrait ni ne sortait, et les nattes de bambou dressées autour de leur camp l'isolaient du reste de Manille et du monde extérieur.

— Pourquoi croyez-vous qu'ils nous gardent ici comme ça ? demanda une des infirmières, soucieuse. Vous croyez qu'ils nous retiennent pour leur servir de concubines ?

— Non, je ne pense pas, dit Sandy, pragmatique. (Elle arrangea ses boucles qui pendaient mollement à cause de la chaleur.) À mon avis, c'est plus un « débriefing silencieux ». Je pense qu'ils ne veulent pas nous voir tout de suite dans le camp principal où nous pourrions raconter à tout le monde ce que nous avons vu. (Un frisson les parcourut.) Comme si nous pouvions oublier.

Pendant leur troisième semaine d'isolement, Kay commença à saigner. Au début, il n'y eut que quelques petites taches et elle se dit que cela s'arrêterait tout seul, que ce n'était rien. Elle s'allongeait pour se reposer davantage : les femmes ne saignaient-elles pas parfois lorsque le bébé s'installait pour de bon ? Elle ne pouvait pas perdre son bébé, pas maintenant, pas après s'être sortie de la jungle, du tunnel, des bombardements et des voyages à l'arrière des camions bringuebalants et des jeeps. Elle ne pouvait pas perdre son fils maintenant. Pourtant, un jour, il devint évident qu'elle se vidait de son sang. Les autres infirmières l'entendirent pleurer derrière le mince écran de rotin, l'entendirent vagir tandis que son fœtus était expulsé dans une mare de sang. Puis Sandy apparut et lui dit : « Là, là, chérie, tout ira bien, tu iras bien », mais elle n'allait pas bien, elle n'irait plus jamais bien. Le cœur de Kay se brisait. Son bébé avait été la seule chose à laquelle elle aurait pu se raccrocher, qui l'aurait fait avancer. Maintenant qu'elle avait perdu son enfant, elle s'était perdue elle-même.

— Mon bébé, mon bébé…

Sandy tenta de l'apaiser, sans comprendre combien ces mots étaient douloureux. Elle changea les compresses, évalua la perte de sang et garda un œil sur les insectes dans un coin des toilettes sales. Avec un regard vers le camp d'internement, elle dit :

— Qui sait ce qui nous attend là-dehors ? Tu n'aurais pas pu avoir cet enfant, ça t'aurait peut-être tuée. Je parie qu'il y aura à peine à manger pour une personne, sans parler de deux. Ne pleure pas, bébé, c'est pour le mieux, je t'assure.

Mais Kay était ailleurs, perdue. Il ne lui restait rien. Tandis que les infirmières changeaient les draps et lavaient ses pieds sales avant de la mettre au lit, essayant de sauver leur amie en proie à l'hémorragie dans un cloaque d'immondices, d'infection et de chaleur tropicale, Kay bégaya :

— C'est... C'est tout ce que j'avais. Maintenant, j'ai perdu Aaron. Je l'ai perdu pour de bon.

*

L'un des avions vola à basse altitude, en rase-mottes au-dessus du camp. Les Japonais hurlaient à tout le monde de se lever, de quitter la cour, mais Kay resta allongée là où elle était tombée et on la prit pour un autre cadavre. Avec ses yeux enfoncés et ses os saillants, il était difficile de faire la différence.

Dix avions survolèrent le camp. Kay les compta avec soin sur ses doigts en regardant à travers les feuilles de palmier. « Merci, mon Dieu. Merci, mon Dieu. » Certes, ils n'avaient pas réussi à la sauver, ni elle, ni son bébé, ni aucun des autres d'ailleurs. On mourait trop vite dans ce camp, c'était tout. Mais elle remercia Dieu de leur existence, de leur réalité. Ils étaient finalement arrivés. Ils venaient d'un autre monde, d'un monde libre. Un monde que les internés avaient presque oublié.

Un objet tomba du ciel et l'un des gamins se précipita pour s'en saisir. Immédiatement, les Japonais arrivèrent, le soulevèrent par les cheveux et le jetèrent sur le côté avant de rentrer dans leur bâtiment avec l'objet. Le garçon, indemne – c'était un petit glaneur dont Kay avait soigné à deux reprises le bras cassé –, avait eu le temps de lire le mot qui entourait la paire de lunettes d'aviateur que les Américains avaient larguée. La nouvelle se répandit à la vitesse d'un feu de brousse. La peine de mort fut promise à quiconque serait surpris en train d'en parler, mais comment aurait-on pu se taire ? On n'était qu'au mois de février, mais la note disait : *C'est Noël. Nous serons là demain ou après-demain.*

11

Jo McMahon

Printemps 1945, front occidental

— Mon oncle est colonel, dit Jonesy.

Il tenait un rouleau de bandages pendant que Jo changeait les pansements du père Hook. L'inflammation diminuait, les bords de la plaie étaient toujours roses mais leur teinte violette ou noire avait disparu. Il était capable de manger et de boire. Il s'en sortirait.

— Ah oui ?

Jo avait du mal à se concentrer sur ce que disait Jonesy. Elle avait les nerfs à fleur de peau et se demanda si la fièvre ne la guettait pas à son tour. Les autres occupants de la tente avaient abaissé leurs couvertures et déboutonné leurs cols, mais Jo avait plus froid que jamais.

— Oui, dans l'intendance, le ravitaillement.

— C'est ridicule. Je parie que vous venez de l'inventer.

Le large sourire de Jonesy révéla ses dents de travers.

— Non, mam'zelle, c'est la vérité vraie. Il a grimpé les échelons depuis le bas. V'devriez le voir dans son uniforme. Il se pavane comme un paon, c'est vraiment quelque chose. Comme les huiles dans les actualités filmées. C'est juste qu'il ne précise pas dans quel corps il est. De toute façon, les gens sont intimidés par tout ce métal brillant et n'osent pas demander.

Jo sourit mais sa peau fut parcourue de frissons. Elle fit rouler ses épaules et sa chair de poule frotta douloureusement contre son chemisier. Sûrement de la fièvre.

— Merci de votre aide, Jonesy. Je me débrouillerai pour le reste.

— Mam'zelle…

Jonesy fit avancer sa chaise roulante vers son lit. Jo sentit l'élancement dans ses genoux tandis qu'elle traversait la tente.

— Comment vous sentez-vous ce soir, commandant ?

— Fatigué, mademoiselle.

— Oui.

Jo soupira et vérifia l'état de la plaie, mais son esprit vagabonda et elle fixa la blessure sans la voir pendant un moment.

— Est-ce que je vais m'en sortir, mademoiselle ? Quelque chose ne va pas ? demanda le commandant en faisant mine de se redresser.

Jo sortit de la brume.

— Non, tout va bien, commandant. La blessure est en bonne voie de guérison. Vous souffrez d'une légère infection, c'est ça qui vous fatigue. Mais votre fièvre est négligeable et vous arrivez à manger, ce qui veut dire que nous avons réussi à vous remettre en état comme il faut. Dès que les renforts arriveront, ils vous bourreront de pénicilline et vous danserez la gigue en moins de temps qu'il n'en faut pour le dire.

Le commandant poussa un grand soupir de soulagement.

— Je ne l'oublierai pas, mademoiselle. Vous m'avez sauvé la vie. Je ne suis pas un homme sans importance, se vanta-t-il avec un grand sourire. Une promotion, une affectation particulière – il vous suffira de me le dire et je vous pistonnerai.

Jo regarda l'homme qui grattait distraitement sa bedaine. Elle savait qu'il pensait ce qu'il disait. Pour lui, le monde bureaucratique et l'influence qu'il y exerçait existaient toujours. Il devait penser qu'elle serait impressionnée et qu'elle se soucierait du nombre de galons qui ornaient sa tenue de cérémonie. Mon Dieu, il croyait sûrement qu'elle possédait encore une tenue de cérémonie, autre chose que la combinaison vert olive, ensanglantée et délavée qu'elle avait piquée dans la remise des mécaniciens, en Tunisie, pour pouvoir se mettre à califourchon sur les civières sans se préoccuper de sa jupe.

Elle se tourna vers le voisin du commandant et s'assit sur le lit.

— Billy...

— Vous vous êtes souvenue, mademoiselle. Vous m'avez appelé Billy.

— Oui, finalement. Avez-vous besoin de quelque chose avant de dormir ?

— Non, madame – je veux dire, mademoiselle. J'ai beaucoup mieux respiré aujourd'hui, je pense que le pire est passé. Je veux dire, j'ai passé un mauvais moment, juste après la bronchite et tout, mais je serai là-bas dehors à me battre dans pas longtemps.

— Si on me demande mon avis, vous retournerez au pays, à votre poste en défense passive et auprès de votre petite amie, rectifia Jo.

Billy sembla dépité. Jo avait besoin de terminer sa tournée, et voulait jeter un œil sur James et David avant d'aller se coucher. Elle était épuisée et malade, et ils avaient fini leurs dernières rations. Nom d'un chien, devait-elle leur tenir la main à chaque pas ? La pression derrière ses yeux se fit plus intense.

— Écoutez, Billy. (Elle se focalisa sur ses grands yeux au regard blessé.) Ils vous soigneront mieux à la maison.

Vous ne serez plus aussi malade, vous n'aurez plus ces crises et vous pourrez accomplir le travail important qui doit être fait au pays. (Le garçon semblait toujours abattu, alors elle ressortit des bribes de quelque chose qu'elle avait vu ou entendu quelque part. Était-ce dans un film ? Sur une affiche ?) Nous sommes tous logés à la même enseigne, Billy. Il est tout aussi important de se battre au pays que de se battre ici. Encore plus dans votre cas, parce que vous serez au meilleur de votre forme à la maison et pourrez vraiment aider. (Cela parut le faire réfléchir et elle s'engouffra dans la brèche.) Allez, vous êtes prêt à reprendre du service, non ?

— Euh… oui, mademoiselle.

— Vous êtes prêt à aider les nôtres à gagner, non ?

— Oh oui, madame ! Je veux dire, mademoiselle.

Son visage s'éclaira et son regard s'illumina.

— Eh bien, voilà.

Elle donna quelques tapes rassurantes sur son pied et se leva, puis traversa la tente en jurant tout bas.

James détourna la tête quand il l'entendit approcher.

— Je n'ai besoin de rien, se pressa-t-il de lui dire pour la congédier.

Jo fut tentée de le prendre au mot, de choisir la facilité et de grappiller cinq minutes de sommeil supplémentaires. Toutefois, elle s'avança vers le lit et demanda :

— Cela vous ennuie si je m'assieds avec vous une petite minute ?

Le visage de James était tourné de l'autre côté, son corps tendu. Il ne voulait manifestement pas de sa sollicitude.

— Si vous voulez, ronchonna-t-il.

Elle s'assit. James ramena ses genoux contre sa poitrine et les entoura de ses bras pour qu'elle ne puisse pas le toucher, pour qu'elle ne puisse même pas l'effleurer par inadvertance. Elle le regarda, sans bien savoir que dire face à cette fêlure, toute cette rage. Puis les mots sortirent tout seuls.

— Vous êtes beau, James.

— *Quoi ?*

La surprise et l'incrédulité ébranlèrent le mur qu'il avait dressé et il tourna son visage martyrisé vers l'endroit d'où provenait la voix de Jo, vers ces mots absolument ridicules et incroyables.

— Vous l'êtes vraiment.

— Je suis… Je suis monstrueux. (Sa douleur était aussi palpable qu'un être vivant, un serpent haineux qui mordait et crachait son venin. Jo rit.) Vous vous moquez de moi ?

— Non, je suis désolée. Je ris seulement parce que vous avez tort. Pour le moment, tout ce que vous pouvez voir – enfin, pas voir, plutôt sentir –, c'est que vous êtes laid. Mais ce n'est pas le cas. Vous avez été sévèrement brûlé, et vous ne recouvrerez sans doute pas la vue, je vous l'accorde, mais vous vous focalisez sur ce qui n'est qu'une toute petite partie de vous. Une partie, James, pas vous en entier. Le reste est parfait, magnifique – et même si ce n'était pas le cas, je parie qu'à l'intérieur aussi il y a de belles choses. (L'expression de James se fit moins sombre.) C'est un peu comme… Vous vous souvenez de vous être réveillé un matin avec les boutons de la varicelle sur tout le corps ? Ça nous est arrivé à tous : un jour tout va bien et le lendemain on est couverts de grosses pustules bien gonflées. Vous vous en souvenez ?

James hocha la tête.

— Oui, bien sûr.

— Vous voyiez-vous alors comme un monstre ? Étiez-vous différent à l'intérieur ?

— Mais ce n'était pas la même chose ! Ce sont des trucs de gamin. En quelques semaines, on était guéris, comme neufs.

— Oui, ce n'était pas la même chose mais… Écoutez-moi, James. (Jo fut parcourue de frissons et ses oreilles bourdonnaient ; une fois qu'elle en aurait terminé avec ses patients, elle prendrait sa température. Pour l'instant, elle tenait le bon bout et n'allait pas le lâcher.) Ce n'était pas aussi différent que vous le pensez. Vous vous regardiez dans la glace et ce que vous voyiez était effrayant, mais vous saviez que, en dedans, vous étiez le même James. Eh bien, si vous pouviez vous voir maintenant… D'accord, vous êtes assez sévèrement brûlé autour d'un œil, mais le reste, la personne que vous êtes, n'a pas changé.

Cette fois-ci, ce ne fut ni de honte ni de rage que James se détourna. Il leva son poing et le pressa fermement sur sa bouche.

— Et je ne veux pas dire que vous n'êtes beau qu'à l'intérieur, James, ajouta Jo. (Elle se leva avec raideur.) En fait, vous êtes de loin le plus bel homme dans cette tente.

Enfin, James libéra ses larmes. Mais Jo était passée à son dernier patient, et celui-ci se mourait.

Était-il possible que David lui eût transmis le typhus ? Sa fièvre venait peut-être de toutes ces heures passées à son chevet, à essayer d'insuffler à son plus grand malade la volonté de rester parmi les vivants. Pourtant, elle semblait avoir échoué. Le pouls ne battait pas comme il aurait dû, le teint était mauvais et, quand elle toucha le front brûlant, elle n'eut pas besoin d'un thermomètre pour savoir que la température atteignait les quarante et un degrés. David était sur le point de partir. C'était terminé. Il aurait des convulsions puis mourrait. Elle avait juré de le sauver, mais elle n'était pas Dieu, ni même une déesse comme Séléné qui viendrait à lui dans son sommeil. Son cœur se serra : « Vas-y, tombe amoureuse de lui maintenant, avant la fin, ce sera un autre mort que tu pourras aimer, un autre vivant que tu pourras perdre. » Jo tenta de recouvrer ses esprits. Elle ne savait rien de lui ; c'était peut-être un coureur de jupons ou un politicien avec une femme boulotte et six enfants à la maison, ou encore un boucher sadique d'un petit village qui buvait et brutalisait sa maîtresse.

Mais ce fut en vain. Son imagination refusait de le bannir de son existence. Pourquoi cet homme mourant, qui s'éloignait d'elle à toute vitesse, était-il celui auquel son cœur s'était attaché, maintenant, à la fin ? Elle l'ignorait. Elle n'y pouvait rien. Et elle ne pouvait rien pour lui.

Jo enfouit son visage dans ses mains. Il se faisait tard, et il aurait besoin d'elle cette nuit. Depuis le temps qu'elle fonctionnait à l'adrénaline, elle avait pratiquement épuisé toutes ses réserves. Il fallait qu'elle dorme, ne serait-ce que quelques minutes pour, ensuite, tenir la main de cet homme quand il mourrait. Elle gagna son petit espace personnel et se contempla dans le miroir : du sang séché sur son visage, le sang de quelqu'un d'autre. Depuis combien de temps ? Des heures ? Des jours ? Elle frotta violemment, se sentit souillée. Puis elle commença à arracher un par un ses vêtements maculés, et les jeta dans un coin. Voilà, elle en avait fini avec ça, elle n'en pouvait plus. D'une cruche, elle versa de l'eau froide sur sa tête, ses cheveux, et utilisa un vieux morceau de savon qui moussait à peine pour laver son corps et ses cheveux défaits et détrempés. L'eau, la fièvre et l'idée de perdre David la firent frissonner et elle trembla à en avoir mal. Son âme avait été réveillée par le baiser qu'elle avait donné à l'Allemand, mais cette âme était à vif, impossible à museler désormais. Elle en mourrait et pourtant, comparée à la torpeur dans laquelle elle se trouvait depuis si longtemps, elle accueillait l'idée sans regrets. Elle était prête, mais elle se laverait d'abord.

Jo ne se rappela pas s'être endormie. Elle avait accroché ses vêtements mouillés et, n'ayant rien d'autre à se mettre, avait enfilé le négligé de Queenie pendant que ses habits séchaient. De cela, elle se souvenait, ainsi que d'avoir brossé ses cheveux et de les avoir enroulés dans une serviette. Les hommes s'étaient endormis et elle avait posé la couverture sur ses épaules en attendant. Elle ne se rappela rien d'autre.

Elle se réveilla au son de hurlements. À cause de l'obscurité qui régnait dans son coin isolé, elle ne sut d'abord pas où elle était, assise par terre, appuyée contre quelques caisses d'emballages. La couverture avait glissé de ses épaules, la serviette avait disparu et elle eut l'impression de ne jamais avoir eu aussi froid. Les hurlements étaient terribles. Comme ceux d'un homme que l'on torturait, dont on aurait amputé la jambe sans anesthésie ! Les appels de Jonesy et les échanges fébriles des autres la firent revenir à la réalité. Mon Dieu, ce devait être David ! C'était la fin !

Elle sortit de son enclos et nota qu'elle avait laissé la lampe à alcool allumée – elle devrait se montrer plus prudente. Puis elle vit le dos de David s'arquer de façon anormale, sa tête et ses pieds enfoncés dans la toile rugueuse du lit de camp. Elle fit un pas vers lui tandis que le rabat de la tente se soulevait et que Clark entrait, suivi de ses hommes. Le capitaine se dirigea directement vers David, dégaina son arme de poing et siffla :

— Je vais lui fermer sa putain de gueule.

Tout allait trop vite – non, plutôt trop lentement, comme un film passant au ralenti. Jo remarqua le moindre détail : Jonesy qui luttait pour sortir de son lit, le père Hook qui leur ordonnait d'arrêter, au nom de Dieu…

Parmi les hommes de Clark, certains semblaient hésiter ; l'un d'eux tira sur sa manche et demanda :

— Capitaine, vous êtes sûr ? Vous êtes sûr, capitaine ?

Les autres étaient affolés et ne cessaient de jeter des regards par-dessus leur épaule sur l'ouverture de la tente, comme si les Allemands se trouvaient juste devant et se préparaient à entrer, comme s'il était déjà trop tard.

— C'est lui ou nous, dit Clark d'un ton farouche.

Il ramassa l'oreiller qui était tombé par terre, en couvrit le canon de son pistolet qu'il pointa sur la tête de David. Pendant une fraction de seconde avant d'appuyer sur la détente, il regarda par-dessus son épaule. Et il vit Jo.

Celle-ci ne comprit pas pour quelle raison Clark restait figé sur place à la fixer comme s'il ne l'avait jamais vue. En revanche, elle n'attendit pas de savoir combien de temps cela durerait : elle se jeta en avant sans réfléchir, protégeant David de son corps.

— Éloignez-la, ordonna Clark.

Jo tenta de faire taire David, tenant son visage entre ses mains pour le forcer à se concentrer sur elle, à remarquer sa présence.

— Chut, chéri, chut.

Mais David continuait de hurler. Les convulsions avaient cessé mais il criait sur elle, sur le monde entier, sur la mort qui l'entraînait vers les ténèbres. Jo sentit les doigts froids et rigides d'un des soldats autour de son bras et s'accrocha à David, l'adjurant de se taire. Même dans son délire, David répondit au poids de Jo sur son corps comme le ferait tout homme en manque de femme. À l'instar de tous les autres, Jo tendit l'oreille, guettant la présence de l'ennemi devant la tente.

Personne n'approchait.

Ils attendirent et David perdit connaissance, ou peut-être qu'il s'endormit. Mais les Allemands ne vinrent pas.

Pour finir, les hommes partirent, l'un après l'autre, l'air penaud. Clark sortit en dernier, lançant jusqu'au bout des regards furieux à Jo qui continuait à s'accrocher à David, attendant qu'ils soient tous partis pour se sentir en sécurité. Enfin, elle se laissa glisser du lit. Elle dormirait là, le tiendrait serré et dormirait agenouillée à côté, pour pouvoir le calmer en cas de récidive et avant le retour des soldats. David se réveillerait au moins dix fois avant l'aube, elle le savait, et elle serait là, elle pourrait le sauver, ne serait-ce que du capitaine Clark.

Mais David dormit toute la nuit. Jo fut réveillée par les rayons du soleil qui glissaient par les trous d'aération et illuminaient son visage. Ses cheveux défaits lui tombaient dans les yeux, brillants comme du cuivre, comme de l'or filé. Soudain, la lumière se fit plus vive : quelqu'un avait repoussé ses cheveux ! Elle était toujours agenouillée à côté du lit, un bras jeté en travers du corps de David dans un geste protecteur, mais quelqu'un la soutenait, elle, un bras l'empêchait de glisser sur le sol.

Jo ferma les yeux puis les rouvrit pour découvrir David qui la fixait.

— David ?

Elle n'en croyait pas ses yeux : son regard était clair et il semblait lucide et capable de l'entendre. Elle tâta rapidement son front pour vérifier sa température, mais ne sentit rien.

— David !

Sa fièvre était tombée ! Il était vivant, il survivrait !

— Merci, mon Dieu, soupira Jo.

Elle ferma les yeux et pencha la tête en arrière, révélant sa gorge délicate. Elle respira profondément, avalant de grandes goulées d'air avec un sentiment de pur soulagement. Puis elle se mit debout, massa le bas de son dos douloureux et observa ses patients.

La première chose qu'elle remarqua fut le père Hook qui regardait ses mains jointes et refusait de tourner la tête. Étrange. Les autres aussi se comportaient bizarrement, d'ailleurs : qu'avaient-ils donc tous ? James semblait aller bien, mais pourquoi tous les autres la regardaient-ils comme ça, comme des affamés ? Elle leva la main pour se gratter la tête, et l'enfouit dans la jungle de ses boucles indomptées.

— Mais... qu'est-ce qui se passe avec mes cheveux ?

Brusquement, elle se souvint. Nom de Dieu, elle était pratiquement nue !

L'état de David s'améliora de jour en jour. Pendant une sortie de reconnaissance, les hommes de Clark trouvèrent une réserve de rations allemandes qui avaient le même goût infect que les rations américaines, mais c'était de la nourriture et ils purent tous manger à leur faim, même David. Jo continuait à dissimuler aux autres sa fièvre qui restait inférieure à trente-neuf degrés et ne provoquait donc ni tremblements ni convulsions. Elle ne mangeait pas et cachait ce fait en s'affairant toujours autour de la nourriture, ouvrant des boîtes, distribuant les repas ; la joie des hommes de pouvoir enfin manger les rendait aveugles à son subterfuge.

Un jour, l'un des soldats de Clark arriva, le même qui avait osé discuter la décision de Clark d'abattre David.

— Excusez-moi, mademoiselle, mais quand nous avons trouvé les rations, nous avons aussi trouvé ceci. Je me disais que ça vous intéresserait. (Il apporta alors des caisses entières de matériel médical soigneusement étiqueté.) C'était juste là et personne ne s'en servait. Les Allemands ont dû... Non, désolé, j'ai oublié que je ne suis pas censé dire ce que nous avons vu. Le cap... Certains d'entre nous voulaient les laisser sur place, mais avec d'autres nous avons pensé que ça vous serait utile, vu comment vous avez dû vous débrouiller jusqu'ici.

Jo tâta les caisses presque respectueusement, souleva les fermoirs et jeta un œil à l'intérieur.

— Dieu du ciel ! Oui, absolument !

Elle avait du mal à croire que, après tout ces temps de pénurie, elle avait de nouveau tout ce dont elle avait besoin.

— Je ferais mieux d'y retourner, dit le soldat, et il sortit de la tente avant qu'elle ait pu le remercier.

Pendant leur traversée de l'Atlantique, Jo avait appris les termes médicaux basiques en allemand, mais ça ne datait pas d'hier. De quoi se souviendrait-elle ?

Hauptbesteck. Pour les traumatismes du torse ? Oui, c'était bien ça : voilà les pansements, la gaze, les clamps et l'assemblage d'instruments chirurgicaux. *Sammelbesteck* – là aussi, elle avait bon : otorhinolaryngologie. Elle souleva le petit *Truppenbesteck*, genre de fourre-tout à emporter partout et qui pouvait tenir à l'avant d'un side-car. Il y avait aussi de nombreux *Verbandkasten*, des trousses de premiers secours plus petites, et des masques de Yankauer grillagés pour l'anesthésie. En manipulant les piles d'étiquettes – *Kranke* pour « malades », *Verwundete* pour « blessés » – bordées de jaune (qui préconisaient le rassemblement de tous ceux qui souffraient de la même maladie) ou de vert (pour les malades pouvant être évacués sans précautions prophylactiques particulières), Jo fut surprise de se souvenir de tous ces détails. Mais les infirmières avaient dû passer un test à ce sujet. (« Et qu'est-ce qu'ils feront si nous échouons ? Nous obliger à rentrer à la nage ? » avait demandé Queenie.) Elles s'étaient même inventé des concours d'orthographe allemande pour voir qui saurait épeler correctement les noms des hôpitaux militaires allemands : *Verwundetennetz*, *Hauptverbandsplatz* et celui pour lequel Jo avait gagné cinq dollars – *Truppenverbandsplatz*. Les mains de Jo étaient grasses à force d'ouvrir les caisses couvertes de cosmoline[1]. Par chance, le soldat avait apporté également une caisse d'isopropanol qu'elle utilisa pour ôter la gelée graisseuse de ses mains.

L'état de Jo s'aggrava tandis que celui de David – et de tous les autres – s'améliorait. David mangeait comme si c'était la première fois de sa vie ; il récupérait ses forces et s'asseyait dans son lit en souriant. Son accent, avec les *r* roulés au fond de la gorge, était tel qu'elle l'avait imaginé en l'écoutant délirer. Il ne se souvenait pas de grand-chose de ce qui s'était passé après qu'il était tombé malade. Le typhus avait balayé leur camp où les tentes d'un orange joyeux s'étaient remplies de morts et de mourants. Il devait écrire des lettres à sa famille, dit-il ; il n'avait pas donné de ses nouvelles depuis si longtemps qu'ils devaient être fous d'inquiétude chez lui. Jo proposa de les écrire à sa place, mais dut lui annoncer qu'ils n'avaient plus de papier. Puis elle se souvint de toutes les étiquettes médicales allemandes. Alors, par-dessus des questions incongrues telles que « *Knochenverletzung?* » ou « *Wundstarrkrampfserum?* », Jo écrivit : « Chère maman, je vais bien, je t'aime. » Les lettres qu'il lui dictait étaient simples et directes et s'adressaient à sa mère, à sa petite sœur Kit et à son frère aîné Bumpy.

— Bumpy[2] ? s'enquit Jo en haussant un sourcil.

— Son vrai nom est Duncan, *lass*[3]. Vous ne voulez pas que je vous appelle *lass* ? Ce n'est pas bien ?

---

1. Graisse cireuse utilisée comme agent antioxydant.
2. *Bump* : bosse.
3. Terme écossais désignant une jeune fille ou une jeune femme.

Jo avait très envie qu'il l'appelle *lass*, elle adorait le son de ce mot. Mais elle préféra répondre d'un ton désinvolte :

— La plupart des gens m'appellent « mademoiselle ». Vous disiez, à propos de Duncan ?

— Ah oui, euh… mademoiselle. Quand il avait attrapé les oreillons, son cou était tout enflé, ça faisait des bosses partout. (Il fit la démonstration avec les mains.) Ça lui est resté.

Le soldat n'était que sourires. Après tout ce temps passé à le regarder mourir, Jo en fut époustouflée. Jamais elle n'aurait imaginé que ces joues puissent devenir aussi roses, qu'Endymion pouvait rire. Il était étrange d'écrire des mots de paix et d'amour par-dessus les mots allemands qui évoquaient la mort.

— *J'ai eu le typhus, maman, mais Dieu merci je me remets. Merci à Dieu et aussi à…* – c'est comment, votre prénom, mademoiselle ? Oh ! il est très joli ! – *et merci à Josephine McMahon, maman, prie aussi pour elle quand tu pries pour moi ; c'est pénible, ici, avec nos camarades perdus. Seuls la grâce de Dieu et ton amour me soutiennent.*

Les lettres à sa sœur et à son frère étaient enjouées et parlaient de pêche, de golf, du déroulement de la foire de septembre, du prix du blé. Combien rapportait la laine des Highlands ? Comment Kit se débrouillait-elle à l'école ? Combien de fois Bumpy était-il tombé de nouveau amoureux depuis sa dernière lettre ? Jo écrivait tout, composant chaque missive sur une demi-douzaine d'étiquettes ; elle les datait et les gardait dans l'ordre, promettant de les poster dès qu'ils seraient de retour à l'hôpital, de retour dans le monde.

Un jour, Jo resta figée, fixant le sol devant elle, revivant des souvenirs morts. Le poids de ces réminiscences devait se lire sur son visage car David interrompit sa dictée.

Lorsqu'elle leva les yeux, le stylo immobile dans sa main, elle surprit le regard humide de David.

— Ç'a été dur pour vous, mademoiselle. (Jo voulut répondre par un sourire mais ne parvint qu'à étirer ses lèvres d'un côté, sans conviction.) N'avez-vous pas de famille à qui écrire ? Pas de bon ami quelque part là-bas ?

Jo plaqua ses mains sur sa bouche. Elle avait tellement perdu ! Comment pouvait-elle trouver les mots pour tant de malheur ?

— Je n'ai personne. Il n'y a plus personne – personne de vivant, en tout cas.

Elle se retourna brusquement avec l'espoir d'apercevoir Gianni, mais il n'était pas là. Il ne s'était pas manifesté depuis des semaines, depuis le jour où elle avait décidé de rester avec ses patients au lieu de partir avec lui. Ses rêves étaient vides, l'esprit de Gianni était parti. Même ça, elle l'avait perdu.

Une main forte, musclée et tannée, attrapa la sienne ; elle put sentir les minuscules vallons au bout des doigts, lissés par l'usure. Elle contempla les yeux bleus de David, d'un bleu sombre, vivant, si différent du turquoise inexpressif de Clark. Ils étaient comme un ciel d'été au crépuscule, de l'eau profonde réfléchissant l'étoile du Berger.

— Non, mademoiselle. Vous n'avez pas perdu tout le monde.

Les jours passèrent. Jo se dit qu'elle devrait se réjouir davantage. Ses patients allaient bien, David allait bien, mais elle-même ne put se débarrasser de sa fièvre. Elle songea à ses parents, tous deux morts de la grippe. Jo avait reçu une courte lettre de sa mère, quelques mots gribouillés dans un italien d'écolière, disant qu'elle soignait le père de Jo qui était sévèrement atteint. Puis une autre lettre était arrivée, envoyée par les voisins : son père avait succombé à la grippe et sa mère s'était épuisée à le veiller pendant sa maladie et avait été trop affaiblie lorsqu'elle avait à son tour contracté la maladie. Elle était morte en moins d'une semaine.

Une nuit, la fièvre de Jo s'intensifia au point qu'elle ne put plus le cacher. Jonesy insista pour qu'elle se mette au lit et se porta volontaire pour rester éveillé, en cas de besoin.

— Tout de suite, Jonesy, dit Jo. J'ai juste besoin de sortir prendre l'air avant. Nous avons été si longtemps enfermés, et il fait chaud maintenant. J'ai besoin de respirer.

Elle sortit avant que Jonesy puisse protester. Pendant ce qui lui avait paru une éternité, le monde de Jo avait été confiné à ce qui se trouvait enfermé entre les parois de toile de la tente. Elle était dehors dans un monde inconnu plongé dans l'obscurité. Une lune volumineuse se levait derrière les arbres dans une quiétude absolue. Il était trop tôt pour le bourdonnement des insectes ou le coassement nuptial des grenouilles ; même la légère brise qui caressait ses chevilles était silencieuse. Jo entendit les battements de son cœur résonner dans ses oreilles, mais eux aussi s'estompèrent et elle se tint debout dans les ténèbres et le silence, sans respirer.

C'est alors qu'elle entendit la radio. Elle ignorait que Jonesy l'avait réparée, il voulait sûrement lui faire la surprise. En revanche, il était fou de la mettre si fort, avec de la musique de *big band* qui plus est ! Totalement inconscient ! Quand elle se retourna pour l'admonester, elle découvrit que la musique ne venait pas de la tente mais de plus loin sur le chemin, des tentes qui abritaient Clark et ses hommes.

Jo ne comprenait pas.

Depuis leur arrivée, les membres de la patrouille dormaient dans leurs tentes individuelles qui n'étaient guère plus que des couvertures posées sur des bâtons, de petites choses inefficaces contre le vent et la pluie. Mais ces abris avaient disparu ; à leur place une grande tente avait été dressée, aussi grande qu'un mess, aussi vaste que la tente de chirurgie qui se tenait là autrefois. Où l'avaient-ils trouvée ? Comment avait-elle pu ne pas entendre le bruit des pieux qu'on enfonçait ? Elle se dirigea vers le son des clarinettes et des trompettes qui déchirait la nuit. Ils devaient être soûls, ils avaient dû trouver de l'alcool en même temps que la tente, c'était la seule explication. Voulaient-ils donc tous mourir ?

Le bruit de la radio s'intensifia et elle reconnut la chanson : « I'll Be Seing You[1] ». Comme tout le monde, elle connaissait les paroles par cœur ; d'ailleurs, dans la tente aussi on chantait. Elle aurait juré entendre un rire de femme, mais c'était impossible. Tout cela était impossible.

Jo se tenait devant l'ouverture de la tente, frissonnant dans l'air doux, ses chaussures couvertes de boue séchée, sa combinaison impuissante à réchauffer son corps fiévreux. Lentement, elle souleva le rabat et entra dans la tente.

Le froid la quitta et une vague de chaleur humide et de bien-être la submergea. Ses chaussures ouvertes dévoilaient ses orteils peints et le bas de sa longue robe blanche caressait ses chevilles tandis que le rabat tombait derrière elle.

La tente était magnifique. Des illuminations de Noël, semblables à celles qui, à la base, aux États-Unis, la veille de leur embarquement pour la guerre, pendaient du mât central comme autant de lustres. Il faisait délicieusement

1. Chantée par Frank Sinatra en 1940.

chaud, la chaleur de soixante, de cent corps. Des épaules dénudées, des bijoux scintillants, du lamé qui semblait peint sur le corps des femmes ; des hommes rasés de près, en uniformes de cérémonie fraîchement repassés et amidonnés. Jo sentit leur eau de toilette et inspira profondément, tandis que les hommes se retournaient pour lui jeter des regards approbateurs. Elle eut un sourire provocateur et, du regard, fit le tour de la tente bondée.

Queenie se tenait à la table de baccara, riant, buvant et poussant des hourras quand elle gagnait. La musique jouait maintenant « Sing, Sing, Sing » de Benny Goodman et les danseurs devinrent fous. Elle vit Gianni qui faisait tournoyer une blonde menue en robe rose. Elle dansait bien mais peinait à suivre les mouvements rapides du swing.

Grand-Père jouait aux fléchettes et buvait quelque chose dans un verre ballon. Il était vêtu d'un uniforme de l'armée confédérée, fait sur mesure, avec les galons jaunes brodés sur la toile grise des manches de sa tunique. Tous les médecins étaient présents, ainsi que les infirmières, regroupés autour d'une table chargée de plats. La tente était remplie de fumée de cigarette et Jo inhala goulûment. Ça faisait tellement longtemps ! Les Italiens chantaient l'air joué par la clarinette – da da da da da da da dada –, ils riaient en battant les mains au rythme de l'air endiablé et dansaient entre eux en riant de plus belle.

Ce fut alors que, depuis le fond de la tente, l'Allemand se dirigea droit sur elle. Il retira sa casquette en approchant et, l'espace d'un instant, elle craignit des ennuis ; toutefois, un sergent lui tapota le dos et lui proposa de prendre son manteau qu'il posa, proprement plié, sur le piano. Le visage de l'Allemand était lisse et hâlé, et le sourire qu'il lui adressa était intense et éblouissant, rendu parfait par le plissement des pattes-d'oie au coin de ses yeux. Il portait des gants qu'il ôta pour prendre les mains de Jo dans les siennes. La musique changea de nouveau et devint une mélodie lente et mélancolique – « You'd Be So Nice to Come Home To » – qui n'aurait pas dû être triste mais qui l'était. L'Allemand la tenait serrée, l'attirait contre lui, sans arme cette fois. Sa main gauche serra celle de Jo tandis que l'autre main descendit lentement de son épaule vers sa taille, et Jo sentit ses doigts qui caressaient la blancheur lisse de sa robe, l'ourlet discret, la fermeture à glissière cachée. Il sentait délicieusement bon et elle ferma les yeux pour se fondre contre lui. La piste de danse était bondée, les couples ne pouvaient pas bouger et n'en avaient d'ailleurs pas envie. Jo rouvrit les yeux et rencontra le regard toujours souriant de l'Allemand. Son uniforme avait été brossé et le bout de ses bottes cirées brillait. « Vous êtes le dernier être humain qui existe encore en France », dit-il et, cette fois-ci, elle le comprit. Elle se souleva sur la pointe des pieds pour l'embrasser, pour vivre ce moment encore et encore sans jamais s'arrêter… c'était divin…

Juste avant que leurs lèvres se touchent, Queenie poussa un petit cri, jeta ses cartes sur la table et sortit. Jo tourna la tête pour voir ce qui se passait et aperçut Gianni qui repoussait la petite blonde en hurlant en italien : non, elle ne savait pas danser, va-t'en, tu m'as marché sur les pieds. Le sol était devenu boueux ; son partenaire s'y était enfoncé et elle-même pouvait sentir la boue glisser entre ses orteils. Les lumières se mirent à trembler et la musique s'interrompit par intervalles. À un moment, elle jouait « You Belong to Me », mais l'instant d'après on entendait Axis Sally[1] leur dire que leurs chéries au pays leur étaient

1. Surnom donné à Mildred Gillars, une Américaine installée en Allemagne qui animait des émissions de radio destinées à miner le moral des troupes américaines.

infidèles et n'attendraient pas leur retour, si retour il y avait. Les choses se passaient trop vite maintenant et Jo n'en eut que des aperçus. Les chirurgiens avaient mis leurs bonnets et masques et tiraient les gants chirurgicaux par-dessus les manches de leurs uniformes ; la radio s'était fendue en deux, elle gisait par terre et quelqu'un marcha dessus, mais Axis Sally continuait de vociférer, de pleurer et de se moquer d'eux. Le couvercle du piano était baissé et pourtant Jo entendit jouer une marche militaire, sans doute allemande. Le rabat de la tente s'ouvrit et les femmes – maquillées, aux lèvres rouges, en talons hauts et combinaisons sales – sortirent en courant et en hurlant tandis qu'une silhouette approchait. Quand celle-ci les frôla, elles disparurent.

Jo voulut crier « Non ! » mais elle n'avait plus de voix. Les Italiens tentaient de se saisir de la silhouette sombre mais disparaissaient dès qu'ils la touchaient. Gianni s'avança à son tour ; Jo lui hurla intérieurement de s'arrêter mais, dès le premier coup, son frère se désintégra en des millions d'atomes, devint néant. Jo tourna sur elle-même et vit que les infirmières et les couples de danseurs étaient partis. Grand-Père tira son sabre de son fourreau, le tint par-dessus sa tête puis le lâcha, porta une main sur son cœur avant de s'écrouler et de disparaître en touchant le sol.

— Ne le touche pas… Ne t'avise pas de le toucher, chuchota Jo d'une voix rauque en s'agrippant à son partenaire de danse et en le poussant pour l'éloigner du fantôme.

Juste avant de s'éteindre pour de bon, toutes les lumières brillèrent d'un éclat vif, et, dans la clarté, Jo reconnut la silhouette. C'était Clark.

Celui-ci alluma sa lampe torche dans l'obscurité et Jo se rendit compte que ses bras ne tenaient rien : l'Allemand avait disparu quand les lumières s'étaient éteintes. Il faisait noir et la lune se levait au-dessus du piano. Le bas de sa robe était maculé mais elle portait des chaussures solides dans lesquelles elle pouvait marcher sans problème dans la boue et sur le sol de terre dure et tassée.

— Qu'est-ce que vous faites ici ? l'interpella Clark.

Chaque mot était coupant comme un tesson de verre. Jo recula. Elle portait une tunique militaire par-dessus sa robe gonflée par le vent qui s'intensifiait. Elle recula encore puis se mit à courir, se dirigeant non pas vers sa tente mais vers le champ qui s'étendait derrière. Elle se rendit compte que tous les autres se trouvaient là et l'attendaient. Clark ne l'arrêterait pas, elle ne le laisserait pas faire. Elle savait qu'il essaierait, qu'il se mettrait comme toujours en travers de son chemin...

— Stop !

Au son de sa voix, la tente disparut. Elle n'avait jamais existé. Clark courait entre les petites tentes individuelles qu'elle avait contournées sans même les voir.

— Stop !

Elle avait tellement froid... Le vent transperçait sa robe, elle avait perdu ses chaussures à talons et la tunique. Sa robe, aussi légère que l'air, n'avait aucune consistance, elle ne portait ni bas ni sous-vêtements, rien qu'une combinaison qui luisait d'un blanc maladif dans la lueur de la lune déclinante. Clark la suivait de près et elle l'entendit haleter. Mais elle était presque arrivée en haut de la colline, elle atteindrait le champ avant lui. Au moment où elle franchit la crête, elle l'entendit armer son revolver et hurler :

— Halte ! (Elle s'arrêta.) N'allez pas plus loin, putain de salope !

Pourtant, on aurait dit que Clark pleurait. Il pleurait en pointant son arme sur elle pour l'obliger à s'arrêter. Jo baissa les yeux : quelque chose de froid, de dur et de très mince reposait contre sa cheville dénudée. Cela avait un nom, elle le savait, quelque chose comme « trente », ou peut-être « tente ». Ah non, ça y est, elle l'avait : détente. Un fil de détente. Elle se figea dans son vêtement transparent, luisant sous la lune, et regarda Clark en pensant combien il était beau, beau comme un dieu, elle lui donnerait cinquante filles – non, c'était quelqu'un d'autre… Clark pleurait et il pointait une arme sur elle. Pourquoi ? N'étaient-ils pas du même côté ?

Puis la fièvre fit le reste et elle perdit connaissance avant de s'écrouler, tombant en arrière. Le fil de détente brillait, impuissant, tandis que le vent qui se levait emportait le châle de Jo par-dessus le champ de mines privé de sa victime.

Jo ne contracta pas le typhus. Clark l'avait transportée jusqu'à la tente et ils l'avaient couchée dans le lit de James. Quand la fièvre baissa au bout de deux jours, Jo avait oublié son rêve – ou son cauchemar – et le temps passé avec ceux qui étaient morts et qu'elle avait failli rejoindre. Puis son appétit revint subitement et elle put à nouveau manger. Avec quelques jours de retard sur les autres, elle commenta :

— Mon Dieu, c'est infect. Je peux en avoir encore un peu ?

Elle finit par se lever mais dut se déplacer pliée en deux, tellement elle était faible, et les hommes l'obligèrent à s'asseoir le plus souvent possible. Ils se montraient très sévères, maintenant qu'elle était leur patiente.

— Nous allons bien, mademoiselle. Nous n'avons pas du tout besoin de vous, se vantaient-ils.

Même James se rendait utile. Il trouva un bâton et mesura l'espace dans la tente en comptant ses pas. Très vite, il fut en mesure de porter de la nourriture et de l'eau, du moment que personne ne déplaçait ses repères. « Où est ce foutu ouvre-boîte, Jonesy ? » râlait-il, et Jonesy s'excusait de l'avoir changé de place : « Il est juste là. Désolé, je n'oublierai plus. » James apportait les bols de nourriture pleins et débarrassait les vides. Mais Jonesy et Billy (qui était maintenant capable de marcher pendant quelques minutes) se réservaient la corvée des bassins hygiéniques.

— Nous ne voudrions pas que tu trébuches sur quelque chose avec ça dans les mains, insinuaient-ils à l'intention de James.

Un jour, le père Hook entendit David en confession et Jo lui demanda de l'entendre, elle aussi.

— Comment ? Vous ? fit le prêtre, incrédule.

— Mais oui, mon père.

— Je ne puis imaginer ce que vous pourriez avoir à me dire, mademoiselle. Vous... Vous êtes un ange.

Et le jeune homme la regarda avec tant de dévotion, tant de foi et de confiance que Jo n'eut pas le cœur de lui ôter ses illusions en mettant son âme à nu devant lui, en lui racontant le désir, le désespoir, la douleur et la colère qui avaient failli la tuer plus d'une fois. Qu'il croie en elle pendant un petit moment encore...

Ce jour-là, il y eut du remue-ménage devant la tente, plus intense que tout ce que Jo avait entendu jusqu'ici.

— Oui, mam'zelle, l'informa Jonesy, la patrouille a réussi à entrer en contact avec le commandement. Ils vont nous envoyer des camions. Les ponts étaient détruits, c'est pour ça qu'ils ne sont pas venus. Mais on peut parler et tout, maintenant, mam'zelle, les Allemands sont loin. Je crois qu'ils se replient, finalement.

Jo poussa un soupir de soulagement. Finalement… Ses patients étaient tous en état d'être évacués et, à l'arrivée des camions, elle les accompagnerait jusqu'à un hôpital, un vrai hôpital, où ils seraient soignés puis… puis… Eh bien, peut-être qu'à ce moment-là elle aurait le loisir d'examiner cette chose qui nouait ses entrailles et qui enflait et grossissait quand elle respirait, quand elle prenait le temps de sonder son âme. C'était un sentiment totalement inconnu. Est-ce que ça pouvait être du bonheur ? Et si ça l'était, était-ce à cause de David, de ses sentiments pour David ? Elle n'allait pas y réfléchir davantage pour le moment. Ils résoudraient ça plus tard, quand ils seraient rentrés. « À chaque jour suffit sa peine », avaient l'habitude de dire les sœurs.

David s'entraîna à faire les cent pas dans la tente.

— Regardez-nous, mademoiselle : deux personnes dans la fleur de l'âge, tout de guingois et clopinant comme des *guidshir* – désolé, mademoiselle –, comme des vieillards, des grands-pères, dit-il en riant, et suant après cet exercice.

Il s'assit à côté d'elle, essoufflé, et lui parla de leur prochain départ.

— Racontez-moi des choses sur vous, Josephine.

— Nous aurons le temps de discuter pendant le long trajet vers l'hôpital, David. De toute façon, vous savez déjà tout de moi. Et vous ? Qu'allez-vous faire après la guerre ? Vous savez, avant que votre fièvre baisse, j'imaginais que vous étiez… Non, ça ne fait rien. Mais, sérieusement, qu'allez-vous faire ?

Le regard de David sonda son âme, elle put le sentir et y trouva de la chaleur et du réconfort. C'était comme s'ils se connaissaient depuis toujours.

— Eh bien, mademoiselle, avant, je me disais que je retournerais à la ferme, la ferme de mon père. Il est mort maintenant, paix à son âme, mais ma mère y vit toujours, et Kit aussi. Bumpy est parti à la ville, ç'a été son choix. Mais… Oh, si vous pouviez voir cette ferme rien qu'une fois ! Nous élevons des moutons, les meilleurs de la région. Ce sont des créatures douces, vous les aimeriez. Et quel bonheur de les emmener sur les pâturages dans les montagnes quand les dernières étoiles s'éteignent et que l'aube rosit le ciel, de respirer le bon air propre que le bon Dieu nous a donné, sans odeur de poudre ni de fumée comme ici… Quand la simple joie d'être vivant, d'être libre et entier et vivant vous fait prier et chanter à l'intérieur. L'air y est si pur, et les collines autour descendent vers la plaine en contrebas, et puis il y a le lac qui brille à l'horizon et les oiseaux qui commencent à chanter en cherchant leur partenaire. Avez-vous déjà vu une telle chose ?

Jo était envoûtée. C'était comme de la poésie. Prise dans un rêve, il lui fallut du temps pour revenir à la réalité.

— Non, jamais.

— Vous pouvez l'imaginer, mademoiselle ?

— Oui. En vous écoutant, je pensais au royaume des fées dans les livres que je lisais enfant. Mais, David, j'ai grandi dans une boîte de six mètres sur six, avec vingt boîtes par étage, et cinq ou six étages empilés les uns sur les autres. Cette boîte était gelée en hiver et elle puait en été. Elle était toute de béton et d'acier, avec, dehors, l'éclairage des rues et les klaxons, sans rien de vert, sans lac ni grand ciel ouvert.

— Ç'a l'air terrible, mademoiselle. Si vous me pardonnez la réflexion.

— Je vous pardonne, David.

Ils se tenaient par la main.

— Vous disiez que c'était ce que vous vouliez faire avant. Vous avez changé d'avis ? Est-ce que vous voulez aller vivre dans la grande ville comme votre frère ? demanda Jo sur le ton de la plaisanterie.

Pendant un instant, le visage de David s'assombrit.

— Cela dépend, répondit-il, sérieux.

— De quoi ? s'enquit-elle, toujours souriante. Du prix de la laine ? De l'avancement de la récolte ? Craignez-vous que la vie des champs ne vous paraisse trop ennuyeuse, une fois rentré de la guerre ? Ça pourrait être le cas, vous savez.

— Oh ! Non, mademoiselle.

— Alors quoi ?

Il lui tapota la main et se leva.

— Je ferais mieux de retourner à mes exercices.

Il reprit ses déambulations, aller-retour, aller-retour, jusqu'à l'essoufflement, après quoi il dut s'allonger.

Le jour du départ arriva en même temps que la pluie. Une file de camions attendait dehors et les garçons de salle couraient dans tous les sens, portant des civières. Sous le poids des patients, ils s'enfonçaient dans la boue et n'avançaient que lentement, trempés jusqu'aux os, avec leurs ponchos collés à leurs corps par la pluie. Ceux qui portaient des lunettes étaient incapables de distinguer quoi que ce soit. Jonesy se lia tout de suite d'amitié avec les deux hommes qui transportaient sa civière ; il était si heureux de voir de nouveaux visages, de poser des questions et de répondre aux leurs, si ravi et serviable qu'il aurait voulu sauter du brancard pour les aider. Le commandant Donahue prit immédiatement la situation en main : « Allez, remue-toi, mon garçon, ne traîne pas, allez, avance – voilà, c'est déjà mieux. »

James, lui, sortit par ses propres moyens, refusant tous les bras sauf celui de Jo.

— De la pitié pour un homme aveugle ! pesta-t-il au sujet d'un garçon de salle. En plus, il avait une toute petite voix faiblarde. Je parie qu'il est tout petit et faiblard. Je n'ai pas raison, mademoiselle ? Je suis plus grand que lui, non ?

— Oh ! Absolument ! Beaucoup plus grand… et plus fort, dit Jo avec un sourire.

— C'est bien ce que je pensais. J'aimerais pouvoir lui donner un coup de poing dans sa petite gueule.

— Eh bien, si vous voulez, je vous l'amènerai et je vous guiderai de la voix pour que vous puissiez le frapper à loisir.

Pour la première fois, elle vit James sourire.

Billy quitta la tente, penché sur la civière du jeune prêtre. En peu de temps, il avait développé un intérêt pour le métier de Jo et aimait participer aux soins.

— Regardez où vous allez, là, dit-il aux porteurs. (Il étala un poncho au-dessus de la tête de Hook pour le garder au sec tout en trébuchant dans la boue et en se cognant contre les ordonnances.) Faites attention, c'est un patient très fragile, avec des blessures graves – et en plus il est prêtre, alors faites attention ou vous aurez affaire à moi.

— Dites donc, Billy, fit Jo, je pense que vous feriez une excellente infirmière.

— Ça se pourrait bien. Ne vous moquez pas. Peut-être qu'un jour il y aura des hommes infirmiers.

Tous ses patients se trouvaient à bord du même camion, sauf David. Jo fut tentée d'arracher le poncho qu'on lui avait donné et qui sentait les produits chimiques et le moisi. Elle retourna à la tente. Pour la dernière fois, songea-t-elle. La dernière fois. Après tant de semaines passées à l'intérieur, tant de pertes subies, elle pouvait enfin quitter ce monde. Elle avait fait tout le bien qu'elle s'était donné comme objectif, elle avait sauvé la vie des six hommes qu'elle s'était juré de protéger. Ils allaient tous partir ensemble. Elle allait partir avec David.

Elle entra dans la tente qui lui parut étrangement vide. Il ne restait plus que les chevalets débarrassés des civières. Les draps avaient été arrachés, sa petite cellule avait disparu. Elle regarda fixement l'endroit où elle se trouvait la nuit dernière encore et ne parvint pas à se l'imaginer, comme si elle n'avait jamais existé. David parlait avec deux brancardiers qui sortirent de la tente avec la civière vide. Bien sûr, il était capable de marcher jusqu'au camion dont le moteur tournait au ralenti ; ce n'étaient que quelques pas et elle lui prendrait le bras pour plus de sécurité. Pour la première fois, ils se retrouvaient seuls dans la tente. Jo contempla ses yeux sous les sourcils épais, ses cheveux noirs dégagés du front, son visage pâle et pourtant rayonnant, comme illuminé de l'intérieur par une joie secrète. Dans son blouson de laine, aux lettres HD[1] brodées en fil orange sur le tissu bleu de la manche, il semblait plus grand qu'avant, plus fort aussi. Son kilt avait disparu. À qui avait-il donc emprunté ce pantalon ? Celui-ci était trop court et lui arrivait à peine aux chevilles. Jo lui sourit et il lui sourit en retour. Puis il mit son casque.

— Vous n'aurez pas besoin de ça dans le camion, fit Jo en riant. Nous allons à l'hôpital, soldat, pas à la bataille.

— Vous allez à l'hôpital, dit David, et le cœur de Jo s'arrêta de battre.

— Ne plaisantez pas, David. (Pour toute réponse, il la regarda droit dans les yeux.) Allez, David, montez dans le camion.

— Je ne peux pas venir avec vous, mademoiselle.

---

1. Sigle de la 51e division d'infanterie : 51st (Highland) Infantry Division.

— Bien sûr que si. Que voulez-vous dire ? Vous avez été malade du typhus pendant je ne sais combien de temps avant même que je vous rencontre, et vous êtes aussi faible qu'un enfant. Ça ne fait que quelques jours que vous arrivez à marcher et...

— Je ne veux plus rester allongé sur un lit. (Il secoua lentement la tête et parla d'une voix douce, comme s'il voulait la ménager, même en cet instant.) Il y en a tellement de plus mal lotis que moi, là, dehors, sur le champ de bataille. Je ne peux pas rester en arrière.

— C'est absurde, David. (Les larmes brouillèrent sa vue. Elle tapa du pied.) Je vous ordonne de monter dans ce camion.

Il lui sourit, d'un sourire espiègle qui se reflétait dans ses yeux.

— On peut dire que vous avez de la volonté, mademoiselle. C'est une bonne chose. Je ne pourrais pas aimer une femme qui n'ait pas un peu de caractère, ça, c'est sûr. (Jo en resta sans voix.) Mais bien que vous soyez ma supérieure en grade... (Il fit un pas vers elle et effleura son épaule là où aurait dû se trouver son insigne)... j'ai peur de devoir désobéir à votre ordre.

Jo fut incapable de ressentir quoi que ce soit. Ce n'était pas la torpeur dont elle avait souffert pendant si longtemps, mais plutôt l'intensité de ses émotions qui la laissait abasourdie. Jamais elle n'avait envisagé que David puisse faire autre chose que l'accompagner à l'hôpital, en sûreté. Elle avait pensé qu'elle l'aiderait à guérir, à récupérer puis, avec le temps... Eh bien, avec le temps, tout aurait pu arriver. Mais maintenant...

Il était lancé dans un discours très éloquent, évoquant la lumière et quelque chose au sujet du pouvoir, des montagnes, de la gloire et de l'amour qui pouvait tout surmonter. C'était parfait, mais elle fut incapable de l'entendre.

Tout ce qu'elle voulait, c'était graver dans sa mémoire le visage et les yeux de David, et la façon dont ses lèvres bougeaient quand il parlait. Elle avait pensé en avoir le temps pendant le trajet jusqu'à l'hôpital, mais maintenant il ne lui restait plus que cet instant. Ce n'était pas possible, elle n'y arriverait pas, le temps lui manquait.

David arrivait à la fin de son monologue.

— Tous les hommes ici vous aiment. Et je ne fais pas exception. (Jo tenait les deux mains de David, passant ses pouces sur les bouts des doigts et les jointures – elle ne pourrait jamais mémoriser tous ces détails.) La première chose que j'aie vue en me réveillant était une magnifique créature, un ange aux cheveux de cuivre qui me tenait. Je ne savais pas qui vous étiez ni tout ce que vous aviez fait pour moi. Je savais seulement que j'étais vivant ; je me sentais en paix et bien au chaud et j'ai eu un immense sentiment de gratitude à votre égard. J'étais certain, absolument certain, que quelqu'un m'avait sauvé la vie. (Jo se rapprocha de lui, elle voulut sentir son odeur et toucher ses cheveux.) Vous m'avez sauvé, mademoiselle. Oui, Dieu m'a sauvé, et les prières de ma mère, mais ce sont Dieu et les prières de ma mère qui vous ont envoyée auprès de moi – et tu m'as sauvé, Josephine.

En disant son prénom pour la première fois, il semblait en savourer chaque syllabe comme un mets délicieux, comme si simplement le prononcer l'enchantait.

— Tu es mon ange, mon merveilleux ange gardien. (Il toucha ses boucles.) Tu m'as tout donné, et je n'ai rien à te donner en retour, sauf mon cœur. Et ceci. (Il retira de son doigt la bague que son père et son grand-père avaient portée avant lui.) Elle est trop grosse pour tes petits doigts, dit-il avec un sourire en la posant dans la paume droite de Jo et en fermant sa main par-dessus. Mais je voudrais que tu la gardes pour moi. Garde-la sans faire de promesse, pour que je sache qu'elle t'accompagnera, que mon amour t'accompagnera, et pour que je puisse espérer qu'un jour...

Le klaxon du camion retentit, dissonant et cruel. Le temps s'enfuyait. Dans un instant, quelques secondes à peine, ils seraient séparés et rien ne pouvait empêcher cela. Le regard de David était serein et pénétrant. Il embrassa la paume gauche de Jo.

— Que Dieu vous bénisse, lieutenant McMahon. Même si je devais être tué, mon amour pour vous ne mourra jamais.

Impuissante, Jo se détourna sans un mot parce qu'il le fallait, parce que rien de tout cela n'était réel.

La pluie avait redoublé d'intensité. Il n'y avait pas de vent, rien qu'un déluge implacable qui brouillait la vue et empêchait de respirer. Elle se dirigea vers l'ambulance où un soldat lui tendit une main pour l'aider à passer par-dessus le hayon. Mais Jo se tint là, immobile, fixant l'intérieur du camion sans le voir.

— Vous avez oublié quelque chose, chérie ?

Brusquement, elle sortit de sa torpeur.

— Oui !

Elle se précipita dans la tente. David leva les yeux et ôta son casque, et la seconde d'après elle était dans ses bras.

— Va au diable, dit-elle entre deux baisers, reprenant son souffle.

Elle était à vif, exposée aux dures réalités du monde, mais cette vulnérabilité lui rendit sa passion, son cœur et son feu sacré – elle était redevenue Jo, et son ardeur rendit ses baisers brûlants.

— Reste en vie, David, reste en vie, c'est tout.

Puis, brusquement, elle sortit sous la pluie et sauta dans le camion. Le brancardier cogna deux fois sur la portière de la cabine et le véhicule se mit en marche en laissant derrière lui deux profondes ornières.

12

Kay Elliott

3 février 1945, camp d'internement de Santo Tomas, Manille, Philippines

Vingt-quatre cents *par jour. Avant, ils dépensaient vingt-quatre* cents *par jour pour nourrir chacun de nous. Il y avait assez de nourriture pour acheter l'équivalent de vingt-quatre* cents *pour chaque homme, femme et enfant dans cet endroit. Et nous nous plaignions de la faim.*

Tout ce que j'écris ressemble à du gribouillage. Je ne reconnais aucune des lettres mais ce sont les mots que je prononce à l'intérieur de moi, même si sur le papier ça ne ressemble à rien. À Santo Tomas, nous n'avons pas le droit d'écrire, nos journaux sont brûlés et nous sommes fusillés si nous nous faisons prendre. Mais je vais mourir de toute façon, alors ceci est mon dernier acte de défi. Ça s'écrit avec ou sans e à la fin ? J'ai voulu le corriger mais le mot n'y est plus, aucun des mots n'y est plus, ou alors je n'arrive pas à les voir.

Les avions survolaient le camp. Dans le dortoir plongé dans l'obscurité, Kay suivait à l'oreille l'attaque sur Manille. Qu'allaient trouver les Américains en arrivant à Santo Tomas ? Les internés étaient enfermés ; même ceux qui gisaient dans la cour et qui paraissaient morts avaient été ramassés et balancés à l'intérieur. De l'endroit où elle était couchée, Kay ne voyait rien. Quelqu'un avait dit que les escaliers étaient remplis de bidons d'essence.

On allait probablement les brûler vivants avant l'arrivée des Américains.

Comme les Japonais tiraient sur tout prisonnier qui s'approchait de la fenêtre, il était difficile de savoir ce qui se passait. La cour était déserte, de ça ils étaient sûrs. Les Japs avaient installé leurs radios et des mitrailleuses sur les toits, ce qui faisait des prisonniers pris au piège les victimes potentielles d'une éventuelle attaque militaire. Mais avaient-ils ne serait-ce qu'un jour respecté une quelconque convention ? Kay se plaisait à imaginer que, quelque part – loin d'ici, dans un petit village de pêcheurs peut-être –, une jolie femme japonaise potelée faisait sauter son bébé sur ses genoux en lui chantant une drôle de berceuse où il était question de dragons et de cerfs-volants magiques. Il était fondamental de pouvoir y croire parce que, en dehors de cette femme, tous les autres étaient des fous cruels et sanguinaires à ses yeux. Ils détruisaient pour le plaisir de détruire, dépourvus d'humanité. Ils n'hésiteraient pas une seconde à les brûler comme des rats.

Les Japonais avaient beaucoup parlé de rats aux infirmières. Ils leur avaient demandé de vacciner tout le monde contre une sorte de « peste ». Ils prétendaient disposer d'un nouveau sérum qui protégerait les internés contre cette maladie et aussi contre le paludisme. Dieu du ciel, qu'avait-elle bien pu injecter à ces gens ? Elle n'en avait aucune idée. Plus tard – une fois qu'elle eut fait ce qu'on lui demandait –, une des missionnaires lui avait raconté comment les Japonais avaient largué au-dessus de la Chine une tonne de puces infectées par la peste bubonique. Sans une seconde d'hésitation, ils avaient fait de « ces froussards de Chinois » des cobayes pour leurs armes biologiques. Si l'un ou l'autre mourait pendant les expériences, ce n'était jamais qu'un cobaye en moins. Que Dieu lui pardonne pour ce qu'elle avait fait !

Kay se demanda ce qui pouvait bien se passer dans le reste du monde. Elle n'avait aucun moyen de le savoir et imaginait que les Alliés se battaient toujours contre les puissances de l'Axe. Mais était-ce le cas ? Et si Hitler avait conquis l'Europe, la Grande-Bretagne, voire – mon Dieu ! – les États-Unis ? Et si le monde avait déjà sombré, si ce petit point sur la carte était le dernier endroit sur terre où on se battait pour la liberté ? Tout serait alors perdu. Les Japonais et les Allemands se disputeraient les restes et commenceraient à s'entre-tuer.

Dans l'unique lettre que Kay avait reçue de Jo, son amie racontait que l'armée américaine se frayait un chemin à travers l'Italie, se dirigeant vers le nord et la France, voire l'Allemagne. C'était de la folie ! Kay se souvenait par cœur de chaque mot, à force de l'avoir relue tant de fois.

Chère Kay, j'espère que tu recevras cette lettre, que tu es bien traitée en captivité, que tu rentreras à la maison ou viendras me rejoindre au front. À vrai dire, nous ne sommes pas toujours au front ; parfois nous sommes un peu derrière, ou un peu devant, mais pour l'instant nous sommes quelque part au milieu. Nous avons subi quelques défaites sévères, avec beaucoup de blessés, et nous avons payé les pots cassés dans cette tragédie. La guerre est bien une tragédie, au chaud ou dans le froid, sous la pluie ou sous le soleil, dans le Pacifique, en Europe ou en Indochine. Mais toi, tu es célèbre ! Le savais-tu, Kay ? C'était une réclame pour des titres d'emprunt de guerre, je crois – ah non, je l'ai ici : une campagne « Travaillez pour les libérer » dans le journal, tu sais comment c'est, ou peut-être l'ignores-tu, je suppose que tu n'en as pas vu. Eh bien, au premier plan il y a un Japonais à l'air vicieux (est-ce qu'ils sont tous aussi sinistres ou est-ce juste pour la propagande ?) et, derrière des barbelés, la reproduction de l'image que pourrait se faire un artiste des « infirmières faites prisonnières dans le Pacifique ». Tu seras contente d'apprendre que tu es toujours magnifique, Kay, avec une permanente toute récente et une tenue complètement saugrenue : coiffe amidonnée et uniforme blanc (comme quand on a commencé, tu t'en souviens ? Un vrai déguisement !), avec des escarpins blancs et (accroche-toi) des bas d'un blanc éclatant, et pour couronner cet ensemble ridicule, une cape à la Florence Nightingale de la dernière guerre. Je n'ai jamais rien vu de tel. Je sais que, si tu le voyais, tu éclaterais de rire. (Queenie t'envoie le bonjour, elle est à côté de moi et regarde la réclame dans le journal en riant ; elle dit qu'elle ne voudrait y figurer pour rien au monde.) Toutes les deux, nous te disons : tiens le coup, nous, on termine ici et on viendra te rendre visite là-bas.

Les combats s'étaient rapprochés. Que pouvaient utiliser les Américains ? Des blindés ? Kay aimait imaginer que d'énormes engins roulaient dans leur direction, écrasant les pierres et les gravats sous leurs chenilles, se dirigeant vers eux, vers l'énorme piège à rats sur le point de flamber.

Elle continua d'écrire, sans s'apercevoir que le moignon de crayon avait glissé d'entre ses doigts et que sa main ne bougeait plus.

J'espère qu'ils arriveront jusqu'ici. J'espère que les Américains écraseront cet endroit, qu'ils démoliront les murs et qu'ils enfonceront les portes de cet enfer. J'espère qu'ils viendront pour mettre fin à toute cette folie.

« L'Éternel allait devant eux, le jour dans une colonne de nuée pour les guider dans leur chemin, et la nuit dans une colonne de feu pour les éclairer, afin qu'ils marchassent jour et nuit. »

Il fait nuit maintenant. Suivez la lumière, les gars, et vous nous trouverez.

LA PAIX

13

Jo McMahon

21 juin 1945, Londres, Angleterre

Jo passa un doigt dans le col de son chemisier élégant. Fait sur mesure, il n'était pas trop serré, mais elle n'y était pas habituée, pas plus qu'à la cravate beige qui devait être nouée d'une façon bien précise, la veste marron de coupe formelle ou la jupe serrée. Seul le tic-tac incessant de l'horloge sur le mur perturbait le calme de la salle d'attente. Les lames du parquet avaient été polies au point de paraître recouvertes d'une fine couche de glace. Les fenêtres étaient fermées pour empêcher la chaleur de l'extérieur d'entrer, et Jo manquait d'air. Elle réajusta son col et se tortilla sur son siège. Elle n'était pas à l'aise : ses bas lui grattaient les jambes et elle avait glissé ses chaussures à talons hauts sous la chaise au dossier droit et rigide, un pied sagement posé derrière l'autre.

La porte s'ouvrit et une femme au teint maladif annonça à Jo qu'elle allait être reçue. Jo se leva rapidement, traversa précautionneusement le parquet brillant et franchit la porte du petit bureau enfumé.

— Lieutenant McMahon, dit le capitaine. (Assis derrière son bureau, il se leva à moitié de son siège et répondit d'un geste de la main au salut de Jo.) Désolé pour le désordre. (Il dégagea une énorme pile de dossiers et posa sa tasse à café.) Il y a tellement à faire et si peu d'heures dans une journée. Qui aurait pu deviner que, après avoir gagné la guerre, on se retrouverait envahis par toute cette paperasse ? (Il sourit largement à ce trait d'esprit et Jo répondit par un sourire poli.) Donc, mademoiselle… (Il vérifia une liste sur son bureau dont certains noms étaient rayés à l'encre bleue, d'autres cochés en rouge.) Ah oui, je me souviens. Eh bien, ma chère, nous avons de bonnes nouvelles et de mauvaises nouvelles. (Pour Jo, le « ma chère » était révélateur.) La bonne nouvelle est en fait excellente, continua-t-il sur un ton condescendant, comme s'il parlait à un très jeune enfant. On dirait que vous avez été très occupée de l'autre côté de la Manche, non ? (Il lui tendit une petite boîte en carton, tel un cadeau d'anniversaire. Jo l'ouvrit.) La Silver Star ! (Comme si elle avait besoin qu'on lui rappelle le nom des médailles militaires !) C'est formidable ! Je veux dire – je ne sais pas –, vous êtes peut-être la seule femme à avoir jamais reçu ceci. (Non, pas la seule.) À un moment ou un autre, il y aura une cérémonie de remise. (Il fit un geste vague de la main et regarda de nouveau sa liste. L'interphone se mit à bourdonner et il répondit :) Pas maintenant, Bessie. (Il grimaça, comme si Bessie pouvait voir sa mine désapprobatrice.) En sortant, vous pourrez demander la date à ma secrétaire.

L'avait-il congédiée ? Et la mauvaise nouvelle qu'il devait lui transmettre ? Il comptait à voix basse et secouait la tête, comme si le résultat de ses additions ne tombait pas juste.

— Puis-je vous demander qui m'a recommandée, monsieur ?

— Pour la médaille ? Euh… Oui, bien sûr, pas de problème. (Son ton suggérait le contraire. Il appuya sur un bouton.) Bessie, voyez si vous pouvez trouver le nom de l'officier qui a recommandé cette dame pour la Silver

Star. Et faites monter mon déjeuner, voulez-vous ? Je meurs de faim.

Jo resta tranquillement assise, mains jointes, et l'observa. Il était empâté ; il avait probablement occupé un poste administratif pendant la guerre. Occupé à vérifier et à revérifier ses tableaux, il ne leva pas une seule fois les yeux vers elle. Son crâne brillait à l'endroit où il se dégarnissait sur le sommet de sa tête. Ça lui rappela Billy. L'horloge était plus bruyante que celle de la salle d'attente ; le tic-tac était si fort qu'elle se demanda comment il pouvait le supporter.

— Oh ! fit-il comme s'il venait de se souvenir d'un détail. (Avec un sourire satisfait, il raya une autre ligne sur sa liste.) Vous êtes aussi promue au grade de lieutenant. Vous avez incontestablement eu beaucoup à faire, là-bas.

Sa façon de prononcer ces mots semblait suggérer qu'une promotion n'était pas exactement une bonne chose, voire un honneur plutôt douteux.

Jo inspecta le petit bureau. C'était une pièce qui respirait la suffisance, avec ses murs ornés de diplômes, de médailles et de fausses épées croisées au-dessus de la tête du capitaine. Elle était encombrée de livres, de brochures ; un sandwich à moitié mangé traînait sur la table sous laquelle se trouvaient des pelures d'orange ; le tapis était parsemé de cendres et de copeaux de crayon. Jo s'éclaircit la gorge.

— Et la mauvaise nouvelle, monsieur ?

— Comment ? Oh ! Oui, bien sûr. (Sa mine devint sérieuse et il chaussa ses lunettes dont l'épaisse monture avait sûrement pour objectif de le rendre plus impressionnant.) Eh bien, mademoiselle, il semblerait que votre – comment dirais-je ? –, votre aptitude à assumer la charge d'infirmière est pour le moment remise en question.

— Il n'y a rien à remettre en question, monsieur.

— Je sais ce que vous allez dire : que vous allez bien, que vous pourrez tout à fait continuer à votre poste. Je trouve ce sentiment fort louable, mais…

— Je vous prie de m'excuser, monsieur. (Il haussa les sourcils et ses lunettes glissèrent sur son nez.) Je veux dire qu'il n'y a pas de doute. Je ne suis pas en état de continuer mon travail d'infirmière. Je n'ai pas cessé de le dire depuis que je suis arrivée ici.

Le capitaine parut sincèrement surpris.

— Vous ne niez pas ? Vous n'allez pas faire d'histoires ?

— Monsieur, depuis mon arrivée, je demande à la surveillante générale de me trouver un travail administratif. De la paperasse. N'importe quoi. Mais je ne peux plus aider les soldats blessés ou malades, monsieur…

Sa voix s'éteignit et, l'espace de quelques instants, elle eut l'air perdue.

— Vous avez traversé beaucoup d'épreuves, mademoiselle… (Que pouvait-il donc savoir de ce qu'elle avait traversé ?)… et personne ne vous tiendra rigueur si vous ressentez un besoin de changement.

Jo sentit les larmes monter, mais elle refusa de montrer son émotion devant cet homme qui en était indigne.

— Ce n'est pas ça, monsieur. J'adore mon travail d'infirmière, et j'aime mes patients. C'est… C'est juste ça.

Elle tendit ses bras à l'horizontale, paumes vers le bas. Ses mains tremblaient de façon incontrôlable. Le visage de l'homme perdit toute couleur, comme s'il n'avait rien vu de pire pendant cette guerre. C'était peut-être le cas, songea Jo.

— Psychose traumatique, monsieur, dit-elle simplement. Dieu sait que j'en ai vu suffisamment chez les autres pour la reconnaître. Je ne suis pas à même… je ne suis pas capable d'administrer des soins médicaux. Je le dis depuis mon arrivée.

Jo s'adossa à la chaise, oubliant l'officier pendant une seconde.

— Euh… Hum… Je ne sais pas quoi vous dire, mademoiselle. Peut-être que nous pourrions vous renvoyer chez vous. Après tout, vous êtes une héroïne de guerre, fit-il avec un faible sourire.

Jo se redressa sur sa chaise.

— Non, monsieur ! Je veux dire, s'il vous plaît, ne faites pas ça. Pas avant que nous ayons battu les Japonais. Pas avant que tout le monde puisse rentrer chez lui.

Elle devait rester en Angleterre, découvrir où se trouvait David et ce qui lui était arrivé. Personne ne l'attendait chez elle.

Pendant un bref instant, l'ardeur de Jo illumina la pièce et sembla même sur le point d'enflammer les tisons dans le cœur de cet homme qui n'avait pas daigné se présenter. Puis le déjeuner, avec deux boissons dans des verres biseautés, arriva sur un plateau. Il le regarda, puis regarda Jo. Il devait mener cet entretien à son terme ; il était déjà midi passé !

Bessie posa sèchement le plateau sur un tas de papiers libellés « Département d'État ».

— Donahue, monsieur, dit-elle. (Il lança un regard vide à sa secrétaire.) Le nom que vous avez demandé. L'officier qui a recommandé le lieutenant McMahon pour sa décoration, c'est le commandant Donahue.

La secrétaire sortit de la pièce sans que ses chaussures orthopédiques provoquent le moindre bruit sur les lattes du parquet.

« Bien sûr, ça ne pouvait pas être Clark », se dit Jo. Elle le savait, mais avait voulu en avoir la preuve.

— Et voilà, vous avez votre réponse. Et, euh... mademoiselle, si vous êtes sûre que vous ne pouvez plus soigner nos soldats, il reste quelques postes de collecteurs de fonds pour la campagne dans le Pacifique. Vous ne seriez pas trop impliquée, c'est juste du porte-à-porte...

Il jeta un regard concupiscent à son plateau-repas, résistant à peine à l'envie de soulever le couvercle en argent.

— Je le prends, se hâta de dire Jo en se levant.

Il eut l'intuition qu'il devrait dire autre chose à cette femme, qu'il y avait quelque chose qu'il devait faire pour elle, mais son attention retourna aussitôt à son repas. De la dinde, peut-être ?

— Bessie s'occupera de tout, mademoiselle.

— Merci, monsieur. Merci de me garder.

Jo se retourna vivement et se dirigea vers la porte.

Le capitaine, sur le point de poser la serviette sur ses genoux, l'appela :

— Mademoiselle ! Vous avez oublié votre étoile.

Jo sortit sous la lumière du soleil. Ses pieds engoncés dans les escarpins lui faisaient mal tandis qu'elle longeait rapidement le trottoir bondé. Il y avait un grand nombre d'Américains, officiers et simples soldats. Un groupe de marins la dépassa en sifflant. Difficile à croire qu'elle se trouvait à Londres. On aurait plutôt dit la 5e Avenue de New York ! Jo contempla la ville mais ne la reconnut pas vraiment. Certains quartiers semblaient sortis tout droit d'une carte postale ou d'une brochure touristique – pâtisseries, pubs et immeubles d'habitation, St Paul et Piccadilly Circus –, jouxtant les quartiers bombardés, les tas de gravats, les ruines de ce qui, autrefois, avait été des foyers. Les sacs de sable, entassés puis renversés, répandaient leur contenu dans la rue. Elle traversa Hyde Park et leva les yeux sur l'arc de Wellington où l'ange de la paix descendait sur le chariot de guerre conduit par un jeune garçon. Qui était-il ? Hitler enfant ? Hirohito ? Un dictateur vieux de cent, de mille ans ? Quelle importance, du moment que l'ange descendait pour contenir les chevaux emballés dans une course folle. « Ange de la paix, veille sur David. »

— Attention ! hurla un chauffeur de taxi énervé et elle remonta sur le trottoir.

Elle n'avait pas de nouvelles de David. Comment en aurait-elle eu ? se dit-elle pour se rassurer. La guerre en Europe n'était terminée que depuis un mois. Qui pouvait savoir où il se trouvait et le temps qu'il lui faudrait pour retourner à la civilisation, pour revenir à elle ? Il se passerait combien de semaines, de mois, avant que sa famille, ou elle, n'ait de ses nouvelles ? Et d'abord, comment s'y prendrait-il pour la retrouver ? Ce qu'il savait à son sujet se résumait à Brooklyn et c'était sûrement là qu'il la chercherait, pas à Londres. Mais elle ne pouvait pas se résoudre à partir, à quitter l'Angleterre, pas tant que David était quelque part là-dehors. De toute manière, Londres était sacrément plus près des Highlands écossais que New York.

Elle fut soulagée de pouvoir enfin quitter l'hôpital, de pouvoir sortir et travailler de nouveau pour l'effort de guerre. Tous ses patients étaient guéris et étaient passés à autre chose. Beaucoup d'entre eux devaient être rentrés chez eux, maintenant. Jo jeta un œil sur les journaux américains vendus dans la rue et découvrit que le *Queen Mary* avait accosté la veille à New York, avec quatorze mille soldats américains à son bord. Ceux-ci prendraient la ville d'assaut, fêteraient la Saint-Sylvestre, Mardi gras et le 4 Juillet en une seule fois et souffriraient tous de gueules de bois carabinées. Néanmoins, Jo ne regrettait guère de ne pas en faire partie. Bien sûr, elle était heureuse pour les hommes qui étaient rentrés (jusqu'au moment où on les enverrait au Japon) et elle se réjouissait que la guerre en Europe fût finie et que, ici, on pût commencer à reconstruire. Mais elle ne pouvait pas encore partir.

Elle glissa la main dans sa musette (pas la vieille en toile mais une toute neuve en cuir souple et lustré) et en tira un penny.

— Tiens, petit, dit-elle à un des jeunes vendeurs de journaux.

Elle ouvrit son exemplaire. Elle ne saisit pas tout, n'étant pas au fait des événements qu'elle avait manqués : la dernière poussée désespérée en Allemagne et en Pologne, des gouffres que le monde libre n'était pas censé découvrir. Elle lut des mots inconnus comme « Dachau » qui étaient accompagnés d'images d'hommes cadavériques, de corps empilés, et ses larmes coulèrent. Tout ce mal pour le seul plaisir de faire du mal... Puis elle vit des photographies de Soviétiques lourdement vêtus. Elle avait quitté le théâtre de la guerre avant que les Américains ne rejoignent les Russes. Leurs uniformes, leurs visages lui étaient étrangers ; elle avait même oublié qu'ils avaient été en guerre, eux aussi. Pourtant, leurs victimes civiles se comptaient par millions. Autour d'elle, Jo vit les bouches de métro écroulées, les bibliothèques et écoles rasées, toute la dévastation que l'Angleterre avait subie et qui avait fait soixante mille victimes parmi les non-combattants – femmes, enfants et personnes âgées, bombardés pendant leur sommeil, enterrés vivants pour ne jamais revoir la lumière du jour. Elle tenta de multiplier ce nombre terrible pour évoquer la mort d'un million de Russes, puis de dix millions, puis les vingt millions qui correspondaient à l'estimation la plus récente. Elle regarda les photos : des soldats heureux embrassant des filles dans la rue, des orphelins gitans en pleurs sur le bord de la route, des espions de l'Axe abattus comme des chiens, des espions alliés tués en martyrs. À Manhattan, des foules acclamaient la victoire en Europe ; à Milan, elles hurlaient d'une joie sinistre devant les cadavres de Mussolini et de sa maîtresse suspendus par les pieds. Jo ne comprenait rien à cette paix aux relents de guerre, de mort, de famine et de torture. Comment cela pouvait-il jamais s'arranger ? Comment Dieu pouvait-il réparer le monde ? Comment le monde pouvait-il se remettre de ça ? Et ce n'était pas encore fini. Il restait le Japon, le Pacifique. Comment les choses se passaient-elles, là-bas ? Elle n'avait plus de nouvelles de Kay depuis avant Pearl Harbor ; elle ignorait ce qu'il lui était arrivé. Avait-elle reçu ses lettres ? Était-elle seulement encore en vie ? Et à quelle barbarie les Américains qui se battaient pour reprendre une île ensanglantée après l'autre, avançant vers le cœur du territoire ennemi, étaient-ils exposés ? *Mon Dieu, faites que ça ne soit pas pire qu'ici.*

Jo replia le journal et poursuivit ses déambulations dans les rues, enjambant les trous et les sacs de sable désormais inutiles. Elle suivit le flot des piétons qui contournaient les cratères et les ouvriers occupés à déblayer les rues. Elle s'arrêta pour lacer sa chaussure devant un abri antiaérien Anderson – et découvrit le plaid coloré d'un kilt juste devant elle. Rouge et blanc, vert et bleu… il y en avait deux, non, trois ! Jusqu'à la ceinture, ces hommes ressemblaient à n'importe quels passants. Jo se redressa et se lança à leur poursuite.

— S'il vous plaît ! S'il vous plaît ! les héla-t-elle.

Mais il y avait trop de monde, trop de bruit. Puis elle se souvint de David qui voulait lui apprendre l'écossais : « Voici comment nous disons bonjour, mademoiselle… »

— *Aye, aye, min !* cria-t-elle presque.

Les trois hommes s'arrêtèrent net, provoquant une collision avec deux femmes aux bras chargés de paquets. Le flot de piétons les contourna.

— Bonjour, mademoiselle, la saluèrent-ils en souriant et en s'inclinant. Pouvons-nous vous aider en quelque chose ?

— Voyez-vous, les Anglais ne sont pas toujours d'une grande aide quand il s'agit des Écossais…

— *Aye*, mademoiselle, nous avons cru remarquer.

— Je suis désolée. Tout ça est bien confus, je sais. Je dois vous paraître ridicule, à vous aborder comme ça dans la rue. Je m'appelle Josephine.

— Bonjour, répétèrent-ils à l'unisson.

— Bonjour à vous. Pourriez-vous m'aider ? Je cherche quelqu'un.

— Un Écossais, peut-être ?

— *Aye !* (Cela les fit rire.) Je veux dire oui, dit-elle en rougissant.

— Vous l'avez rencontré pendant la guerre, et vous avez perdu le contact ?

— Oui. Voyez-vous, j'appartiens à l'armée américaine et je n'ai aucun moyen de le retrouver. Et vous êtes tous censés faire partie d'un royaume uni, mais mon Dieu, il y a l'Angleterre, l'Australie, le Canada…

— Et nous, mademoiselle.

— *Aye*, ne put-elle s'empêcher de répéter dans son excitation.

— Nous pourrions vous emmener voir notre capitaine, lui proposèrent-ils… Quel est le nom de cet heureux soldat ?

Et voilà. Soudain, l'été était arrivé pour Jo. La rue qu'elle descendait en compagnie des trois hommes était toujours la même, mais maintenant il y avait du soleil, de la chaleur et l'odeur des fleurs, partout – celles du fleuriste, celles des jardinières et celles qui perçaient entre les pavés. Le ciel était plus bleu que jamais. Les hommes lui posèrent des questions et répondirent aux siennes, et leur accent lui ramena David. Eux l'aideraient à le ramener pour de bon, à le trouver et à le rendre à sa mère, à Bumpy, à Kit. Et à elle.

Arrivés au bureau de leur capitaine, ils lui offrirent de l'eau fraîche dans un minuscule gobelet en carton. L'officier était grand et trop large pour son kilt et son petit bureau, mais aimable, un peu cérémonieux et serviable. Il téléphona, envoya des messagers et des télégrammes : l'amour valait bien qu'on se donne un peu de peine. Il nota son adresse à Londres et aussi celle de New York. Il tenta de la rassurer : on n'avait pas encore recensé tous les soldats de retour du front, « mais ne vous mettez pas martel en tête, mademoiselle, c'est juste à cause de la paperasse en retard ». Pour la première fois depuis longtemps, Jo se sentit heureuse – non, plus heureuse que jamais, se dit-elle avec un sourire qui éclaira lentement son visage. Ces hommes la considéraient avec bienveillance, comme une sœur ou une amie sur le point d'épouser un membre de la famille. Bien sûr qu'elle était amoureuse de David, il était écossais, non ? Pour eux, tout se résumait à ça et c'était la chose la plus naturelle du monde.

Quand arriva l'heure de fermeture du bureau, Jo regarda la petite horloge silencieuse puis, de l'autre côté de la rue, les cloches de l'église qu'elle n'avait pas entendu sonner depuis des heures. Elle avait passé la journée en compagnie de ces hommes, à boire de l'eau et à leur parler de David, toute à son bonheur. Elle se leva, s'excusa de les avoir accaparés si longtemps, ce qu'ils récusèrent en souriant.

— Ne dites pas de bêtises. Que Dieu vous garde, mademoiselle. Et invitez-nous au mariage !

Au moment où ils sortirent du bureau, la secrétaire du capitaine lui tendit une feuille de papier.

— Ça vient d'arriver par télétype, monsieur. La nouvelle liste.

Le capitaine y jeta un œil et son visage s'assombrit l'espace d'une seconde, une seconde de trop.

— C'est comment déjà, le nom de votre homme, ma petite ?

Il ne l'avait pas appelée comme ça avant. Pourquoi le faisait-il maintenant ?

Là, parmi les « Mac » qui représentaient le plus gros de la liste, figurait « David MacPherson, porté disparu ».

Tout le monde se plaignait des difficultés, alors que tout était enfantin en réalité. La femme devant Jo se lamentait à propos de l'impossibilité de trouver de la viande de bœuf digne de ce nom. Une autre mit son grain de sel : « C'est rien, ça. Vous avez trouvé du sucre ? Du vrai sucre ? Non ? C'est bien ce que je pensais. » Beaucoup de choses manquaient : les articles de mercerie, les œufs frais, le cuir brut, la mousseline, les derniers disques en provenance des États-Unis… Alors que, si on arrêtait d'y penser, tout devenait simple. On dormait dans un lit, on se réveillait, on se débarbouillait. On mangeait de la vraie nourriture, pas des choses à moitié gelées et rances sortant d'une boîte de conserve. On pouvait rester chez soi, ou sortir pour marcher pendant des kilomètres sans que personne ne s'en préoccupe, à condition d'être de retour au dortoir à minuit. Et jamais personne n'essayait de vous tuer. Pas de bombes, pas d'avions, pas de mines. Les rues grouillaient de gens débordés qui secouaient la tête et grommelaient au sujet des horaires du métro ou de l'attente au bureau de poste. Jo ne comprenait pas qu'on puisse se faire du souci pour ces petits riens. Tout était pourtant si simple.

Elle longea le trottoir puis bifurqua pour prendre la direction d'un quartier plus calme de la ville. Ici, les rues étaient bordées à l'infini par des grilles en fer forgé luisantes qui jetaient des ombres bien nettes sous le soleil de plomb. Jo rajusta sa coiffe et enfonça une épingle à cheveux sur le point de tomber. Elle n'avait plus de cheveux blancs et gris. Grâce à la teinture, ses boucles avaient retrouvé leur brillance cuivrée.

Dans le voisinage, les maisons, véritables palais, étaient construites en retrait de la route, entourées de pelouses d'un vert émeraude. Des jardiniers taillaient des haies, élaguaient des massifs de rhododendrons et d'azalées, arrosaient les parterres de fleurs et remplissaient des vasques pour les oiseaux. Certaines propriétés semblaient n'avoir pas été touchées par la guerre. Des Daimler décapotables se rangeaient le long des trottoirs, déposaient leur précieux chargement de débutantes et de comtes, de duchesses et de magnats de l'industrie, avant d'être lustrées consciencieusement par le chauffeur aidé de jeunes garçons qui transpiraient dans la chaleur de la mi-journée.

Jo continua de marcher. Elle refusait de frapper aux portes des maisons en deuil, reconnaissables aux crêpes sur la porte, aux rideaux tirés et aux femmes en noir passant devant la fenêtre. Une demeure géorgienne jouxtait d'un côté une monstruosité de style italien et de l'autre des ruines éventrées et calcinées. Comment pouvaient-ils tous faire semblant de rien ? Les familles qui avaient habité ces maisons avaient certainement dîné et dansé avec celles qui vivaient de l'autre côté de la rue. Leurs serviteurs s'étaient retrouvés près des haies pour fumer et échanger les derniers potins. Et, en un instant, les domestiques, l'apprenti boucher qui apportait les côtes de porc, le facteur qui s'attardait pour flirter avec la deuxième femme de chambre, le jardinier qui déposait les dernières branches de lilas, ils avaient tous été tués, n'avaient laissé aucune trace de leur vie d'avant, de leurs amours, de leurs jalousies mesquines et de leurs rêves insensés. Jo contempla le tas de gravats puis poussa le portail ouvragé de la maison voisine. Elle longea l'allée de gravier ratissée et immaculée qui s'incurvait pour s'éloigner de la ruine, comme s'il s'agissait d'un écart de conduite embarrassant qu'il valait mieux oublier.

« La vie continue. »

L'esprit de Jo était en effervescence. « Porté disparu » était pire que « mort au combat ». Non, bien sûr que non, comment pouvait-elle penser une chose pareille ? « Mort au combat » était la pire des choses, puisqu'elle était irrévocable, irréversible. Mais justement, c'était définitif et vous saviez à quoi vous en tenir, même si votre cœur se brisait et que vous aviez envie de mourir. Votre vie était terminée : il était parti. En revanche, on pouvait avoir disparu parce qu'on s'était perdu, ou parce qu'on avait été fait prisonnier. On pouvait être porté disparu parce qu'on était mort et que personne n'avait trouvé votre corps, parce que personne ne vous cherchait alors que vous étiez vivant, ou simplement parce que quelqu'un avait tapé un D à la place d'un M.

Jo imagina tous les scénarios possibles pour David : prisonnier de guerre dans un camp au nord de la Pologne, tremblant de froid même au mois de juin ; prisonnier d'un groupe de jusqu'au-boutistes en Allemagne qui refusaient de se rendre, avides de déverser leur rage sur un soldat allié. Elle le vit pendu à Dresde, noyé à Munich et perdu en Russie. Le typhus était revenu et il était mort sur un bateau, son corps avait été immergé avant que quelqu'un pense à ôter son badge d'identification. (« Quel était son nom ? Qui sait ? Le pauvre diable ne manquera à personne. »)

Dès qu'elle se persuadait que David était en vie (perdu, ou affamé, ou malade, mais en vie), le doute s'emparait d'elle et lui chuchotait qu'il était mort. Puis, quand elle était sur le point d'accepter cette réalité et de préparer son cœur au deuil, l'espoir – un espoir faible et sinistre, pire que le désespoir – se faufilait de nouveau dans son cœur et le regonflait. C'était un cercle vicieux, sans fin.

La maîtresse de maison était absente, dit le serviteur. Jo le remercia poliment et gagna la maison voisine, puis la suivante, tel un automate. La chaleur lui donnait mal à la tête ; qu'elle fût éveillée ou endormie, ou dans cet horrible entre-deux, quand elle ne pouvait plus distinguer le rêve de la réalité, ses réflexions la poursuivaient. David était un homme courageux, mais dans son esprit il mourait d'un millier de morts différentes. Et, lorsqu'elle s'apprêtait enfin à s'incliner devant la tombe qu'elle avait creusée pour lui et le pleurer, elle l'entendait l'appeler depuis l'endroit où il se trouvait piégé et où il l'attendait, et son esprit s'emballait de nouveau.

Elle tâta le bout de papier chiffonné dans sa poche. Elle n'eut guère besoin de le relire, son contenu était gravé dans sa mémoire.

« C'est la seule adresse que nous avons pour lui, ma petite, avait dit le capitaine écossais. (Pour elle, tout s'était passé au ralenti, et elle avait regardé ses lèvres moustachues bouger comme dans un rêve.) Nous avons envoyé un message à la ferme, mais, à cause des raids aériens, la famille a déménagé. Ceci est l'adresse d'un parent, un oncle, qui réside ici en ville. Vous pourriez aller le voir, lui. »

Sa voix était tellement triste que Jo avait eu envie de le consoler, de lui dire que tout irait bien et qu'il ne devait pas se faire de souci. Mais son cœur s'était arrêté à l'annonce de la disparition de David ; elle avait pris le morceau de papier et l'avait jeté dans la poubelle, puis elle s'était mise à genoux et l'avait cherché parmi les pelures d'orange et les coquilles d'œuf, l'avait lissé pour le relire et l'apprendre par cœur. Elle irait voir l'oncle, son unique lien avec David. Non, elle n'irait pas. Si, elle irait.

Pendant qu'elle tergiversait, ses pieds l'avaient amenée devant la maison de l'oncle de David. Son esprit s'y opposait, mais sa main appuya sur la sonnette. Aucun son ne lui parvint de derrière la porte massive d'acajou, de fer et d'acier, mais quelques secondes plus tard celle-ci fut ouverte par un serviteur d'un certain âge. Il se tenait immobile et haussait poliment les sourcils.

— Bonjour, madame.

Madame ? Avait-elle vieilli à ce point ?

— Bonjour. Pourrais-je parler à la maîtresse de maison ?

C'était ainsi qu'elle était censée aborder les donateurs potentiels.

— La maîtresse ?

Presque imperceptiblement, la voix de l'homme s'était infléchie. Jo déglutit – sa gorge était sèche comme du papier de verre.

— Ou le maître de maison. Cela n'a pas d'importance.

— Qui dois-je annoncer ?

— Lieutenant McMahon, armée des États-Unis.

Il la scruta un moment de plus, examinant son uniforme, comme si elle pouvait être une mystificatrice.

— Veuillez entrer, s'il vous plaît.

L'impressionnant hall d'entrée, que Jo avait pensé trouver sombre et frais, était au contraire inondé de lumière. Des verrières laissaient passer toute la clarté du soleil qui se réfléchissait sur les panneaux de verre, le marbre ivoire de l'escalier et les dalles richement sculptées sous ses pieds. Jo leva une main pour protéger ses yeux de cet éclat.

— Par ici, madame.

Elle fut introduite dans une bibliothèque dont l'obscurité apaisante soulagea sa tête qui tournait. Le valet plaça la carte de Jo au centre d'un plateau en argent et l'apporta à un vieil homme aux cheveux touffus et aux sourcils broussailleux qui, la tête penchée en arrière, contemplait la dernière rangée de livres. Le vieillard prit la carte en se frottant le bas du dos. Il ne ressemblait pas du tout à David. Lui avait-on donné la mauvaise adresse ?

— Le lieutenant McMahon, monsieur, annonça le valet avant de se retirer discrètement.

— Bonjour, mademoiselle, dit le vieil homme. Veuillez prendre place.

Détectait-elle un soupçon d'accent ? Non, elle devait l'avoir imaginé. Il l'avait appelée « mademoiselle », pas « ma petite ». Tout ceci était une erreur.

— Merci, monsieur.

Elle s'enfonça dans le cuir frais et moelleux. Des stores en bois faisaient barrage à la lumière du jardin dont Jo put distinguer des taches de vert, de rouge et de jaune entre les lamelles. Un objet métallique, ou peut-être de l'eau, réfléchissait le soleil, et elle bougea discrètement sa tête pour échapper aux rayons.

— Puis-je vous offrir à boire ?

— De l'eau, s'il vous plaît, monsieur.

— Juste de l'eau ? Ne voudriez-vous pas un brandy, ou du whisky ?

— Non merci, monsieur. J'ai énormément marché aujourd'hui et il fait beaucoup plus chaud maintenant que quand j'ai commencé ce matin.

— Bien sûr.

Il lui tendit un lourd verre de cristal, si différent des petits gobelets en carton dans lesquels les Écossais lui avaient donné à boire, pendant cette journée qui restait la plus heureuse – et la plus triste – de sa vie. Elle prit une petite gorgée de l'eau qui avait un drôle de goût métallique.

— En quoi puis-je vous être utile ? (Jo songea aux hommes rencontrés dans la rue qui, eux aussi, avaient voulu l'aider à trouver David, à l'épouser et à élever de beaux garçons écossais aussi fougueux que leur père.) Mademoiselle ?

— Je suis désolée, monsieur. (Jo se secoua.) Je suis infirmière dans l'armée américaine, et je sollicite des dons pour la campagne alliée dans le Pacifique.

Il fallait qu'elle sorte de là. Ce n'était pas la famille de David, et même si c'était le cas, que représentait-elle pour eux ? Elle n'était qu'une étrangère, une intruse. Ils ne lui devaient rien. Elle n'était rien.

— Vous travaillez comme infirmière en ce moment ? Je veux dire, ici à Londres ?

La porte du jardin s'ouvrit à la volée et un jeune homme accompagné d'une fille fit irruption dans la pièce. Jo plissa ses yeux douloureux dans la lumière aveuglante.

— Tu n'as absolument rien fait de tel, et tu le sais, dit la jeune fille en riant.

— Je vais te frapper avec une canne ! menaça le jeune homme.

Cela sembla enchanter la fille qui riait en cachant un objet derrière son dos.

— Les enfants ! les admonesta doucement le vieil homme. Nous avons une invitée.

Les enfants, qui n'en étaient guère car ils avaient presque l'âge de Jo, s'arrêtèrent net. Leur air penaud fit rapidement place à de grands sourires.

— Dieu merci ! s'exclama la fille. Je suis tellement soulagée. J'ai pensé que vous étiez Mme Youngblood, ou quelqu'un d'aussi horrible. Elle ne fait que gronder. Vous êtes jolie, termina-t-elle, ingénument.

D'un air contrit, le vieil homme fit les présentations.

— Voici ma nièce, ainsi qu'un de ses nombreux admirateurs.

— Veuillez m'excuser, monsieur, mais il n'y a pas d'« admirateur » qui tienne. Ce petit moustique qui vous sert de nièce a…

— Allons, allons, les enfants, vous fatiguez notre hôte. Katherine, va voir si ta mère peut descendre. Dis-lui que nous avons une invitée de l'armée américaine.

— Non ! Pas possible ! Comme c'est excitant !

Leurs yeux s'agrandirent et ils s'apprêtaient à submerger Jo de questions, mais le vieil homme les chassa de la pièce. Il ferma la porte du jardin, restée ouverte dans la précipitation de leur intrusion, et tira sur la corde du store pour diriger la lumière vers le tapis oriental.

— Un autre verre d'eau ? Je sais que ma chère sœur sera très intéressée par ce que vous avez à dire.

— Oui, merci, monsieur. J'ai dû attraper un coup de chaleur aujourd'hui.

Tandis qu'elle reprenait son verre rempli, ses mains tremblèrent et des gouttes d'eau tombèrent sur sa jupe et ses bas.

Jo savait bien que certaines femmes procédaient ainsi : elles trouvaient la famille d'un petit ami rencontré pendant la guerre, voire celle d'un étranger mort (il n'était pas si compliqué d'avoir accès à des registres sur lesquels on relevait les noms d'hommes décédés et de leurs familles) et se prétendaient la fiancée de leur fils. Elles réussissaient à soutirer de l'argent, un endroit pour vivre ; parfois, même, elles faisaient passer leur enfant illégitime, qui pouvait être celui d'un autre homme, pour le petit-fils ou la petite-fille. « Regarde, il a les yeux de Johnny, et sa fossette. Nous t'installerons quelque part, chérie, pour un nouveau départ, laisse-nous juste garder l'enfant. » Ces femmes, qui se repaissaient des morts telles des goules, rendaient Jo malade. Elle n'était pas comme ça, elle ne serait jamais comme ça. Elle était venue parce qu'elle le devait, parce qu'elle devait savoir s'ils avaient eu des nouvelles, s'ils étaient au courant de quoi que ce soit au sujet de David. Mais elle savait aussi que c'était mal, qu'elle n'aurait pas dû venir. Le capitaine écossais avait son adresse, il l'informerait dès qu'il aurait du nouveau.

Jo finit son verre d'eau dont le goût de métal persistant annonçait une insolation. À deux mains, elle posa prudemment le verre sur la table d'appoint, puis elle joignit les mains sur ses genoux. Le plus souvent, elle procédait ainsi pour cacher ses tremblements ; parfois, elle croisait les bras sur sa poitrine. Un jour, alors que les spasmes étaient particulièrement violents, elle avait dû s'asseoir sur ses mains, mais ce n'était arrivé qu'une fois.

— Vous disiez que vous étiez infirmière ?

— Oui, monsieur, c'est exact.

— Américaine.

— De New York..., monsieur.

Une autre porte s'ouvrit doucement (combien y avait-il donc de portes dans cette pièce ?), laissant passer une femme menue enveloppée dans un châle de dentelle noire, propre mais usé. Son expression était ouverte et affable, en dehors de ses sourcils légèrement froncés, comme si elle essayait de ne pas montrer son anxiété.

— Ma chère, dit le vieil homme qui posa un bras sur les épaules de sa sœur et l'aida à s'asseoir. Voici un lieutenant de l'armée des États-Unis venu nous rendre visite.

La femme sourit et son visage se couvrit d'une multitude de rides. « J'espère lui ressembler quand je serai vieille. Si un jour je deviens vieille. »

— Bonjour, ma chère, dit-elle à Jo.

Ces deux mots furent prononcés de manière si attentionnée et accueillante que Jo eut envie de s'agenouiller près de la vieille dame, d'enfouir son visage dans son giron et de la laisser lui caresser la tête.

Brusquement, une ombre survola le visage de la femme.

— Est-ce qu'elle est venue pour… ? demanda-t-elle à son frère d'une voix tremblotante.

Pendant un instant, toute la lumière sembla quitter son visage, remplacée par un froid glaçant.

— Non, non, Clotilde, comment pourrait-elle ? Elle vient pour récolter des fonds pour… le Japon, n'est-ce pas, mon enfant ?

Jo ne se formalisa pas de cette appellation ; en aucun cas elle ne pouvait en vouloir à ces gens si merveilleusement chaleureux. Elle pourrait rester ici pour toujours.

— Oui, monsieur.

La femme parut soulagée.

— Je pense à ces enfants là-bas… Vous m'excuserez, mademoiselle, ils sont tous si jeunes à mes yeux, comme vous, d'ailleurs… Comme des enfants qui courent avec des ciseaux. J'aimerais pouvoir les arrêter. (Jo aurait voulu la même chose.) Et il doit y faire terriblement chaud. Ce doit être insupportable.

Son esprit ne semblait pourtant pas vagabonder. C'était plutôt comme si elle avait consacré de nombreuses heures de réflexion à ce sujet.

— Elle est aussi infirmière, ma chère.

— Ah oui ? Vraiment ? On vous fait lever des fonds en plus de vos heures de service ?

— Non, madame, ce n'est pas ça. C'est ma seule occupation pour le moment. (Elle aurait pu en rester là, mais les yeux de la vieille dame plongeaient dans les siens, la contraignant à poursuivre. Elle parla avant même de savoir ce qu'elle disait.) Voyez-vous, j'étais à la guerre, au milieu des combats. (L'espace d'un instant, sa voix chancela et elle s'en voulut. Elle se reprit rapidement.) C'était très dur, madame, et... j'ai honte de l'admettre... (Jo baissa les yeux.) Je ne suis plus en état... Mes mains, voyez-vous. (Elle les tendit comme une écolière qui attend le coup de règle sur les doigts.) Je tremble beaucoup en ce moment.

Sa voix vacilla et elle eut envie de pleurer. Tout cela était ridicule. Elle devait à tout prix leur demander de l'argent pour justifier sa présence, quelques livres, de la petite monnaie, des broutilles.

— Vous étiez infirmière sur le front, mademoiselle ?

Jo hocha la tête. Ses joues étaient en feu, sa vue se brouilla mais elle ravala ses larmes. Bien que ce fût la famille de David, elle ne leur dirait pas combien il avait souffert, comment la maladie et la saleté avaient failli le tuer. Elle ne leur ferait pas revivre cela.

— Ma chère, nous vous devons tant, à vous et à toutes vos collègues. (Jo joignit ses mains puis les coinça sous ses aisselles, les bras serrés contre sa poitrine.) Vous savez, mon fils a été blessé et a été soigné par une infirmière américaine.

— Oh, je suis navrée, madame. (Voilà son échappatoire. Si elle ne partait pas maintenant, elle finirait par tout leur avouer.) Je ne demande pas d'argent aux familles qui ont déjà perdu quelqu'un.

Elle se leva trop rapidement et la pièce tourna devant ses yeux.

— Il n'est pas mort, juste... juste porté disparu.

Les traits de la femme qui lui adressait un faible sourire devinrent indistincts. Ce n'était plus une parente de David, juste une mère qui avait perdu son enfant – la chose la plus triste au monde. Il y en avait des milliers comme elles, des millions. Depuis des semaines, Jo entendait : « Mon fils… mon neveu… mon cousin… mon frère est mort… est porté disparu… est blessé. » Jo avait prévenu sa surveillante en chef qu'elle saignait à blanc des gens qui avaient déjà beaucoup donné ; elle s'était entendu répondre que la moindre somme était utile pour mettre un terme définitif à la guerre. « Faites, mon Dieu, que ce soit pour de bon cette fois. »

Pendant que l'esprit de Jo vagabondait, la vieille dame avait continué à parler.

— … et je pense – je sais, ç'a l'air injuste, et personne ne me comprend quand je le dis –, je pense que « porté disparu » est pire que « mort au combat », vous ne trouvez pas ?

Jo ne put qu'émettre un gémissement de désespoir, plainte et soupir à la fois, en ravalant un sanglot. Elle fit face à la porte mais il y en avait tant, beaucoup trop de portes, toutes fermées, toutes identiques… Par laquelle était-elle entrée ? L'une d'elles s'ouvrit à la volée et la jeune fille revint en bondissant, sans son admirateur cette fois, un sandwich à la main.

— Dieu merci, vous êtes toujours là, ça m'a pris une éternité de me débarrasser de Tommy. Je veux tout savoir sur la guerre. Mon frère a fait la guerre, vous le saviez ?

Jo se détourna vivement. Un sifflement emplissait ses oreilles, lui faisant penser aux moustiques insidieux en Sicile, un petit bruit métallique qui ne cessait de s'amplifier.

— Emile, fais quelque chose, elle devient toute blanche !

Le vieil homme s'approcha d'elle, les mains tendues. La femme aussi s'était levée et se dirigeait vers elle à petits pas prudents, s'appuyant sur la chaise et le dossier du canapé. Comment Jo avait-elle pu ne pas remarquer leurs yeux, énormes, aussi énormes que des soucoupes... Il fallait qu'elle sorte de là.

Elle réussit finalement à ouvrir la bonne porte. La fournaise l'attendait et la submergea. Le bruit dans ses oreilles était maintenant aussi fort que celui d'une bouilloire. Non, c'était une mélodie. Quelqu'un sifflait une mélodie. Elle leva les yeux et vit l'escalier incurvé qui montait, montait, jusqu'au ciel, tout n'était que puissance, gloire et lumière, tellement de lumière qu'elle l'aveuglait. Deux mains sur sa gorge serraient sa trachée.

Le sifflement s'amplifia, un homme sifflait une mélodie enlevée et joyeuse tandis qu'il descendait l'escalier en ajustant sa cravate. Les oreilles de Jo se débouchèrent et le sifflement devint encore plus fort puis s'arrêta subitement quand l'homme remarqua la présence de Jo et lui sourit.

C'était David.

Ou peut-être pas. Il ne semblait pas reconnaître la femme hébétée qui se tenait devant lui et le fixait, tiraillée entre la confusion, la terreur et l'émerveillement. Le sourire s'élargit et il lui fit un clin d'œil séducteur.

— Salut, beauté !

Jo tendit la main pour se retenir à quelque chose mais il n'y avait rien à quoi se raccrocher. Le soleil disparut derrière un nuage et ce fut comme si quelqu'un avait éteint la lumière. Elle s'écroula sur les dalles encore chaudes.

Elle se réveilla sur une chaise longue autour de laquelle se tenait toute la famille. Elle n'eut aucun mal à les distinguer ; ce n'étaient pas des monstres et dans leurs yeux se lisait simplement l'inquiétude.

— Allez lui chercher un peu de brandy, dit quelqu'un.

Jo remua les mâchoires pour déboucher ses oreilles et put de nouveau entendre.

— Je suis désolée, fit-elle faiblement en essayant de s'asseoir.

— Vous savez, dit David qui n'était pas David, je devrais me sentir flatté qu'une femme aussi belle que vous s'évanouisse à mes pieds en m'apercevant. Finalement, j'ai peut-être ce petit quelque chose. (La voix était différente. Elle ressemblait à celle de David, mais sans son accent des Highlands.) Mais enfin, qu'est-ce qui vous a pris ?

— Vous... Vous êtes Bumpy, chuchota Jo qui se souvint des lettres dictées par David.

— Excusez-moi, mademoiselle, mais...

— Vous êtes Bumpy et Kit et... attendez. (Jo fit un effort de mémoire.) Vous, vous devez être l'oncle Emile.

— Comment ?

— Comment peut-elle savoir ça ?

Les larmes de Jo tinrent lieu d'explication.

— Qui êtes-vous donc ?

— Attendez une minute... Est-ce que ça pourrait être... ?

— Mon Dieu, c'était quoi le nom sur sa carte ?

Le jeune homme attrapa la carte sur le plateau.

— J. McMahon. J. Josephine. *Jo* ?

— Vous avez les yeux de votre frère, dit Jo.

Comme dans un rêve, ils dînèrent, tous ensemble, comme ils l'auraient fait si David l'avait présentée à sa famille. Jo parla sans cesse tandis que la nourriture sur son assiette refroidissait. Elle ne put s'en empêcher. Voici, enfin, des gens qui connaissaient et aimaient David et pouvaient partager ses sentiments, sa douleur et sa tristesse. Maintenant qu'ils savaient qui elle était, elle leur raconta tout – elle en dit trop, même. Elle n'était pas autorisée à divulguer les endroits où elle avait été ni sous les ordres de qui elle avait servi, mais ça lui était fichtrement égal. Elle leur décrivit tout : les noms, les dates, les lieux – et ils en demandèrent toujours plus. Elle leur dit tout ce dont elle se souvenait au sujet de David, et l'énoncer à haute voix rendait tout plus réel et le ramenait à la vie. Elle voulut tout leur dire parce qu'ils s'en souciaient. Elle voyait dans leurs yeux leur amour pour David et celui qu'ils pourraient lui porter à elle si on leur en laissait l'opportunité.

Elle leur parla de Queenie, de Grand-Père et de l'Allemand, du froid, de la pluie et de la glace. De nouveau, elle laissa tomber la tête du ranger sur la table et cette fois-ci elle pleura et hurla, mais intérieurement. Ce fut comme si, un par un, elle enterrait ses camarades, ses amies, pour qu'ils reposent en paix. Ils ressentirent au plus profond d'eux-mêmes l'horreur qu'elle décrivait ; certains cachaient leurs émotions, d'autres pleuraient ouvertement. Des larmes coulèrent sur les joues du vieux majordome qui avait fait sauter David sur ses genoux avant qu'elle-même fût née. Certes, la guerre était finie, mais elle ne le serait pas vraiment tant que David ne serait pas rentré chez lui, tant que tous les David du monde ne seraient pas rentrés chez eux. Et cela n'arriverait pas.

Ils se retirèrent dans la bibliothèque (où il n'y avait jamais eu que deux portes). Dans le hall d'entrée, le regard de Jo tomba sur une photographie encadrée qui la figea sur place. C'était David, le vrai, son David, mais tel qu'il n'avait jamais été pour elle qui ne l'avait connu que malade, délirant, au bord du gouffre. La photo en noir et blanc s'anima devant ses yeux : un David en bonne santé, au bord d'une rivière, une botte de caoutchouc enfoncée dans l'eau, l'autre appuyée sur la berge verdoyante, soulevant sa prise au bout de sa canne à pêche et riant comme à une bonne blague. Ses yeux brillaient, il était jeune et bien portant et heureux. Jo tendit la main vers le cadre et l'effleura amoureusement. Voici enfin Endymion.

Clotilde MacPherson s'approcha et lui toucha doucement l'épaule, la faisant sursauter. Jo était perdue dans ses pensées et les yeux de la mère de David la transpercèrent jusqu'au fond de son âme.

— Ça, c'est à la maison, dit Duncan qui les avait rejointes. La maison avant qu'elle ne soit endommagée pendant un raid aérien. David adorait pêcher à cet endroit. Là-bas, il était tout le temps dehors.

Mais Jo ne l'écoutait pas.

— J'ai tellement peur d'oublier, dit-elle doucement. (La vieille dame prit la main de Jo entre les siennes ; sa peau était lisse et douce au toucher, comme celle d'un bébé.) D'oublier son apparence, comment il parlait, les mots qu'il disait. Quand j'aurai perdu cela – les souvenirs –, alors je l'aurai perdu pour de bon.

Jo se tint immobile jusqu'à ce que Clotilde MacPherson l'arrache à ses souvenirs, la fasse s'asseoir et lui offre un peu de brandy. Puis la pendule sur le manteau de la cheminée sonna onze heures et demie.

— Mon couvre-feu, madame. Je dois rentrer.

La vieille dame insista pour que Duncan l'escorte, et Jo sourit en pensant combien cette précaution était inutile. Savait-elle dans quels lieux effroyables elle s'était trouvée seule ? Elle tenta de le lui expliquer en comparant Londres à l'Afrique du Nord, à la Sicile ou à la France occupée, mais la mère de David ne voulut rien entendre. Duncan mit son chapeau et une écharpe de soie, alors que, dehors, il faisait encore si chaud. Kit l'embrassa et leur oncle lui serra la main ; quand Jo arriva devant la mère, celle-ci lui tendit la photo de David. Jo la prit et commença à descendre les marches en compagnie de Duncan. Brusquement, elle fit demi-tour, remonta et enlaça chaque membre de la famille de David, les tint serrés en pleurant.

— Maintenant, je sais pourquoi il vous aimait tant. Je vous aurais aimés, moi aussi.

Quand Duncan lui offrit son bras, ce fut un geste auquel elle s'était tellement déshabituée qu'elle le regarda, interloquée, avant de savoir ce qu'il voulait.

— Oh ! Oui, merci.

Ils prirent le chemin que Jo avait parcouru plus tôt dans la journée, enjambant ensemble les sacs de sable et les trous dans la chaussée, passant sous les ormes majestueux, noires silhouettes dans la nuit.

— Bonsoir, patron, dit un passant, et en réponse Duncan leva un doigt vers le bord de son chapeau.

Si David avait donné envie à Jo de courir pieds nus sur la lande, Duncan, lui, était l'incarnation de la bienséance et des manières raffinées, quelqu'un qui utilisait toujours la bonne fourchette et savait prononcer les noms des hors-d'œuvre étrangers. Il était l'élégance même, et Jo eut du mal à croire qu'il était le fils d'un fermier écossais. Tandis qu'ils passaient sous quelques branches basses, elle l'observa à la dérobée.

— Allez-y, regardez, dit-il avec un petit rire.

Malgré son embarras, Jo ne put s'en empêcher. Elle était tellement en manque de David qu'elle dévisagea Duncan comme si elle voulait graver chaque détail de son visage en sa mémoire. Ils marchèrent et Jo dévorait son profil et ses gestes à la lueur des lampadaires. Il lui parla de Londres et de son club, d'un endroit où on mangeait des steaks de qualité et de la DeSoto qu'il avait l'intention d'acquérir aux États-Unis, une fois que les Américains auraient levé les restrictions et repris la construction de voitures pour les civils. Sa bouche était bien celle de David, mais les mots qui en sortaient n'étaient pas les bons. En temps de paix, David aurait-il ressemblé à son frère ? Duncan sembla lire dans ses pensées et s'interrompit au milieu d'une phrase.

— Vous me comparez à mon frère. (Jo fit mine de protester.) Non, non, ça ne me gêne pas. David était un homme merveilleux, mais vous vous demandez… Quoi, au juste ? S'il est comme moi ?

— Je suis désolée, je ne voulais pas…

— Ne vous en faites pas, chérie. (Il sourit en haussant un sourcil.) Je vous le dis franchement : non, mon frère et moi étions très différents. (« Par pitié, ne parlez pas au passé. ») Il n'a jamais eu de goût pour les raffinements de la vie. Non, ce n'est pas tout à fait ça. Disons que David et moi n'étions pas d'accord sur ce qui définit les raffinements de la vie. (Ils étaient de retour aux baraquements de Jo et l'horloge sur le bâtiment imposant affichait minuit moins cinq.) Je n'avais aucune envie de faire ma vie en tant que berger écossais. Vous imaginez ? (En le regardant dans son costume sur mesure et son écharpe d'un blanc éclatant parfaitement nouée, Jo fut bien incapable de l'imaginer rassemblant des moutons pour la tonte.) L'ironie de la chose, c'est que c'est David qui était réellement raffiné, en dépit de ses dehors un peu frustes. Si je n'en avais qu'un dixième… (Il se tut un moment et regarda au loin avec une moue. Puis il haussa les épaules.) Il adorait la poésie, il aimait chanter et parler de la vie, de ses sentiments. C'est exactement ça : David était un sentimental. En tout cas, plus sentimental que moi, chérie.

Jo savait que c'était la raison pour laquelle elle aimait David, qu'elle l'aimait au présent et non au passé. Elle l'avait deviné malgré l'uniforme infesté de puces et dans les lettres qu'elle écrivait pour lui. Jusque dans ses délires fiévreux, il avait prié et récité de la poésie ; ça faisait partie de lui, était si profondément ancré que rien, pas même la mort, ne le lui ôterait.

Minuit était tout proche.

— Merci de m'avoir raccompagnée.

« Et d'avoir parlé de David, merci d'avoir parlé de David. »

— Est-ce que je pourrais venir vous voir demain ?

Jo fut prise de panique.

— Je ne peux pas, Duncan, ce… ce serait égoïste, ce ne serait pas juste. Quand je vous regarde, je vois David.

Duncan s'approcha et lui fit face. Dans la faible clarté, il ressemblait plus que jamais à son frère.

— Merci, répéta-t-elle. Remerciez votre mère de ma part. Pour la photo.

Elle chuchota presque. Ses yeux étaient les mêmes, tout comme ses yeux et sa bouche et la peau pâle sous les cheveux sombres. Elle eut le sentiment de perdre pied, hypnotisée.

— Oh, moi aussi j'ai quelque chose pour vous. Quelque chose de David. (La Voie lactée s'étendait au-dessus d'eux et emplissait le ciel.) Ça, c'est de la part de David.

Il l'embrassa. C'était un baiser simple, celui d'un homme habitué à embrasser les filles qu'il raccompagnait chez elles. Mais Jo lui rendit son baiser, et ce fut si violent et désespéré qu'il l'attira vers lui. Elle glissa la main derrière sa tête, les doigts dans ses cheveux et c'était comme David ; soudain, elle était de retour sous la tente, le camion klaxonnait dehors, la pluie s'infiltrait à travers la toile et les trempait là sous les étoiles, il était David et elle était à lui et elle le maudissait, l'aimait et lui disait qu'il devait vivre.

L'horloge sonna minuit. Jo fit un pas en arrière, horrifiée, et se couvrit la bouche.

Duncan s'excusa :

— Je n'avais pas le droit. Je suis désolé. Je… Je n'avais pas compris…

Mais elle montait déjà les marches en courant, sans perdre sa pantoufle de vair, sans prince charmant qui la poursuivait. Elle se précipita en pleurant, ouvrit la porte et bouscula la surveillante qui venait verrouiller la porte au dernier son de la cloche.

14

Kay Elliott

3 février 1945, camp d'internement de Santo Tomas, Manille, Philippines

Pour finir, la cavalerie arriva. MacArthur traversa Manille sans sécuriser les terrains couverts, emportant ses blessés. Il savait que le temps allait manquer et, pour les internés de Santo Tomas, c'était une donnée primordiale. La 44e division blindée écrasa le portail et ses projecteurs balayèrent l'enceinte. Devant les chars, marchait un soldat qui appelait les survivants : « Y a-t-il des Américains ici ? Y a-t-il encore quelqu'un ? » Les prisonniers frappèrent sur les portes et appelèrent depuis les fenêtres : « Nous sommes ici ! » Le commandant japonais avait donné l'ordre de les tuer tous, de mettre le feu aux bidons d'essence entassés dans les escaliers et de les brûler vivants. Mais les blindés étaient arrivés à temps, les portes furent démolies et la cour s'emplit de gens qui hurlaient, pleuraient et acclamaient leurs sauveurs.

Kay les entendit par bribes. Du mouvement et du bruit remplacèrent le silence, l'obscurité fit place à l'éclat des lumières vives. Elle fut portée au rez-de-chaussée et étendue sur le sol dur où l'entouraient d'autres rescapés à peine vivants. Les soldats étaient des surhommes, aussi sains et vigoureux que des dieux. Les gens s'enlaçaient, dansaient et s'enlaçaient de nouveau, mais ils étaient si loin qu'elle dut faire un effort pour les voir. Elle et les autres malades étaient allongés à l'écart, dans un coin que la lumière des projecteurs n'atteignait pas. Puis elle sut ce que cela signifiait. À proximité, des médecins, des secouristes et certains internés s'affairaient déjà, quelques minutes à peine après leur libération. Elle-même avait trié des milliers de patients et savait comment on procédait : d'un côté, ceux qui survivraient, quels que soient les soins qu'ils recevraient ; de l'autre, ceux qui mourraient, quels que soient les soins qu'ils recevraient ; puis ceux pour qui des soins immédiats pouvaient faire la différence. Enfin, il y avait ceux pour lesquels tout secours était devenu inutile. Pour eux, c'était la morgue.

Les corps qui l'entouraient étaient immobiles, trop immobiles : aucun appel, aucune plainte, pas le moindre chuchotement ou gémissement. Les soldats s'affairaient à sécuriser les bâtiments étage par étage. Les Japonais s'étaient retranchés dans l'un d'eux avec des otages. De part et d'autre, elle entendait s'élever les cris des négociateurs : « Vous feriez mieux de nous les rendre, salauds ! — Pas sans sauf-conduit jusqu'aux limites de la ville ! — Allez au diable ! — Alors ce sera avec les otages ! » Elle devait à tout prix se faire entendre, se faire connaître avant qu'ils ne l'oublient et ne l'enterrent vivante. Elle essaya de bouger mais ses jambes refusèrent. Son cerveau ordonna à son bras de se soulever, mais seul son petit doigt remua.

— Où l'avez-vous mise, bande d'idiots ? entendit-elle. Elle n'est pas avec les blessés. Oui, je suis infirmière, je viens vous aider dans une minute, docteur, mais je dois savoir où vos hommes ont mis ma… Oh ! Merde ! (C'était la voix de Sandy.) Vous, les deux, là, venez avec moi.

Kay entendit répliquer les hommes désignés et l'un d'eux glapit :

— Hé ! Elle m'a frappé !

Puis quatre bras la soulevèrent du sol, la sortirent de la tombe, et Kay réussit à chuchoter :

— Pas. Encore. Morte.

Un DC4-cargo transporta les infirmières jusqu'à Hawaï. Elles portaient des uniformes neufs et dix fois trop larges, en provenance d'Australie, qu'elles étaient obligées de rouler et d'attacher aux extrémités pour les faire tenir en place. Leurs coiffes, neuves elles aussi, avaient été sorties de l'usine avant qu'on puisse y apposer les insignes – pas de caducée, pas d'aigle, pas d'étoiles. En descendant de l'avion, elles furent accueillies par des photographes ; on leur posa des *lei*[1] autour du cou et elles s'agenouillèrent pour embrasser le sol américain. Un homme fit un discours et tout le monde applaudit, puis elles furent conduites à l'hôpital d'une base militaire pour y être examinées.

— Montez sur la balance, mademoiselle, dit le médecin.

L'homme lui rappelait M. McCann, le boucher qu'elle avait connu dans son enfance : fortement charpenté, corpulent et vêtu entièrement de blanc. Il nota quelque chose sur son écritoire et jeta un coup d'œil rapide à Kay.

— Combien pesez-vous, mademoiselle ? Je veux dire, combien pesiez-vous avant d'être prisonnière des Japs ?

Kay tenta de se souvenir de son examen médical lorsqu'elle avait rejoint le corps des infirmières à New York. « Nous ne prenons que des femmes en parfaite santé. Vous ferez très bien l'affaire, mademoiselle », avait dit le recruteur en souriant.

— Cinquante-six kilos, monsieur. J'ai un peu perdu depuis.

1. Colliers traditionnels hawaïens, symboles de bienvenue.

Le médecin la dévisagea à travers ses lunettes cerclées et voilées de marques de doigts. Pourquoi ne les nettoyait-il pas ? Il nota quelque chose puis tint l'écritoire serrée contre sa poitrine en lui lançant un regard étrange. Qu'est-ce qui n'allait pas ? Elle était tellement plus forte maintenant, elle allait tellement mieux qu'à Manille ou sur le bateau. Elle pouvait de nouveau marcher et parler, elle était en bonne santé et avait mangé chaque jour de la semaine passée. Pendant la semaine précédente, son corps avait accepté de garder le café, du moins après les premiers jours.

— Docteur ?

Non, elle ne se trompait pas : les yeux du médecin avaient rougi et brillaient derrière les verres de ses lunettes. Ce fut alors qu'il se redressa et la salua – elle, une subalterne – et tout le monde dans la salle le regarda.

— Trente-quatre kilos, lieutenant.

Le soleil entrait à flots dans le wagon du train. Kay contempla le paysage de Pennsylvanie qui défilait derrière la vitre. Le blé d'hiver verdissait les champs ; sur les érables nus, les bourgeons rouges étaient près d'éclater. Après tout ce temps, après des milliers de jours et de kilomètres, elle était presque chez elle. Le contrôleur l'avait annoncé : « Mount Carmel, prochain arrêt Mount Carmel ! » Les courants d'air parcouraient le compartiment qui lui avait été réservé, et Kay posa ses mains sur la vitre pour sentir sa fraîcheur exquise. Elle ne voulait plus jamais avoir chaud.

Les petites fermes, les montagnes grises et bleues dans le lointain passaient devant ses yeux. On était en mars, et elle rentrait chez elle. Un mois plus tôt, elle était encore en enfer, et maintenant elle était de retour à la maison.

En arrivant en Californie, on avait octroyé aux infirmières un congé de six jours. Après une captivité qui avait duré trois ans. L'infirmière en chef le leur avait annoncé d'un air impassible et personne n'avait ri. Sandy, elle, l'aurait fait, en ouvrant sa bouche peinte de rouge et en s'excusant avant d'éclater de rire à nouveau. Toutes en avaient été conscientes et personne n'avait rien dit, parce que Sandy était morte. Ils l'avaient enterrée à Manille, la belle et fidèle Sandy, intouchable, invincible, qui avait fait traverser l'enfer à Kay et avait survécu à toute cette putain de guerre du Pacifique. Mais, après qu'elle eut trouvé Kay parmi les morts, les Japonais avaient commencé à bombarder le camp ; peu après, on avait découvert le corps de Sandy, écrasé sous les débris de plâtre et de béton. Elle était en train de nourrir un bébé dont les deux parents avaient été tués. Une minute, Sandy roucoulait et berçait l'enfant, et l'instant d'après il y avait eu le sifflement caractéristique suivi du fracas du verre brisé, du feu et de la pierre pulvérisée. Mais elle était morte comme elle avait vécu, couvrant le bébé de son corps pour le protéger. Quand ils avaient dégagé son corps, ils avaient entendu le nourrisson. Sandy avait l'arrière de la tête enfoncé, et la moitié de son visage manquait, mais le bébé allait bien et réclamait en hurlant la fin de son biberon.

Kay songea à son amie qui lui avait sauvé la vie une douzaine de fois au moins, à tous les autres qu'elle laissait derrière elle, et elle pensa à Aaron. Elle rentrait chez elle en tant que Kay Elliott. Personne ne savait qu'elle s'était mariée. Elle avait aimé et adoré Aaron, et il avait été parfait et le resterait pour toujours, plus que s'il avait vécu. Mais il était mort trop tôt, avant qu'ils soient prêts, avant qu'ils aient pu écrire à leurs familles. Le prêtre qui les avait unis était mort, les témoins (dont Sandy, sa demoiselle d'honneur) étaient morts, et même les bureaux de l'armée où étaient stockées les archives étaient partis en fumée lors de l'attaque des Japonais. Si elle avait gardé le bébé – si les Japonais ne lui avaient pas volé ça aussi –, les choses auraient pu être différentes. Elle serait allée chez les parents d'Aaron en Californie, elle aurait vu les vignobles où il jouait enfant et qui lui auraient appartenu un jour, puis à son fils. Mais Aaron était mort, son enfant était mort et elle refusait de demander quoi que ce soit à sa famille. Aaron l'aurait voulu, Kay en était certaine, mais elle ne pouvait pas s'y résoudre, même pour lui. Elle ne le partagerait pas. Aaron avait été parfait, leur amour l'avait été aussi. Elle était infirmière – il ne lui restait que ça, tout le reste était mort en elle – et c'était tout. Elle vivrait de ça et ne demanderait rien à la famille d'Aaron. Rien.

Aux passages à niveau, les gens à l'extérieur poussaient des hourras et agitaient les bras.

Mlle Billings, son chaperon pour le voyage, passa rapidement la tête dans le compartiment.

— Vingt-cinq mille ! dit-elle, ravie. Vingt-cinq mille personnes le long de la voie pour vous acclamer, chérie. Pour vous souhaiter la bienvenue chez vous.

Chez elle.

En arrivant aux États-Unis, elle avait appelé la Pennsylvanie où il était déjà tard, presque minuit. Kay avait demandé à l'enseigne de la marine d'appeler et d'annoncer en douceur la nouvelle à ses parents, pour leur éviter une crise cardiaque lorsqu'ils entendraient la voix de leur fille. Puis celle de sa mère lui était parvenue, faible et métallique à cause de la distance ; au début, elle n'avait pu que pleurer et remercier Dieu et prononcer le nom de Kay encore et encore. Mais, lorsque Kay avait demandé à parler à son père et son frère, la ligne était restée muette pendant un moment. La voix tremblante, sa mère avait fini par lui dire : « Ma chérie, ils sont morts, depuis des années. » Son frère était décédé en Afrique, en 42, et son père quelques mois plus tard dans son lit. La suie noire dans ses poumons, accumulée pendant toute une vie dans les mines, avait fini par l'achever. Le cœur de Kay s'était arrêté de battre et tout son corps s'était engourdi. Elle rentrait chez elle, mais pas comme elle l'avait imaginé.

Le train entra en gare. Une foule dense avait envahi les rues et les trottoirs. Kay ne reconnut personne ; même le maire avait changé. Il lui fit signe d'avancer sur la plate-forme, puis il lui remit les clés de la ville en hurlant quelque chose qu'elle ne put distinguer à cause du bruit des acclamations et du chœur des garçons accompagné de la fanfare. Les quantités de fleurs offertes par des petites filles débordaient de ses bras. Les scouts paradèrent sous les confettis envoyés à coups de fourche depuis le premier étage d'un entrepôt. Elle se retrouva d'abord avec une écharpe par-dessus son uniforme de cérémonie, cachant la Bronze Star[1], puis debout dans une voiture décapotable (c'était facile, ils roulaient si lentement) qui se frayait peu à peu un passage à travers la foule qui continuait à pleurer et à l'acclamer en lançant des serpentins. En été, ils auraient arraché les fleurs des parterres pour les lancer aussi.

Ils s'arrêtèrent à l'église St Paul où tout le monde devint sérieux, hormis les petits garçons qui faisaient des galipettes dans la cour du presbytère en se demandant pourquoi personne ne venait les réprimander. Ils entrèrent dans l'église et s'agenouillèrent. Tout le monde garda le silence et ce fut le meilleur moment de la cérémonie, celui dont Kay se souviendrait toute sa vie : le marbre froid, les cierges allumés et la lumière matinale traversant le vitrail. C'était le Christ dans le jardin des

1. Quatrième plus haute distinction militaire.

Oliviers et Il agonisait. Kay leva les yeux et pria. « Je sais maintenant, je sais. »

Quand la voiture se remit en marche, elle put à peine avancer. Ils avaient presque atteint sa maison dans laquelle les gens avaient passé la nuit, envahissant les rues et les cours des maisons pour l'apercevoir, pour accueillir l'héroïne de guerre qui rentrait chez elle. Puis, tel que Kay l'avait imaginé et rêvé des milliers de fois – à Manille, à Corregidor et dans la jungle –, elle vit le toit de sa maison tandis qu'ils avançaient dans le virage. Elle n'avait pas changé, elle, Dieu merci ; dans un monde devenu fou, ici tout était identique à son souvenir : la vasque pour les oiseaux dans la cour, le couple d'amoureux en céramique qui s'embrassait sous le saule, la vigne grimpant sur la cheminée peinte en blanc. Le tuyau de cheminée était toujours fendu, ayant toujours besoin d'être remplacé après tout ce temps, et ce simple détail lui brisa le cœur. Elle fut heureuse, tellement heureuse, qu'une chose aussi insignifiante ait pu résister à la destruction. Soudain, elle entendit un cri aigu qui couvrit la clameur de la foule. Kay sauta de la voiture, les gens la touchèrent et lui donnèrent des tapes dans le dos, mais cela n'avait aucune importance. Elle courut et traversa le mur de voisins et d'étrangers venus lui souhaiter la bienvenue comme ils auraient voulu le faire pour leur propre fils, leur propre fille. Les cris persistaient et elle se rendit compte qu'ils venaient d'elle.

— Maman ! Maman !

Comme dans ses rêves, sa mère se tenait là, sur la véranda usée par le temps et tachée de peinture, pour accueillir sa fille, loin du chaos de la gare, loin de l'église silencieuse. Elle portait sa plus belle robe (ou du moins ce qui avait été sa plus belle robe quatre ans auparavant) et s'était fait boucler les cheveux qu'elle avait ornés de petits nœuds ridicules. Elle avait oublié d'enlever son tablier et se tenait là, les bras ouverts ; ses lèvres bougeaient et elle prononçait des mots que personne ne pouvait entendre, sauf Dieu.

« Maman. Maman. »

Puis Kay fut dans ses bras et elles s'étreignirent avec toute la force de leur amour récompensé, seules dans une mer d'humanité, toute la famille qu'il leur restait, tout ce qui leur restait au monde.

Kay était de retour.

15

Jo McMahon

Juin 1945, St Bees,
comté de Cumbria, Angleterre

Jo faisait la queue à la réception de l'hôtel au bord de la mer. Celui-ci fourmillait d'activité : des cloches tintaient, les journaux se dépliaient puis se repliaient, des grooms trottinaient pour suivre les femmes opulentes qui leur ordonnaient « Prenez cette valise, non, ce carton à chapeau. Prenez-les tous les deux, voilà, c'est mieux ! ». La salle à manger laissait échapper des odeurs d'œufs aux saucisses. Une radio jouait, tandis que les mères comptaient leurs enfants avant de se diriger vers la plage. Au large, le soleil surplombait la mer et l'air était limpide. C'était une journée parfaite, et la mine de la propriétaire de l'hôtel épuisée mais contente semblait indiquer qu'elle faisait enfin quelques bénéfices.

— Non, monsieur, je suis désolée, dit-elle en glissant un crayon dans ses cheveux décoiffés pour l'en ressortir aussitôt. Nous n'avons plus aucune chambre avec salle de bains privative.

— Mais il me faut absolument une salle de bains.

La conversation se poursuivit sans que la propriétaire perde patience. Pour elle, c'était un rituel quotidien. Cela n'avait pas d'importance, puisqu'elle gagnait suffisamment pour payer les factures et même mettre un peu d'argent de côté.

— Mais je dois…

— Nous avons une très belle suite avec vue sur le jardin.

— Mais la salle de bains…

— La suite partage la sienne avec seulement deux autres chambres.

Ah non, cela ne ferait pas l'affaire, c'était totalement exclu – on tournait en rond. Pour finir, le client prendrait la suite, bien entendu ; lui-même s'apercevait qu'il serait bien sot de la refuser. La journée était magnifique et il devrait déjà être à la plage. Tout le monde devrait être à la plage.

— Eh bien, si vous êtes certaine que vous n'avez rien d'autre…

— C'est le mieux que je puisse faire pour le moment, monsieur.

Le registre fut tourné pour accueillir la signature du client.

— Si une chambre avec salle de bains se libérait…, ne put-il s'empêcher d'insister.

— Certainement, monsieur. Nous vous en informerions sur-le-champ.

L'hôtelière lui adressa un sourire bienveillant, bien que fatigué. Elle avait des fossettes partout, sur ses joues, son menton et même ses coudes. Certes, elle était grosse, mais fière de l'être après une telle période de pénurie. Un peu de chair sur les os n'avait jamais fait de mal à personne, et certainement pas à elle. Elle leva les yeux sur la cliente suivante. C'était une femme officier. Sa vue lui arracha un petit gloussement d'autosatisfaction – on aurait pu renverser cette fille avec une plume.

— Oui, mademoiselle ? Vous cherchez une chambre ? Il ne m'en reste qu'une, la plus jolie, bien que je sois au regret de vous dire qu'elle ne dispose pas de sa propre salle de bains. (Jo hésita et la femme continua machinalement.) Bien sûr, vous pourriez chercher ailleurs en ville, mais je sais qu'il n'y a plus rien de libre nulle part, tout a été réservé partout. Voyez-vous, nous n'avons pas toujours un aussi beau temps ici. Vous avez de la chance en débarquant comme ça, à l'improviste, quand la saison bat son plein. Beaucoup de chance, même. Moi-même, je n'aurais pas pris ce risque, vu la vitesse à laquelle les chambres sont louées. (La cliente ne mordait toujours pas à l'hameçon. L'hôtel disposait encore d'une bonne demi-douzaine de chambres libres, mais cette femme ne pouvait pas le savoir.) Vous êtes américaine, n'est-ce pas ? demanda la propriétaire avec un coup d'œil à la Silver Star et au symbole de l'aigle royal.

— Oui, madame. Je suis sûre que votre hôtel est ravissant – il a l'air ravissant –, mais, en fait, je ne viens pas pour une chambre.

Le visage de l'hôtelière s'assombrit.

— Eh bien, j'espère que vous ne venez pas démarcher, ma jeune dame, dit-elle en changeant brusquement de ton. J'ai mis une note à l'entrée – derrière aussi, d'ailleurs – parce que des gens comme vous se pointent à toute heure de la journée ; ils passent même par la porte arrière. Et non, je ne veux pas prendre un abonnement ni acheter des titres d'emprunt ni même un timbre pour l'effort de guerre. La guerre en Europe est terminée et… et…

La colère de cette femme laissa brusquement place à une terrible tristesse. Jo observa le visage qui se chiffonnait lentement.

— Non, madame. Je ne suis pas venue pour ça non plus.

L'hôtelière ne savait toujours pas à quoi s'en tenir : l'uniforme de Jo était impeccable, ses chaussures étaient lustrées et ses bagages neufs. Ce n'était clairement pas une quémandeuse à la recherche d'un repas gratuit et d'une petite place où dormir dans la cuisine.

— Vous n'êtes pas… dans le pétrin, j'espère ? fit-elle avec de grands yeux et un hochement de tête encourageant.

Jo rit.

— Non, madame. Pas ce genre de pétrin, en tout cas.

— Alors, de quoi s'agit-il ? s'enquit la femme, exaspérée. Jasper, viens ici !

Jo crut qu'elle appelait le chien, mais un très petit homme avec une mauvaise vue se détourna du courrier qu'il était en train de trier.

— Oui, ma chère ?

— Occupe-toi des autres clients. Cette dame, là…

— Comment allez-vous, mademoiselle ?

— Bonjour, monsieur.

— Ne t'occupe pas de ça mais des arrivées. Cette dame que voici semble avoir une histoire à raconter.

Avec un large sourire qui la rendait brusquement humaine, elle fit signe à Jo d'entrer dans un bureau adjacent aux vitres dépolies.

Jo y passa une demi-heure. Pour commencer, la femme ne voulut rien entendre : « C'est ridicule, vous ne savez pas ce que vous dites. » Mais Jo resta ferme et répéta qu'elle en avait assez de son métier d'infirmière, assez de l'armée. Le bureau auquel elle avait été rattachée à Londres avait fermé, le personnel était rentré aux États-Unis ou avait été muté en Extrême-Orient en préparation de grandes offensives attendues dans le Pacifique. Elle n'était pas autorisée à exercer – en fait, elle représentait un risque. On lui avait dit qu'elle pouvait rentrer chez elle, mais elle n'était pas prête, pas encore. Puis, autour d'une tasse de thé et en grignotant quelques biscuits (« C'est du thé de qualité, pas le genre que je sers à mes clients »), Jo parla de David qui était toujours porté disparu, comment on avait perdu toute trace de lui, qu'il était originaire d'Écosse et que St Bees était à mi-chemin. Elle venait de Londres et c'était la troisième ville où elle s'arrêtait depuis le matin. Elle avait besoin de travailler.

— Il faut que je m'occupe, madame.

— Mais vous êtes une *dame* ! s'exclama la femme, réellement choquée.

— Je n'étais pas une dame digne de ce nom avant la guerre, répondit Jo en souriant. Pas ce genre de dame, en tout cas. Sans mon uniforme, je ressemblerais à n'importe qui.

— Et que feriez-vous ? Mon mari et moi, nous nous occupons nous-même de la réception.

— J'ai pensé à la buanderie, madame.

— La buanderie ? hoqueta l'hôtelière.

— Je me suis dit que, dans un endroit de cette taille, il doit y avoir beaucoup de linge à laver pendant l'été.

— C'est certain, et les gamines écervelées qui s'en occupent ne savent pas le repasser correctement. Mais si vous croyez que je vais laisser un officier américain décoré laver le linge…

— S'il vous plaît. (Jo attrapa le bras flasque de la femme.) S'il vous plaît. (Son cœur semblait sur le point de se briser.) J'ai besoin d'un travail où je n'aurais pas de responsabilités importantes, et qui me permettrait de rester à l'écart des gens pendant un moment. Quelque chose de répétitif, et même d'abrutissant… (La femme remarqua les mains tremblantes que Jo avait oublié de cacher.) J'ai besoin de ne pas penser. Je voudrais être occupée au point de ne plus pouvoir penser, pas tout le temps en tout cas. (L'hôtelière la dévisageait la bouche ouverte de surprise, de dégoût ou d'incrédulité. Elle devait la prendre pour une folle. Jo se leva avec un soupir.) Je suis désolée. Je vous ai ennuyée trop longtemps avec mon histoire. Vous ne pouvez pas comprendre. Pourriez-vous me dire quand passe le train qui va vers le nord ?

Mais le visage de la femme se chiffonna de nouveau, pire que la première fois.

— Non, dit-elle en se mouchant bruyamment dans un mouchoir brodé aux bords effilochés. Détrompez-vous, je peux comprendre. Je m'excuse de vous avoir parlé sèchement, tout à l'heure. C'est juste que... Voyez-vous, mon fils...

Elle se moucha de nouveau.

— Je suis désolée, dit Jo d'un air las, pour la millième, la dix millième fois.

— Non, non ! Il est vivant. (La femme se leva, tira sur sa jupe et ôta quelques miettes de son chemisier.) C'est son esprit, mademoiselle. Ils disent qu'il a de la chance d'être vivant, mais son esprit... Il n'est simplement plus là. Il reste allongé dans son lit. Une voisine lui tient compagnie pendant que je travaille, et moi je reste avec lui la nuit. Il n'en a pas vraiment besoin, pourtant. Il ne sait même pas que je suis là. Il ne fait que regarder le plafond et compter. Depuis qu'il est rentré, il n'a pas arrêté de compter. Ils disent que, avec le temps... (Sa voix se brisa et elle leva les mains dans un geste d'impuissance. Puis elle renifla bruyamment, inspira profondément et expira d'un seul coup avant de remonter la petite montre en or qu'elle portait autour du cou.) Il a beaucoup donné, mademoiselle. Et je suis sûre que vous aussi. Vous avez tous beaucoup donné, et si tout ce que vous demandez est un peu de temps, un endroit où guérir ou peut-être oublier... Eh bien, que je sois maudite si je ne vous l'offre pas.

Le visage de Jo s'illumina de surprise.

La femme lui prit la main et la secoua énergiquement en souriant.

— Vous êtes embauchée.

L'été passa à toute vitesse. En se promenant dans St Bees, on avait du mal à croire qu'une guerre avait eu lieu. Pour Jo, l'Américaine, l'endroit semblait figé dans le temps. Chez elle, la plus vieille église était St Peter, construite à l'époque de la Révolution américaine. St Bees, en revanche était dominé par l'imposant prieuré, qui avait été bâti au XIe siècle. Jo aimait déambuler sur le tapis rouge qui descendait la nef silencieuse. Le prieuré était intemporel, solide, sacré. Éternel.

Elle eut néanmoins peu de temps pour des visites, des explorations ou des activités estivales. Sa patronne, Mme Greerson, avait raison : il y avait largement assez de linge pour lui occuper les mains et l'esprit. Du matin au soir, Jo lavait et repassait, amidonnait et pliait. Elle mettait un point d'honneur à faire son travail avec une précision tout à fait superflue, dosant le savon, chauffant le fer à la bonne température.

Elle n'était pas dupe, elle savait que son comportement était un peu bizarre. Mais pas un signe de déséquilibre. Elle essayait de se débarrasser de la saleté, de laver l'odeur du sang dans ses cheveux, sur ses mains et dans sa mémoire pour la remplacer par celle, puissante et détersive, de l'eau de Javel. Tout était blanc et propre. Le premier jour, elle avait pris la serpillière et avait nettoyé et désinfecté la buanderie comme si on devait y procéder à une intervention chirurgicale. La pièce, qui donnait sur le potager, contenait deux énormes lave-linge, et Mme Greerson avait même investi dans le dernier gadget – une chose appelée « sèche-linge ». Pour Jo, cela ne suffisait pas. « Non, madame, j'aime bien le repassage. Vos draps seront prêts dans un instant. C'est tellement plus agréable quand ils sont fraîchement lavés et repassés. »

On lui avait attribué une petite chambre au troisième étage. Elle ne disposait pas de sa propre salle de bains, ni d'une vue digne de ce nom, mais c'était son endroit à elle, c'était calme, et elle veillait à ce qu'il demeure immaculé. Chaque soir, elle alignait ses épingles à cheveux, parallèles mais sans qu'elles soient en contact ; elle rinçait et séchait sa bassine et posait à côté le broc rempli exactement aux trois quarts pour le lendemain ; après utilisation, elle séchait sa savonnette avec une serviette et la posait sur une soucoupe en porcelaine, face imprimée vers le haut.

Elle ne se sentait pas trop mal. C'était ce qu'elle se disait : pas trop mal. Bien sûr, elle avait déjà été mieux, mais elle avait aussi assurément connu bien pire. Elle s'accrochait. Elle ne voyait plus Gianni et, la plupart du temps, aucun cadavre. C'était sûrement bon signe, d'un point de vue pratique. Elle savait qu'elle était obsessionnelle au sujet des petites choses. Par exemple, elle lavait et relavait les serviettes qui n'étaient pas tout à fait nettes ; elle avait accroché son uniforme pour la toute dernière fois au fond de sa petite armoire comme si elle enterrait un mort. Elle s'était acheté six robes identiques – simples, à rayures grises – et les avait pendues à des cintres en les espaçant chacun de cinq centimètres. Mais c'était juste un peu excentrique, une manie singulière, peut-être, mais inoffensive, et pas si étrange que ça quand on arrêtait d'y penser.

Jo essayait de ne pas penser.

Un matin de bonne heure, elle entra dans la buanderie ; il était trop tôt et les femmes de chambre n'avaient pas encore descendu le linge sale. La veille, Jo avait suspendu les draps propres et repassés afin de les aérer un peu plus. Ça ne pouvait faire de mal à personne. Elle les regarda dans la lumière grise qui s'infiltrait par les fenêtres loin au-dessus des énormes éviers.

Ils étaient d'un blanc magnifique et, dans cette pièce spacieuse, elle donnait l'impression d'évoluer au milieu des nuages. En s'asseyant à la grande table de chêne avec une tasse de café – qu'elle avait préparé elle-même puisqu'il n'y avait encore personne dans la cuisine –, elle les contempla avec satisfaction. L'instant d'après, ils étaient couverts de sang et elle tint sa tasse en répétant « Ce n'est pas réel. Ce n'est pas réel », comme une petite fille qui veut se réveiller d'un mauvais rêve. « Ce n'est pas réel », répéta-t-elle en serrant les paupières, bien qu'elle pût sentir que quelqu'un tirait sur sa manche. « Ils ne sont pas là, ils sont morts. » Pourtant, on respirait dans son cou, elle pouvait sentir une haleine chaude. Elle sentit aussi l'odeur du sang et de la pourriture qui se dégageaient d'eux ; celle de l'eau de Javel, qui lui avait irrité les yeux à son entrée dans la buanderie, avait disparu de la pièce sans laisser un seul effluve. La terrible puanteur lui évoqua le dépotoir des amputations en Sicile ou la tente dans laquelle ils mettaient les morts et qu'elle avait parcourue à la recherche d'une infirmière, tuée sur son lit de camp pendant un bombardement. La tente surchauffée puait et elle n'avait pas trouvé Ilsa, pas tout Ilsa.

Alors les chuchotements commencèrent et elle dit : « Oh, Dieu, non », s'accrochant à sa tasse, la tête posée sur la table. Il ne fallait pas qu'elle écoute, elle devait à tout prix s'en empêcher. Au début, ils lui diraient des choses qu'elle pourrait comprendre mais, après, les voix changeraient, ce ne seraient plus celles de son frère, de sa mère ou de son amie, elles deviendraient aiguës et perçantes et aussi terriblement froides, dans un registre qu'elle n'entendait que dans sa tête. Ce ne seraient plus des mots mais du désespoir, de l'angoisse et la mort. Elle cria, comme l'avait fait David, avec une prière surgie du passé, apprise par cœur à l'école primaire quand les mots ne faisaient pas sens : « Âme du Christ, sanctifie-moi, corps du Christ, sauve-moi. » « Guérissez-moi, mon Dieu, de ma folie, vous avez guéri les lunatiques, sauvez-moi, venez à moi et sauvez-moi, Dieu, car je n'ai personne. Venez à moi. » C'était à la fois une prière et un ordre, et elle ouvrit les yeux pour apercevoir non pas son Sauveur mais Mme Greerson qui était entrée dans la buanderie en traînant les pieds dans ses pantoufles usées, les yeux enflés et injectés de sang, les cheveux en désordre.

— La famille nombreuse de la 12 veut plus de serviettes de plage, dit-elle en bâillant. (Elle se gratta furieusement le haut de la cuisse. Jo regardait fixement la table, les jointures blanches de ses doigts crispés autour de la tasse.) Je vois que vous avez fait les draps. (Elle se tourna pour partir.) Il vaudrait mieux les sortir d'ici avant que les femmes de chambre descendent, vous savez comment elles sont.

— Oui, madame.

Jo avala une gorgée de café froid. « Merci, mon Dieu. »

La guerre prit fin. Les États-Unis larguèrent deux bombes et ce fut terminé. À St Bees, il était impossible de comprendre et d'évaluer le degré de destruction et de dévastation : deux villes rasées en une seconde, cent soixante mille morts instantanées, deux fois ce nombre un mois plus tard, causées par les blessures et les irradiations. À entendre les gens, tout paraissait si simple : « Pourquoi ils ne l'ont pas fait avant ? Ç'aurait pu sauver mon Pete (ou mon Danny ou mon Billy). » Les pubs étaient pleins à craquer, on dansait dans les rues et croyants comme athées faisaient la queue devant le Prieuré pour se découvrir et rendre grâce à Dieu.

L'été se déploya dans toute la splendeur du mois d'août, et toujours pas de nouvelles de David. Jo parcourait à pied le long chemin jusqu'à Egremont, sur la vieille route du nord, pour inspecter la boîte postale qu'elle y avait ouverte. Elle aurait pu en ouvrir une dans le petit bureau de poste de St Bees qui vendait aussi des bonbons et des cartes postales. Mais, chaque fois qu'elle rentrait d'Egremont avec des lettres de la famille de David, elle était soulagée de s'en être abstenue, de ne pas leur avoir fait savoir où elle se trouvait. Elle leur avait laissé une adresse postale, au cas où ils auraient des nouvelles ; en revanche, elle n'avait pas été capable de leur faire comprendre pourquoi elle ne pouvait pas faire partie de leur vie sans David. Duncan s'était excusé : il s'était comporté comme un idiot et un goujat, il n'avait pas compris combien elle tenait à son frère. Elle avait refusé toutes ses invitations à dîner, au théâtre ou à pique-niquer. Jo ne s'enticherait pas d'un fac-similé de David. Elle était désolée pour sa sœur et sa mère qui, dans chacune de leurs lettres, lui demandaient de les rejoindre, lui répétaient qu'elles voulaient prendre soin d'elle. *S'il vous plaît, chère enfant, venez vivre avec nous chez mon frère, ici à Londres, puis accompagnez-nous en Écosse quand les travaux seront achevés. Nous vous aimons, nous avons besoin de vous.* Mais Jo était incapable de vivre avec ces gens à l'âme généreuse qui ne lui voulaient que du bien mais qui, par les souvenirs qu'ils déclenchaient, feraient saigner son cœur à mort. Ce seraient toujours les mêmes questions : qu'avait fait David ? De quoi avait-il l'air ? Et qu'avait-il dit ? Encore et encore jusqu'à faire d'elle un genre d'imposteur pendant une séance de spiritisme qui leur ramènerait David d'entre les morts.

Pendant ses heures de travail, Jo ne sortait jamais de la buanderie de l'hôtel, elle n'avait jamais affaire aux clients.

Elle connaissait ceux qui réclamaient des serviettes supplémentaires, ceux qui exigeaient des draps propres tous les jours et ceux qui fumaient ou buvaient leur café au lit. Les jeunes filles qui travaillaient à l'hôtel étaient émoustillées par le retour des garçons, n'importe quels garçons. Elles arrivaient en courant dans la buanderie, et Jo acquiesçait avant même qu'elles terminent leurs phrases : « Vous pouvez me remplacer ce soir ? Je suis de corvée vaisselle. Je vous remplacerai un autre jour, mademoiselle, ne vous en faites pas, merci beaucoup ! » Elles savaient qu'elles n'auraient pas à tenir leur promesse puisque la blanchisseuse si sérieuse ne sortait jamais, n'avait pas de vie. « Elle ne porte pas de brassard, mais elle a dû perdre quelqu'un à la guerre, tu ne crois pas ? » chuchotaient-elles derrière le dos de Jo. Puis elles sortaient dans la rue en gloussant et en riant et couraient jusque chez Paddy's où régnait une ambiance de musique et de cris joyeux. Quel mal y avait-il à s'amuser un peu ? Cela faisait si longtemps.

Un jour, Mme Greerson entra dans la buanderie, plus ébouriffée que jamais. D'un air sévère, elle scruta l'apparence presque monacale de Jo : les cheveux tirés en arrière, le tablier amidonné par-dessus la robe d'un gris monotone.

— Il est quatre heures, mademoiselle McMahon, dit-elle fermement.

— Oui, madame. Il ne me reste que quelques…

— J'ai dit quatre heures, et ce sera quatre heures. (Mme Greerson fronça les sourcils.) Nous avions un accord. À quatre heures, c'est terminé.

— Oui, madame, dit Jo à contrecœur.

Malgré elle, elle posa les nappes et s'en détourna.

— Vous travaillez dix heures par jour, continua sa patronne. Et il y a beaucoup moins à faire maintenant que quand vous êtes arrivée. Le mois prochain, la saison sera terminée. Vous vous êtes acquittée de votre partie du contrat ; vous avez fait votre travail et même plus. Je ne peux pas en dire autant de moi.

Jo la regarda d'un air anxieux.

— Je ne voudrais pas que vous pensiez ça. J'ai été très heureuse, madame, je vous suis très reconnaissante de m'avoir donné ce travail.

— Il y a une différence entre heureuse et reconnaissante, non ? Ce que je veux dire, c'est que, oui, je vous ai donné un travail, mais je devais aussi... bon, j'ai été très occupée avec l'hôtel et avec mon fils, mais je voulais aussi vous donner la possibilité de vous reposer.

— Je dors tout le temps qu'il me faut.

— Bon, « reposer » n'est peut-être pas le verbe approprié. Oh ! Zut ! (Jo fut amusée de voir l'Anglaise jurer et taper du pied dans un élan de contrariété.) J'ai commencé à m'attacher à vous et... Quand je dis « reposer », je veux dire vous détendre, guérir peut-être. (Mme Greerson eut l'air troublé, puis, gênée, fourra quelque chose dans les mains de Jo.) Tenez. Et si vous n'êtes pas là-bas chaque après-midi jusqu'à la fin de l'été, je... je vous renvoie.

Sur ces mots, elle fit une sortie bruyante et maladroite.

Jo se mit à nager tous les après-midi, tous les soirs jusqu'à ce que les longues et chaudes journées d'été laissent place à la nuit. Elle portait le cadeau de Mme Greerson : un maillot de bain noir Jantzen, lisse, brillant et brodé de flèches.

Jo se laissa flotter avec délice, fit quelques brasses puis se retourna de nouveau sur le dos tel un phoque paresseux. Elle ne s'était pas baignée depuis l'Afrique du Nord et leur débarquement amphibie, où tout n'avait été que feu et éclats d'obus et mort. Maintenant, elle dérivait tranquillement, la peau hâlée par le soleil de la fin d'été.

Quand elle fut lasse, elle nagea jusqu'à la plage de galets qu'elle traversa pour trouver un endroit isolé. Les plages étaient pratiquement désertes et la côte s'étendait, vide hormis quelque ecclésiastique méditatif ou nurse fatiguée avec un enfant trop jeune pour aller à l'école et qui courait dans les vagues en hurlant pour en sortir aussitôt, et recommencer encore et encore. Jo trouva un endroit où elle put se lover dans la serviette épaisse qu'elle avait prise à la buanderie, puis dans une vieille couverture, et ferma les yeux, sentant le soleil chauffer ses paupières.

C'était fini.

Pas toute sa douleur, pas toutes ses blessures, mais la guerre – c'était fini.

Elle se laissa aller à cette réalité comme elle s'abandonnait aux rayons du soleil.

« Et je me pardonne. »

Cette pensée venue de nulle part fut si saisissante que Jo ouvrit les yeux et se redressa. Puis elle se recoucha : elle devait se détendre. Que cherchait-elle et pour quel acte se pardonnait-elle.

« D'être en vie. »

D'être en vie quand tant de gens, cinq pour cent de l'humanité, étaient morts – les soldats qu'elle avait tenté de sauver, ses amies qu'elle n'avait pas pu sauver, sa mère et son père et son frère et…

Non, elle ne pouvait pas envisager la mort de David. Dans le dortoir de Londres et dans sa chambre impeccable du troisième étage, à l'hôtel, elle avait pu l'imaginer mort et enterré un millier de fois. Mais pas ici. Étendue sur le rivage ou flottant sur les vagues qui la berçaient, l'apaisaient et la soutenaient, cela lui était totalement impossible. Quand elle nageait, elle pouvait l'imaginer, très loin. C'était comme s'ils se touchaient par-delà le vaste océan, séparés par la moitié du globe.

Elle se sentit réchauffée et vivante en remontant le long chemin qui menait à l'hôtel. Elle était persuadée qu'il avait survécu.

Jo guidait le plombier le long du potager où les herbes montaient déjà en graine.

— Où dites-vous que c'est bouché, mademoiselle ?

Ensemble, ils cherchaient le tuyau d'écoulement qui, depuis la buanderie, traversait le jardin en passant sous terre.

— C'est ici. Regardez, ça débouche ici.

Tous deux regardèrent le tuyau en penchant la tête et en le poussant du bout de leurs chaussures.

— Il m'a l'air en bon état, mademoiselle. L'eau sort. Depuis quand dites-vous qu'il ne draine pas correctement ?

À ce moment, sous le ciel dégagé, l'orage de chaleur éclata avec un terrible coup de tonnerre. Ce fut terminé en une seconde et les oiseaux voletèrent de nouveau par-dessus la pelouse pour aller se percher dans les vieilles gouttières de cuivre où ils gazouillaient avec contentement.

Jo et le plombier étaient allongés sur le ventre à même le sol boueux, les mains croisées derrière la tête dans un geste protecteur. L'homme leva la tête et lança un sourire penaud à Jo.

— Vous aussi, vous avez fait la guerre, mademoiselle ?

Jo gagna le large en passant les brisants. Les vagues n'étaient pas très hautes et elle les traversa en plongeant par-dessous, plus pour s'amuser que par nécessité. Une fois au-delà des rouleaux, dans une mer qui s'agitait et respirait comme un être vivant, elle se retourna et contempla la plage étroite qui s'incurvait sous le soleil, le petit village en arrière-plan, le promontoire sur sa gauche dont les hautes falaises émeraude se terminaient dans le ressac. Elle s'allongea sur le dos, plissant les yeux pour regarder le ciel et le jeu d'ombres provoqué par la progression des nuages. Elle ferma les yeux et le temps s'enfuit.

C'était septembre, les jours raccourcissaient. Elle ne nageait que quand il faisait beau ; par temps couvert, il faisait trop froid pour se mouiller et elle se blottissait généralement sur la plage. Autour d'elle, la vie retrouvait la normalité et une routine. Les futures mariées comptaient les jours et vérifiaient les dates ; les élèves réticents étouffaient de chaleur dans leurs uniformes en jetant des regards nostalgiques par la fenêtre de leur salle de classe. Jo pensa à l'hôtel et à sa liste d'hôtes de plus en plus courte, et à la lettre de Mme MacPherson qu'elle avait reçue : les travaux dans leur maison écossaise étaient terminés et ils retournaient à la ferme. Ainsi, la famille de David aussi partirait bientôt, migrant vers le nord avec l'arrivée d'un temps plus frais.

Elle songea aux lettres qu'elle avait écrites à Kay et qui lui étaient revenues, et à celles qui ne lui avaient pas été retournées. Pourvu que certaines aient pu être remises à son amie… Où pouvait-elle bien se trouver ? Que Dieu fasse qu'elle soit en sécurité quelque part, saine et sauve. Contrairement à ce que Jo avait craint, la douleur causée par ce qui s'était passé à l'hôpital de New York avait diminué. Elle y avait survécu et elle avait survécu à la guerre. Une épreuve l'avait-elle préparée pour l'autre ? L'horreur de ce qui s'était passé à l'hôpital l'avait-elle endurcie contre la violence qui s'abattrait sur elle, sur le monde ? Quoi qu'il en soit, tout ça était derrière elle, elle s'en remettait. Si cette rage intérieure pouvait diminuer un peu chaque jour qui passait, si la proximité de la mer, accueillante et d'une puissance intemporelle, pouvait alléger cette souffrance, alors peut-être, avec le temps et la paix, d'autres souffrances pouvaient aussi s'atténuer.

L'espace d'un instant, Jo ouvrit les yeux pour se repérer. Elle s'était un peu éloignée du rivage, mais pas trop ; dans un petit moment, elle retournerait sur la plage, elle avait le temps. Elle referma les yeux et l'eau emplit ses oreilles, couvrit son ventre et elle se sentit enveloppée de douceur, de chaleur. La force soyeuse de l'océan la portait sans effort et la comblait. Les cauchemars, éveillés ou nocturnes, se faisaient moins fréquents. Depuis maintenant deux semaines elle dormait d'un sommeil sans rêves et sans interruptions. Son corps comme son esprit se détendaient. Elle était en voie de guérison. Elle allait presque bien.

Jo marchait sur la route d'Egremont, morne sous la pluie, resserrant sa veste imperméable et remontant le col. Elle jeta un coup d'œil à sa montre après l'avoir essuyée : elle serait à l'heure pour la messe. Pendant l'été, elle s'y était rendue tous les dimanches, mais c'était la première fois qu'elle faisait le trajet sous la pluie. Elle se retourna vers le village qu'elle venait de quitter, dominé par le prieuré, et maudit en silence le roi Henri[1]. Il semblait ridicule qu'après tant d'années un monarque de l'ancienne Angleterre puisse incommoder une jeune Yankee comme elle, mais voilà : elle était catholique et le prieuré était anglican. À cause d'une dispute vieille de quatre cents ans, elle devait faire le long trajet jusqu'à Egremont et sa mission, où les fidèles se réunissaient dans la vieille salle des fêtes, le piano tenant lieu d'autel. Son pied s'enfonça dans une flaque d'eau et elle jura. À son sens, le roi lui-même

1. Henri VIII, qui renia l'Église catholique et le pape pour instaurer l'Église anglicane.

avait dû reconnaître (jusqu'à un certain point et dans un bon jour) que son désir d'un héritier mâle et d'une amante plus enthousiaste était tout ce qu'il y avait d'humain, mais en aucun cas divin, et ne justifiait ni cette effusion de sang ni le schisme. Surtout, cela ne justifiait pas la longue marche de Jo jusqu'à Egremont. La chrétienté devrait s'unir. Ça ferait sûrement plaisir à Dieu – et ménagerait ses chaussures à elle.

Un camion de livraison arriva bruyamment par la route et s'arrêta à sa hauteur. C'était Luc, le boulanger français de St Bees, et sa femme Ellie. Ils avaient fui avec leurs enfants avant la guerre et avaient atterri à St Bees, où ils se démarquaient en tant qu'étrangers avant même que leur confession fût prise en considération.

— Mademoiselle ! appela Luc. Nous vous emmenons à la messe catholique. Nous ne pouvons pas vous accepter dans… (Son anglais lui fit défaut et il désigna lui-même, sa femme et la minuscule cabine.)… mais si vous allez à l'arrière, vous êtes autorisée à voyager avec nos enfants.

— Merci, je vais à l'arrière, dit Jo en souriant.

Elle sauta sur le plateau du camion et s'assit à côté des six enfants, laissant pendre ses jambes à l'extérieur, comme eux.

— *Bonjour*, dirent-ils poliment avec de grands yeux, tandis que les boucles blondes des filles dégoulinaient de pluie.

— *Bonjour*, répondit-elle.

Elle se rappela son arrivée en France. Tous les membres de son corps médical avaient enfilé des brassards ornés du drapeau américain : hors de question qu'on les prenne pour des officiers britanniques. Le FFI ne dédaignait pas de tirer au jugé sur des Anglais, leurs ennemis d'une autre guerre, de maintes autres guerres. La Manche n'était pas et n'avait jamais été assez grande pour s'interposer entre l'Angleterre et la France.

Après le service (« Nous vous disons qu'elle est désolée, mais la famille ne retourne pas maintenant à St Bees »), Jo prit le chemin du retour. La pluie avait diminué, laissant dans son sillage des flaques d'eau le long de la route.

— Mademoiselle ! Mademoiselle !

Le postier trottina derrière lorsqu'elle passa devant sa maison. Sa serviette de table, toujours coincée dans son col, couvrait sa large bedaine. Jo se retourna : la poste était fermée le dimanche, il ne l'arrêtait donc pas pour une question de service.

— Mademoiselle, je vous ai vue passer de ma fenêtre et il fallait que je vous dise : un homme est passé cette semaine et il a demandé après vous.

Jo se raidit.

— Un homme ?

— Oui. (Le receveur était visiblement enchanté. Aussi cancanier qu'une bonne femme, il savait tout ce qui se passait dans le village.) Il est venu mardi, peu après votre départ, pas plus d'un quart d'heure. Il m'a dit votre nom et il vous a parfaitement décrite. Il a dit que sa famille vous cherchait et essayait de savoir où vous étiez passée.

— Est-ce qu'il a laissé son nom ?

— Oui. Voyons… qu'est-ce que c'était déjà ? Quelque chose avec « Mac ». MacDonald ? Non, non. MacPherson ! C'est ça, c'était MacPherson.

— Duncan MacPherson ?

— Oui, absolument, j'en suis sûr. Il a dit qu'il voulait vous joindre. Il a demandé quel jour et à quelle heure vous veniez habituellement pour relever votre courrier. C'est un de vos admirateurs, mademoiselle ?

— Que lui avez-vous dit ?

L'homme, offusqué, agita les mains devant lui.

— Pour qui me prenez-vous ? Je ne le connais ni d'Ève ni d'Adam. Je l'ai envoyé promener, qu'est-ce que vous croyez ? Je lui ai dit que je ne savais rien de vous, sauf que vous payez à temps le loyer de la boîte et que vous avez droit à votre vie privée, comme tout le monde. Il a demandé où vous logiez, si vous étiez ici en ville… (La fin de la phrase ressemblait à une question.) Je ne vous vois jamais, mademoiselle, sauf quand vous venez chercher votre courrier. Est-ce que vous habitez en ville, ou est-ce que vous venez des environs ?

Sa femme apparut dans l'encadrement de porte et le rappela à son repas – étaient-ce des façons de se tenir comme ça dans la rue en bras de chemise ? Il lui répondit par un geste impatient.

— Si jamais il revient, vous pourrez lui dire que je suis partie. Que j'ai rendu visite à quelques amis à la campagne, mais que je suis repartie chez moi. Dites-lui qu'il sait où me joindre.

— Ah oui ? C'est un bon ami à vous, alors ? fit-il, plein d'espoir.

— Juste une connaissance. Merci de m'en avoir informée. Je vous souhaite bon appétit.

Jo était indignée. Duncan n'avait pas le droit. Elle avait été claire : il ne l'intéressait pas. Elle n'avait pas répondu à ses lettres, et même la correspondance avec sa mère était restée laconique et neutre. Elle ne les harcelait pas, et elle fut estomaquée à l'idée que Duncan l'avait traquée comme une bonne qui serait partie avec l'argenterie. Heureusement, le postier n'avait pas grand-chose à raconter ; Duncan avait dû lui promettre une récompense pour qu'il coure après elle de cette façon. Mais Duncan n'était pas le seul à pouvoir jouer à ce jeu. Elle devrait peut-être envoyer le fils de Luc sur sa bicyclette pour chercher son courrier, tâche qu'il accomplirait très volontiers pour un shilling. Pourvu que la fausse piste qu'elle venait de laisser à Duncan lui fasse effectivement croire qu'elle était rentrée chez elle. De toute manière, il ne pourrait jamais deviner comment elle occupait ses journées. Non, il ne pourrait pas imaginer qu'elle puisse travailler comme blanchisseuse dans un hôtel de la région.

Elle atteignit la fourche où la route menant à St Bees se séparait de celle qui serpentait jusqu'au promontoire. Son estomac la supplia de rentrer à l'hôtel où le brunch dominical touchait à sa fin et où les portions généreuses de jambon chaud, de saucisses et d'œufs brouillés laissées par les hôtes seraient rapportées en cuisine. L'abondance de nourriture en ces temps de rationnement ne cessait de la surprendre. Maintenant, elle pouvait se remplir l'estomac jusqu'à la somnolence. Mme Greerson n'était pingre ni avec ses hôtes ni avec ses employés. Jo s'était remplumée et musclée ; elle ne ressemblait plus au squelette qui avait attendu dans la file pour quémander un emploi. Sa peau était hâlée et ses joues rebondies. Elle avait suffisamment de réserves pour se promener le ventre vide.

En quittant la route, elle plongea subitement dans la verdure qui s'étendait tout autour d'elle. Les couleurs et le scintillement de la mer gagnèrent en intensité tandis qu'un front nuageux se rapprochait des côtes. À ses pieds, St Bees se nichait tel un village miniature. Le vent en provenance du large étouffait tout autre son. Elle atteignit le bout du promontoire plus vite qu'elle n'aurait cru et resta à quelque distance du bord de la falaise.

Elle s'allongea dans l'herbe alors que le soleil était à son zénith, elle étendit les bras et saisit des touffes d'herbe glissante pour les entortiller entre ses doigts. Elle était complètement seule. Elle ferma les yeux et sentit contre son dos la fabuleuse solidité de la terre, ce qui la rasséréna suffisamment pour qu'elle se demande : « Est-ce que David m'a jamais aimée ? »

Jusqu'ici, elle ne s'était jamais posé cette question terrifiante, mais maintenant… Oui, elle le pouvait. Elle avait retrouvé son équilibre et était presque guérie.

Ils ne s'étaient fréquentés que pendant un si court laps de temps… Elle sentit les tiraillements de son cœur où se déchaînait son amour pour David. Mais lui, qu'avait-il ressenti ? De la gratitude ? Un rapprochement ?

L'avait-il aimée ? L'avait-il vraiment aimée ?

Une des lettres de Kit – celle qu'elle était allée chercher mardi, juste avant le passage de Duncan – s'imposa à elle, et elle sut qu'il y avait eu un temps où David l'avait aimée pour de vrai.

Chère mademoiselle McMahon,

J'espère que j'aurai l'occasion de vous revoir, vous êtes si gentille, même si, quand je vous ai vue, vous étiez aussi un peu triste, mais je suppose que c'est ce qui arrive dans une guerre. Votre uniforme était très chouette. Nous n'avons pas de nouvelles de David, mais j'ai dit une neuvaine pour le sauver, ne vous faites donc plus de souci pour lui.

Je suis allée dans la chambre de Mère en cachette et j'ai copié la dernière lettre que nous avons reçue. Il nous a écrit deux fois avant de retourner au combat. Il parle beaucoup de nous et de la ferme pour laquelle il se fait du mauvais sang depuis qu'elle a été touchée pendant un raid. Mais il y a une partie sur vous. Je sais que c'est mal de l'avoir copiée (ne le dites pas à Mère), mais je la trouve très romantique et l'amour est merveilleux, vous ne trouvez pas ? Si j'étais vous, je voudrais la lire, alors voilà. Il y a plein de passages ennuyeux, puis il dit :

« Tu peux dire à Bumpy que je suis tombé amoureux. Il en rira puisque lui tombe amoureux chaque semaine et il dit que je suis tellement balourd que je n'y arriverai jamais.

Mais c'est un ange et je l'aime et, bien sûr, tu sais depuis ma dernière lettre (quand je n'ai pu écrire que pour parler d'elle) que c'est Josephine McMahon, l'infirmière qui m'a sauvé la vie. Et quand je dis qu'elle m'a sauvé la vie, ce n'est pas seulement parce qu'elle m'a soigné pendant le typhus (bien qu'elle l'ait fait, que Dieu la bénisse) mais parce qu'elle a aussi sauvé le reste de ma vie que je pensais pouvoir très bien vivre seul, avec la ferme, la foire annuelle et chaque année semblable à la précédente. Maintenant, je me rends compte de ma sottise et je vois que la poésie et la musique que j'aimais tant n'ont jamais vraiment atteint mon cœur. Il est probablement trop tard, je veux dire pour l'aimer comme je le devrais parce que je veux… »

Et là il y a un long passage que les censeurs ont noirci, je ne sais pas ce qu'il voulait dire mais ça recommence plus loin :

«… et je voudrais l'épouser, plus que tout au monde. Mais le mal s'est emparé du monde, il y a quelque chose de terrible devant nous, ça, je le sais. Les gens s'enfuient devant cette chose si noire et terrible qu'ils ne peuvent même pas en parler. Je ne peux pas te dire où je suis, les censeurs y veillent, mais je suis à la messe aujourd'hui, dans un couvent ou monastère dont je tairai l'ordre, et il y a beaucoup de petits enfants, maman, des petiots pas différents de nous quand nous avions leur âge.

« Ils les habillent avec des uniformes comme pour l'école. Puis ils coupent leurs cheveux et altèrent leur apparence avec des lunettes ou autres accessoires. Les enfants sont tristes, ils pleurent beaucoup, ils doivent avoir perdu leurs parents. Ils ont des prénoms comme Éphraïm ou Sarah, mais ils deviennent Peter et Bridget, puis on leur demande de répéter ce nouveau prénom jusqu'à ce qu'ils s'en souviennent. On leur apprend des prières que n'importe quel enfant chrétien connaîtrait et on leur dit qu'ils doivent les

connaître par cœur au cas où ils seraient arrêtés et qu'on le leur demanderait. Personne ici ne veut me dire pourquoi ils se cachent ni ce qu'ils fuient. Mais, quoi que ce soit, nous nous y dirigeons, maman. Alors prie pour nous, et prie pour eux. »

Cette dernière partie ne vous concernait pas, mais en copiant la lettre j'ai été tellement fascinée et puis ç'avait l'air tellement excitant – moi, j'aimerais me promener déguisée, avec des lunettes et des cheveux coupés, mais Mère ne veut pas. Kit.

Jo soupira en pensant à ces enfants qui avaient perdu leurs familles et leurs identités, qu'on avait fait passer en France puis en Angleterre où des étrangers les accueillaient pendant une journée, une semaine ; des enfants qui pleuraient dans la nuit et devaient oublier leurs propres prénoms. Elle songea à David qui avait dû affronter ces ténèbres où tout n'était que mort froide et impitoyable.

Elle tira si fort sur les touffes d'herbe qu'elle les arracha. Elle lâcha les brins qui s'envolèrent dans le vent et respira profondément, puis pria pour les disparus, les perdus : les enfants, David, elle-même. Joignant les mains sur son ventre, elle s'exposa au soleil et put le sentir lui brûler le nez. Le monde était cruel et malfaisant, mais la falaise qui la portait la réconfortait par sa solidité et sa fermeté. Il y avait encore de l'espoir. De l'espoir, de la paix et de l'amour.

David l'avait sincèrement aimée.

Mais l'aimait-il toujours ? Qu'arrivait-il à l'amour quand on mourait ? Qu'arriverait-il à l'amour qu'elle portait en elle et qui ne demandait qu'à jaillir, à se libérer ? Pour la millième fois, elle se demanda si David était vivant ou mort. Et soudain, depuis les profondeurs de la terre, lui parvint sa voix, claire et calme. Ce n'était pas son imagination ; c'était David, son David, et son corps trembla en entendant cette voix qui la touchait, la caressait.

« Penses-tu que la mort pourrait jamais séparer ceux qui s'aiment ? »

Ce n'était plus un fantôme, une mémoire qu'elle chérissait, ce n'était plus un amour à sens unique. Non, il l'aimait en retour, elle le sentait. Peu importait qu'ils soient séparés par la distance, le temps ou la mort elle-même, elle le savait désormais. L'amour de David l'atteignait et elle était certaine, non, elle savait qu'il pouvait sentir le sien. Après tout ce temps, elle l'avait enfin acquise, cette certitude. Le soulagement de pouvoir enfin aimer et être aimée, entièrement et sans crainte, la submergea. Allongée dans cette vaste étendue verte qui brillait sous le soleil comme un joyau, son cœur se remplit de joie. La mort ne vaincrait ou ne détruirait ni elle ni son aptitude à aimer.

Jo était libre.

Elle était dans sa chambre. Elle avait envisagé de s'allonger un court instant et avait commencé à ôter les épingles de ses cheveux et à les aligner comme à son habitude. Elle compara la pièce à d'autres où elle avait vécu : un immeuble d'habitation sordide, une base militaire, une tente couverte de boue dans un champ. Et elle la reconnut pour ce qu'elle était : un tombeau froid et aseptisé. D'un geste, elle fit voler à travers sa chambre les épingles, toutes alignées à intervalles réguliers. Elle jeta à terre le broc à eau avant de le fracasser contre le mur et d'écraser les morceaux sous ses talons, et lança sa savonnette par la fenêtre aussi loin qu'elle le put. Elle ne voulait plus de tout cela ; ce n'était pas réel, ce n'était plus elle.

Elle se réveilla brusquement, sans se souvenir de s'être endormie. Le soleil était bien plus bas dans le ciel : elle avait dormi plusieurs heures. Quelqu'un l'avait secouée par l'épaule, elle pouvait encore sentir les doigts sur son bras. C'était Queenie, mais une Queenie qui n'était plus en colère ni ensanglantée, pas sortie d'un cauchemar mais telle que Jo l'avait aimée. Queenie l'avait secouée comme si Jo était en retard pour son service, comme si elle devait la faire sortir du lit. Juste avant d'ouvrir les yeux, Jo avait entendu sa voix : « Réveille-toi, chérie. »

Il fallait qu'elle s'éclaircisse les idées. Bien qu'il fût déjà tard, elle mit son maillot de bain et sortit par la buanderie, longeant les piles de linge qui ne représentaient plus rien à ses yeux. Elle avança précautionneusement dans l'herbe sèche et piquante puis descendit la pente rocailleuse, franchit les haies et gagna la plage, plus dépeuplée que jamais en cette fin d'après-midi. Elle entendit des rires et se glissa rapidement derrière un cabanon où l'on entreposait des pelles et des parasols délavés. Un couple d'adolescents s'embrassait en riant puis la fille poussa un cri aigu, s'échappa d'entre les bras du garçon et courut sur la plage où elle se laissa rattraper. Elle embrassa le garçon et rit, de lui, de la vie, de l'imprévisibilité – de l'inéluctabilité – de l'amour. Tous deux partirent en courant.

Jo sauta dans les vagues, et l'océan fit disparaître ses sanglots déchirants, ses larmes, sa douleur et son chagrin pour la libérer et la rendre à elle-même. L'eau était glaciale et elle en sortit rapidement, mais elle longea la plage en laissant le vent la fouetter jusqu'à ce qu'elle fût séchée. Ses cheveux détachés voletaient dans la brise et elle se tourna pour regarder la mer, face au soleil couchant qui tombait dans l'Atlantique pour briller sur l'Amérique, de l'autre côté de l'océan. Avant de laisser disparaître le soleil, elle devait décider une fois pour toutes si elle continuerait ou pas à vivre de la même façon.

Elle savait ce qu'elle voulait. Elle avait vu le couple d'amoureux et savait que c'était ce qu'elle voulait, pas ce néant froid qui ne pouvait pas la protéger et qui emmurait son cœur vivant. De son cou, elle ôta la chaîne (qu'elle n'enlevait jamais) et de son doigt l'anneau d'or de David et les tint dans la main. La chaîne glissa et disparut, mais elle serra l'anneau dans son poing jusqu'à ce que la douleur lui fasse monter les larmes aux yeux. Il fallait qu'elle décide.

Lancer l'anneau dans la mer et dire adieu à David.

Ou s'y raccrocher pour toujours.

Telle était l'alternative, et le soleil déclinait. Elle devait décider car elle ne pouvait pas vivre un autre jour, une autre nuit, sans avoir fait ce choix. Son amour pour David était une tempête qui faisait rage en elle, menaçant de la faire éclater en mille morceaux. Elle ne pouvait pas l'avoir et elle ne pouvait pas y renoncer et le soleil descendait inexorablement. Elle voulait être cette fille riante qui embrassait son amoureux et se cachait derrière le cabanon ; elle voulait de l'amour – pas seulement le lien spirituel, cet espoir, ce rêve venu de la mer et d'une froide montagne, mais l'amour physique. Elle tendit la main et regarda la bague, le seul objet qu'elle avait de David, le seul qu'il avait pu lui donner.

« Garde-la sans faire de promesse, pour que je sache qu'elle t'accompagnera, que mon amour t'accompagnera, et pour que je puisse espérer qu'un jour… »

Mais que faire si ce jour n'arrivait jamais ? Que pouvait lui donner la vie sans David ? Elle n'était pas une femme moderne, elle n'avait pas d'autres ambitions que d'avoir un foyer – des enfants et David et un foyer – où il pourrait lui faire l'amour et réciter des poèmes et lui chanter des chansons quand apparaîtrait l'étoile du matin. La bague reposait dans sa main, légère maintenant. Bientôt, elle devrait quitter cet endroit, avec ou sans David, son fantôme, son amour. Elle pouvait choisir de se laisser hanter, ou elle pouvait jeter l'anneau dans les vagues et David s'éloignerait à jamais.

Les paroles de sa prière lui revinrent à l'esprit : « Ne permets pas que je sois séparé de toi. »

Le soleil était toujours là, suspendu dans l'espace, comme si la terre avait cessé de tourner dans l'attente de sa décision. Le vent balayait les cheveux de son visage, emplissait ses oreilles d'un bruit de toile de tente battant violemment. Par-dessus, elle entendit, venant de très loin, une voix qui l'appelait par son prénom et elle crut entendre David. Elle se retourna et vit un homme avancer sur la plage, encore très loin.

Elle voulut s'enfuir en courant. Qu'il soit maudit, ce Duncan ! Si imbu de lui-même, si obsédé par lui-même qu'il ne pouvait s'empêcher de traquer et de poursuivre une femme qui l'avait rejeté ! Son désir de fuite fit place à la colère et elle commença à marcher dans sa direction, les poings serrés ; elle lui dirait en face ce qu'elle pensait de lui et de son arrogance.

Tandis qu'il s'approchait, elle vit qu'il portait une canne et boitait légèrement.

Duncan ne boitait pas.

Ils furent près l'un de l'autre. Le soleil n'était toujours pas couché et ils baignèrent dans sa lumière qui embrasait les cheveux ébouriffés et le visage tanné de David. Jo, à quelques pas, mince mais forte, la main toujours douloureusement serrée, fixa cette apparition, ce rêve. Leur allure était bien différente de la dernière fois où ils s'étaient vus, gelés, trempés et misérables. Ils étaient en bonne santé maintenant, entiers – David avait jeté sa canne en s'approchant. Il la regardait : elle était magnifique, plus belle que dans son souvenir, une déesse venue à lui.

— David, chuchota Jo.

Le vent emporta son nom et il ne vit que les lèvres qui s'ouvrirent l'espace d'un instant.

Ils se serrèrent dans les bras, s'accrochant l'un à l'autre tandis que le soleil se couchait et que l'eau engloutissait les derniers rayons de braise. Ils se tinrent comme s'il pouvait se volatiliser, comme si elle allait disparaître avec les dernières lueurs. Ouvrant les yeux, ils regardèrent autour d'eux – la plage d'un gris argenté, l'eau sombre et agitée. Mais ils étaient là tous les deux. C'était réel.

David pleurait maintenant, il l'embrassait et la serrait à lui couper le souffle. Il leva les yeux au ciel, sa joie menaçant de le faire éclater ; puis il rit à travers ses larmes, luttant pour prononcer un seul mot :

— *Aye.*

16

Kay Elliott

Janvier 1947, centre médical militaire Fitzsimons, Aurora, Colorado

Par la fenêtre du deuxième étage, Kay observait l'homme qui pelletait furieusement la neige tandis que deux officiers descendaient l'étroit trottoir. Dès qu'ils furent passés, il posa un bras sur sa pelle et mit ses mains en coupe autour d'une allumette pour allumer une cigarette. Kay sourit.

Dehors, les tourbillons de neige accrochaient la lumière avant de s'écraser contre les vitres, satisfaisant son besoin insatiable de froid et de neige. Plus jamais elle ne voulait avoir chaud. Elle parcourut du regard la salle d'attente avec ses meubles bon marché, ses sièges recouverts de vinyle et ses éléments en acier galvanisé – rien qui ne pouvait résister au jet d'eau.

Kay tâta le morceau de papier dans sa poche. Il était arrivé le jour même par courrier et elle avait encore du mal à y croire. C'était la reconnaissance de dette qu'elle avait signée là-bas, dans le camp. Quelqu'un avait conservé ce bout de papier puis l'avait retrouvée, elle. Maintenant, si incroyable que cela pût paraître, un clerc chargé des créances recouvrables, assis derrière un bureau dans quelque immeuble à New York, demandait le remboursement de sa dette. Cela semblait impossible, mais la reconnaissance de dette était là, dans sa poche. Eh bien, elle rembourserait les soixante dollars jusqu'au dernier cent. Mais cela restait quand même incroyable.

Kay jeta un coup d'œil à l'horloge sur le mur. Son rendez-vous avait été fixé à dix heures et il était presque onze heures. Elle remua sur sa chaise en pensant à l'autre bureau, à Hawaï, très semblable à celui-ci, où les infirmières avaient dû jurer de garder le secret, de ne jamais parler de leur emprisonnement ou de leur service militaire pendant la guerre. Si elles manquaient à leur parole, elles perdraient leurs avantages et leur pension.

— Avez-vous compris, mademoiselle ? avait demandé l'employé. C'est un point crucial. (Kay arrivait à peine à rester debout, se balançant d'avant en arrière.) Est-ce que vous m'écoutez ? Bien, signez ici. (Kay avait tendu la main pour attraper le stylo et l'avait manqué.) Vous vous engagez à ne jamais raconter ce que vous avez vu avant ou après Santo Tomas. Rien, vous comprenez.

— Rien de ce que j'ai vu.

— Même pas aux membres de votre famille, que ce soit sous forme orale, écrite ou enregistrée.

— Oui.

— Vous comprenez ?

— Oui.

— En signant ce formulaire, vous reconnaissez qu'on vous a expliqué les conséquences en cas de transgression d'une des clauses, et vous acceptez de ne pas divulguer d'informations quelles qu'elles soient…

— Oui, oui.

— … pendant les soixante prochaines années.

— Soixante ?

— Tout à fait – jusqu'en 2005.

Tout embrouillée qu'elle était, Kay avait ri un peu à l'idée que quiconque pût être encore en vie à ce moment-là. Mais peut-être que c'était possible : la science repousserait les limites, tout le monde se déplacerait en soucoupes volantes et prendrait ses vacances sur la lune. Elle avait signé le formulaire.

Il valait peut-être mieux ne pas se souvenir. Kay était restée avec sa mère pendant tout le printemps pour essayer d'oublier, mais on ne se défait pas du jour au lendemain des gestes qui vous ont gardée en vie. Ainsi, Kay n'arrêtait pas de cacher des choses – son chapeau, ses gants, son sac à main. Même chez elle, dans sa chambre, elle ne pouvait rien laisser en évidence et fourrait les objets sous le tapis, sous son oreiller ou les fixait sous les tiroirs avec de l'adhésif. La première fois que sa mère lui avait servi un steak bien juteux, Kay en avait mangé la moitié, avait soigneusement emballé le reste et demandé à sa mère de le garder pour plus tard.

« Mais enfin, ma fille, pourquoi le garder ? Il en reste, nous en avons plein. Et tu n'as pris qu'une bouchée. » Sa mère s'était mise à pleurer, sans comprendre : elle pensait que Kay n'aimait plus sa cuisine.

Kay avait tenté de redevenir une personne normale et de s'intégrer dans la société, mais, chaque fois que quelqu'un lui offrait une cigarette, elle pensait à celles qu'ils roulaient à la main dans le camp. Les internés civils avaient brûlé le lieutenant japonais avec leurs cigarettes tandis qu'il se tordait par terre après avoir été abattu par les Américains ; la grenade qu'il s'apprêtait à utiliser contre eux s'était échappée de sa main, inoffensive, et avait été ramassée par un soldat américain qui l'avait cachée sous son casque avant de quitter le camp.

Elle avait essayé de redevenir quelqu'un de normal mais s'était heurtée chaque fois à de petits obstacles inattendus – comme les moustiques, le jour de la kermesse. Contrairement aux autres, Kay était incapable de les ignorer, de les laisser atterrir sur sa peau ; on lui disait qu'ils n'étaient pas porteurs de paludisme, qu'elle n'aurait pas besoin de quinine qui donnerait une teinte jaune à sa peau, mais elle ne pouvait pas l'admettre.

Mount Carmel avait changé. En fait, non – Mount Carmel était restée la même et c'est Kay Elliott qui avait changé. Elle n'avait plus rien de commun avec la jeune fille qui était partie à la grande ville pour s'engager dans l'armée, pour devenir infirmière. En apprenant comment les Américains avaient repris le tunnel de Malinta – comment les Japonais qui y étaient terrés avaient fait exploser les parois autour d'eux plutôt que de se constituer prisonniers –, elle avait été incapable de se réjouir comme les autres et de célébrer comme il se devait la victoire américaine. Au contraire, elle avait été prise d'un violent frisson. Elle savait ce que c'était, ce tunnel. Quelle terrible façon de mourir…

Kay s'était rengagée au moment où tout le monde, ses amies et les autres infirmières, quittait l'armée. Dorénavant, cette institution était son seul point d'ancrage. Elle servit partout où on avait besoin d'elle : le centre médical Brooke à Fort Sam Houston, St Elizabeth à Washington, DC, l'hôpital général Lettermann de San Francisco, Walter Reed dans le Maryland. C'était tout ce qu'il lui restait. C'était tout ce qui restait d'elle.

Certes, l'armée faisait un étrange foyer au domicile chaque fois provisoire et dont le chef de famille était le commandant du service médical et la mère, l'infirmière en chef. Kay se sentait stérile jusque dans son âme. Une partie d'elle était perdue à jamais. Mais il en allait différemment pour Jo. Dès qu'elle avait reçu la lettre, Kay avait demandé un congé (auquel elle avait droit, n'ayant jamais demandé un seul jour). Elle prendrait des vacances entre deux missions, entre une institution et la suivante où son lit étroit ne se distinguerait guère du précédent. Jo avait écrit qu'elle avait retrouvé cet homme, ou qu'il l'avait retrouvée – en tout cas, ils étaient de nouveau réunis et s'étaient mariés. Kay avait manqué le mariage, l'année précédente – c'était pendant son stage en anesthésiologie et elle ne pouvait pas rater une seule journée, sans parler de la semaine qu'il lui aurait fallu pour faire l'aller-retour en Écosse. Mais sous aucun prétexte elle ne raterait cette occasion-ci : le baptême du premier bébé de Jo. Son amie l'avait avertie bien à l'avance, pendant son sixième mois de grossesse. Elle n'avait pas encore accouché mais c'était prévu pour ce mois-ci, au plus tard au début du mois prochain. Dès la naissance du bébé, son mari enverrait un télégramme à Kay et le baptême aurait lieu une fois que Kay arriverait sur place. Si c'était un garçon, ils l'appelleraient Johnny, Regina si c'était une fille. Et Kay serait sa marraine.

Après tout ce temps, elles seraient enfin réunies. Elles seraient de nouveau fortes ensemble, comme elles avaient appris à l'être pendant leur séparation.

Une secrétaire s'approcha.

— Mademoiselle Elliott, on va vous recevoir maintenant.

Elle appuya sur un bouton qui ouvrit la porte. Kay la poussa et entra dans le bureau intérieur que la ventilation d'air chaud rendait étouffant et bruyant.

— Bonjour, mademoiselle. Désolé de vous avoir fait attendre, mon premier rendez-vous m'a pris plus longtemps que prévu.

Kay salua puis serra la main de l'homme qui avait son destin entre ses mains. Elle s'assit.

— Il n'y a pas de problème, monsieur.

Il lui parla d'un ami dans le Pacifique. Il avait connu quelqu'un à Santo Tomas. Connaissait-elle un certain Karl Thompson ? Non ? Ah, c'était peut-être Thomas. Thomas

Carlson ? Ou un nom ressemblant ? Kay hocha, secoua la tête ou haussa les sourcils aux moments appropriés. L'homme se plaisait à pontifier. Elle se racla la gorge mais il n'y prêta aucune attention, alors elle fit un signe de tête encourageant qui le relança de plus belle.

Finalement, il ralentit, comme le mécanisme d'un jouet qu'il aurait fallu remonter. Il feuilleta les papiers sur son bureau.

— … occupée, mademoiselle, je vois que vous avez été très occupée. Vous avez servi vingt-six semaines en soins psychiatriques à Brooke – mon Dieu, et en plus dans la chaleur du Texas – puis cinquante-six semaines en anesthésiologie ici, à Fitzsimons. Vous avez largement fait plus que ce que l'armée pouvait exiger de vous. Citation du président, Bronze Star…, murmura-t-il en tournant les pages du dossier de Kay. Je vois que vous avez été promue d'un grade, mademoiselle. On dirait que je devrais vous appeler « lieutenant », une fois que les grades auront été uniformisés au printemps. (Il rit d'un air de connivence, comme s'il s'agissait d'un nouveau jeu auquel tout le monde allait bientôt jouer.) Vous serez également éligible à une augmentation à… voyons… oh, dites donc… Cent soixante-six dollars par mois. Je ne suis pas sûr d'en gagner autant. (Il rit encore, montrant ses dents tachées de nicotine.) Et vous percevrez une prime de cinq pour cent pour avoir servi aussi longtemps. Plus la nourriture et une indemnité de logement… (Il retourna la dernière page pour vérifier qu'il n'y avait rien au dos.) Alors, dites-moi, que puis-je faire pour vous aujourd'hui ?

— J'ai entendu dire qu'on allait ouvrir un hôpital de vétérans à Mount Alto, à DC.

— C'est exact, mademoiselle.

— J'aimerais y être mutée. Pour cela, j'ai besoin de votre recommandation. (Il la regarda avec un air inexpressif.)

J'ai le sentiment d'avoir aidé beaucoup de ces hommes à arriver jusqu'ici et je ne voudrais pas les abandonner maintenant, monsieur.

L'homme mordilla sa lèvre inférieure comme s'il mâchait sa réponse. Le vent secoua les vitres, produisant un sifflement qui montait puis baissait.

— Je serai franc, mademoiselle. Personne ne songerait à remettre en cause l'excellent travail que vous et les autres filles avez fait pendant la guerre. Mais elle est terminée. Ceci est un monde d'hommes, une armée d'hommes. Vous avez fait la demande d'une bourse pour anciens combattants. Vous rendez-vous compte qu'en faisant cela vous retirez les fonds qui vous seraient alloués aux vrais vétérans, aux hommes qui ont combattu pendant la guerre et à qui ils sont destinés en priorité ?

— Monsieur, je suis un vétéran.

— Veuillez m'excuser, mademoiselle, rétorqua l'officier en haussant la voix, aucune femme n'a gagné le Combat Infantry Badge[1] qui, dans mon idée, distingue un vétéran. (Il était visiblement agacé. Sans proposer à boire à Kay, il avala une gorgée d'eau. Quand il reprit la parole, sa voix était d'un calme forcé.) Voyons, mademoiselle. Vous avez fait tout ce que vous pouvez, et vous pouvez en être fière. Ne pensez-vous pas qu'il serait temps de retourner à – je vous demande pardon – à votre vie de femme ? Vous savez, le mariage, la famille, toutes ces choses…

Kay songea à Aaron et à son bébé, mais pendant un instant seulement.

— Monsieur, cette guerre m'a tout pris. Ma jeunesse, le seul homme que j'aimerai jamais…

1. Médaille attribuée aux soldats s'étant distingués sous le feu de l'ennemi.

— Enfin, mademoiselle ! fit l'officier avec un reniflement dédaigneux.

— ... et l'unique chose qui m'a maintenue debout pendant toutes ces années a été ma détermination, non seulement à survivre, mais à faire mon devoir en tant qu'infirmière militaire. Si je pouvais faire quelque chose – qui ne serait peut-être pas grand-chose à vos yeux – pour aider les gens autour de moi, je le faisais. Et je veux continuer à le faire. (Kay se redressa sur sa chaise.) Je suis une infirmière militaire, monsieur. Cette fois-ci, je sais à quoi je m'engage. Je suis bonne dans ce que je fais, et c'est là que je peux faire le plus de bien. (Son interlocuteur posa le dossier et le stylo avec lequel il avait joué sur son bureau, et la regarda avec attention.) C'est mon combat, désormais. Le mariage, les enfants – ce que vous appelez « ma vie de femme » –, ç'aurait pu être la mienne aussi, mais je suis une condamnée à perpétuité. Ceci est ma vie et, avec mon expérience, je peux enseigner à d'autres ce que j'ai appris à mes dépens. Vous dites que c'est un monde d'hommes, et je ne suis pas naïve au point de vous contredire. Mais... (Kay se pencha en avant et regarda l'officier droit dans les yeux)... je sais une chose, monsieur : le jour où ce monde d'hommes se déchirera à nouveau, il faudra une armée d'infirmières pour le raccommoder.

La pièce était silencieuse. Même le vent ne sifflait plus. Pendant un moment, l'homme derrière le bureau regarda Kay puis secoua lentement la tête.

— Je ne peux pas vous convaincre du contraire, mademoiselle ? fit-il en haussant les sourcils avec espoir. Non ? (Il relut la dernière page du dossier de Kay, puis attrapa son stylo.) Eh bien, dans ce cas... (Il signa le document.) Au regard de votre dossier, mademoiselle Elliott, je vous recommande pour un transfert dans le nouvel hôpital de vétérans.

Il lui sourit sans joie, lui tendit le formulaire et retourna à sa paperasse en haussant les épaules. Kay quitta le bureau et passa devant la secrétaire qui fronçait les sourcils devant sa machine à écrire. Ses talons cliquetèrent bruyamment sur le linoléum ciré tandis qu'elle longeait le long couloir aseptisé qui avait la même odeur que tous les couloirs de tous les hôpitaux où elle avait travaillé. Au plafond, les tubes fluorescents bourdonnaient ; l'un d'eux clignotait convulsivement en émettant sa lueur blafarde. Elle s'arrêta devant une porte en acier inoxydable qui menait aux étages des patients et aux salles de l'hôpital.

Pendant un moment, Kay regarda le sol sans le voir et se souvint du passé. Puis elle expira bruyamment, tira résolument sur le devant de sa veste, ouvrit la porte et fit le premier pas vers son avenir.

Remerciements

Avoir un auteur dans sa famille ressemble beaucoup à une poussée de varicelle. Comme celle-ci, une attaque soudaine d'écriture peut frapper à n'importe quel moment et sans avertissement ; elle est souvent incommodante et toujours inopportune. Ma famille a souvent attendu que j'en finisse avec mes interviews interminables, à m'entendre raconter les mêmes histoires à maintes reprises et mes sempiternels : « Oh ! Désolée, ça ne tournait pas. Pourriez-vous juste répéter dans le micro ? » Au lieu de noter des contrôles de mathématiques ou de faire apprendre des verbes italiens, il m'arrivait fréquemment de faire des recherches sur d'obscurs termes médicaux allemands, d'élaborer des schémas d'intrigues compliquées ou d'esquisser un monde réaliste pour Jo et Kay. Quand j'ai décidé d'écrire un roman historique nécessitant des recherches minutieuses, tout le monde a suivi sans poser de questions. Dans mon esprit, cela témoigne du respect et du support mutuel à l'œuvre dans notre famille – de mon côté, je les ai soutenus dans leurs ambitions à, respectivement, devenir un champion de bowling, apprendre à faire du monocycle, courir le mile en cinq minutes et demie ou dormir dans le lit du haut au camp de vacances.

Si, de nos jours, beaucoup de gens sont immunisés contre le virus varicelle-zona et n'auront pas à subir les démangeaisons de ce rite de passage, aucun vaccin n'a été trouvé jusqu'ici pour préserver des écrivains. Par conséquent, mes remerciements vont tout d'abord à ma famille. Je les aime plus que la vie.

Ensuite, je dois énormément aux historiens et vétérans de la Seconde Guerre mondiale dont les récits m'ont permis de créer une œuvre de fiction authentique. Les reconstitutions historiques de cette époque, et notamment les scènes se déroulant dans les tentes médicales, m'ont aidée à donner vie à l'histoire. Une fois qu'ils ont compris ce que je voulais faire, les acteurs m'ont laissée photographier et manipuler les instruments et fournitures originaux. (J'ai ainsi tenu dans ma main la seringue unidose de Queenie et le carton de pénicilline de Jo.) *All This Hell*, d'Evelyn M. Monahan et Rosemary Neidel-Greenlee (Presses universitaires du Kentucky, 2002), a constitué une précieuse source de documentation concernant le destin des infirmières militaires emprisonnées pendant la guerre du Pacifique. De la même manière méticuleuse et détaillée, les deux auteures retracent celui des infirmières qui avaient servi en Europe dans *If I Perish* (Anchor Books, 2003). Les deux ouvrages m'ont permis de comprendre le sujet et m'ont aiguillée vers des recherches plus approfondies, suscitant le désir de rencontrer en chair et en os des vétérans de l'époque, dont je voudrais remercier ici deux d'entre eux en particulier. Evangeline R. Coeyman (sous-lieutenant, 59e hôpital de campagne, 90e division d'infanterie), une jeunette de quatre-vingt-dix ans au moment de notre rencontre, à l'esprit vif, m'a accompagnée dans un ancien hôpital de campagne et m'a montré les ficelles du métier. J'ai tout appris, de la chaîne d'évacuation au lavage des mains avant une opération, en passant par l'emplacement dans la tente de l'appareil à rayons X. Non seulement elle m'a transmis ces connaissances de première main, mais, surtout, elle l'a fait avec une fierté et un enthousiasme pour son métier et son pays qui n'avaient en rien diminué en trois quarts de siècle. Elle sera toujours une héroïne à mes yeux.

Un autre vétéran que je voudrais remercier personnellement est Eugene Chovanes (sergent-chef, 1123e régiment de génie), l'un des rares vétérans de la bataille des Ardennes. Gene m'a littéralement emportée et restera pour toujours mon partenaire de swing préféré. Je chéris nos conversations sur la guerre et sa vie. Je n'oublierai jamais les longues soirées passées dans son imposante maison (où il vit toujours avec sa mariée de la guerre, Claire) où la comtoise sonnait minuit, une heure du matin pendant qu'il comparait mon livre à ses propres souvenirs de la guerre, ce monde-ci à celui qu'il avait connu. Il a lu tout le manuscrit avant sa publication et a confirmé la véracité de mes écrits d'une façon dont peu de gens vivant aujourd'hui auraient été capables : « Oui, c'est exactement ça ! Comment as-tu fait ? Comment as-tu su ? Pas seulement les lieux et dates, mais les nuances, l'impression générale. C'est exactement ce que nous ressentions. » À ce moment déjà, je savais à quel point cette expérience était précieuse, et combien irremplaçable deviendrait notre amitié. Aujourd'hui, nos vies se croisent comme deux cercles dans un diagramme de Venn, se recoupant à peine : lui, adolescent au moment de l'offensive des Ardennes, moi une femme du XXIe siècle. Mais notre amitié, bien que destinée à être courte, n'en est pas moins douce. C'est un bonheur et une bénédiction.

La publication de livres fait, elle aussi, partie du monde des affaires, et je me montrerais très négligente si je ne remerciais pas les personnes qui ont trouvé mon travail prometteur et m'ont aidée à le promouvoir dans un domaine hautement concurrentiel. Je remercie ma tante, le Dr Eloise Messineo, qui, la première, a attiré l'attention de Diane Volk – philanthrope, militante et défenseur des arts – sur mon manuscrit. Diane est ma lady Catherine de Bourgh à moi (en référence à *Orgueil et Préjugés*), mais une lady Catherine aimable. Comme Mr Collins, je revendique Diane en tant que « protectrice », et mon succès est en grande partie de son fait. Elle a transmis mon manuscrit à Greer Hendricks (anciennement chez Simon & Schuster, aujourd'hui elle-même auteure de talent) qui m'a présentée à mon agent littéraire (Gráinne Fox, Fletcher & Co.) qui, de son côté, a vendu mon livre à Rachel Kahan chez William Morrow (une marque de HarperCollins). Je serai éternellement redevable à Rachel d'avoir donné sa chance à une romancière débutante, et de l'avoir fait avec autant d'enthousiasme. C'est une éditrice brillante et je me réjouis à la perspective d'une longue relation mutuellement bénéfique. Mes remerciements vont également à Kim Schefler, mon avocate de propriété littéraire, pour son conseil infaillible.

Comment devient-on écrivain ? Eh bien, au commencement il y a généralement les professeurs et mentors qui les premiers reconnaissent puis forment un talent caché. Mon histoire ne fait pas exception. Parmi ces personnes, je dois remercier mes parents, Salvatore et Maria (Chiaramonte) Messineo qui m'ont donné un environnement rassurant et extraordinaire dans lequel j'ai pu élargir mes horizons et tester ma créativité. Dans les années 1970, mes parents opéraient leur propre école de type « projet Dharma »[1], et j'ai aimé chaque minute que j'y ai passée. Aujourd'hui, j'admets volontiers avoir occupé la plus grande partie de

1. Projet scientifique multidisciplinaire de la série *Lost*.

mon enfance à nourrir des gerbilles, à faire du tricycle et à faire fonctionner un énorme projecteur à bobine, et l'expérience que j'ai acquise pendant cette scolarisation expérimentale s'est par la suite révélée inestimable, aboutissant à la certitude que je pouvais absolument tout faire. Apprendre une langue étrangère ? Donner naissance à quatre bébés (sans péridurales) ? Écrire un roman pendant mes moments de loisir ? Pas une fois je ne me suis demandé si je pouvais faire ces choses-là. Je n'en ai jamais douté. J'ai été beaucoup plus étonnée tout au long de ma vie que le reste du monde ne m'ait pas rejointe pour tenter des folies avec moi. Si on ne peut pas échouer, que peut-on donc avoir à perdre ? Pour cette approche spontanée de la vie, je les remercie de tout mon cœur.

Je voudrais remercier Carroll McGuire qui a dit à l'étudiante impressionnable que j'étais qu'un jour je serais écrivain. Pas que je *savais* écrire, mais que je *serais* écrivain. Pour moi, la différence était énorme et j'ai pris tout ce qu'il disait pour parole d'évangile. Était-il devin ou était-ce simplement une prédiction que je tenais à réaliser ? Quoi qu'il en soit, il a été un prophète plus que bienvenu, un homme qui a littéralement changé le cours de ma vie, et pour cela je lui serai éternellement redevable.

J'aimerais remercier aussi deux de mes professeurs d'université (de l'université DeSales), le Dr Stephen Myers et le Dr Joseph Colosi. Le Dr Myers, qui possède un cœur de journaliste, m'a poussée à devenir un meilleur écrivain, me lançant des défis (et me récompensant) à l'échelle de ses exigences. Le Dr Colosi, qui n'était pas un professeur d'humanités, m'a néanmoins appris le vrai sens de l'Humanité avec un H majuscule. Je ne peux pas raconter l'histoire de ma quête personnelle du sens et de son expression sans parler de lui.

Plus loin encore dans mon passé, je dois remercier mes deux professeurs d'anglais de lycée, Sharon (Wright) Winter, qui m'a fait connaître certains des auteurs que je chéris le plus, et sœur Jonathan Moyles, des Sœurs de la Charité chrétienne, à qui je dédie ce livre.

Plus que n'importe qui, sœur Jonathan a tenu mon destin entre ses mains. Sans l'impact positif qu'elle a eu sur ma vie, ce roman n'aurait certainement jamais été écrit. Quand j'ai assisté pour la première fois au cours d'anglais de sœur Jonathan, j'avais quinze ans et n'avais jamais passé ne serait-ce qu'une journée derrière un pupitre. Elle nous avait demandé d'écrire une dissertation sur un livre que nous avions étudié. Créative à l'excès, j'avais rendu des vers libres sur les araignées. Mais les consignes de sœur Jonathan n'étaient pas à prendre à la légère, et elle m'avait fait venir à son bureau après le cours. Je me vois encore, gauche et ignorante, avec mon uniforme de travers parce que je n'avais toujours pas réussi à comprendre ce monde bizarre de la « vraie école ». Sœur Jonathan avait répété qu'elle demandait une dissertation, pas un poème. Et je lui avais demandé : « Qu'est-ce qu'une dissertation, ma sœur ? » Ici, cher lecteur, se trouve le moment charnière : j'avais devant moi, d'un côté, une scolarité passée dorénavant dans des cours de rattrapage, de l'autre le catapultage jusqu'à l'obtention d'une bourse universitaire intégrale (comme ce fut le cas). « *Qu'est-ce qu'une dissertation, ma sœur ?* » J'étais soit l'élève la plus impertinente à avoir mis les pieds dans sa classe, soit, aussi incroyable que cela pût paraître, une élève de quinze ans sans éducation conventionnelle qui ignorait ce qu'était une dissertation. « Il s'agit d'écrire un texte dans lequel il y a un paragraphe d'introduction, une partie principale où tu dois étoffer ton propos, et un paragraphe récapitulatif. Tu as jusqu'à demain, Teresa, sinon ce n'est plus la peine de revenir. »

Le lendemain matin, elle avait lu ma dissertation (sur *Les Sorcières de Salem*, d'Arthur Miller) devant la classe. J'avais les joues en feu, convaincue que cette humiliation augurait de la fin de ma brève carrière dans l'établissement. Une fois la lecture terminée, une des élèves avait demandé qui avait écrit cette dissertation, et sœur Jonathan avait répondu qu'elle était de sa plume avant de reconnaître : « Non, je plaisante. C'est la nouvelle élève, au fond de la salle. » Elle nous avait rendu notre travail et j'avais découvert à ma grande surprise un 98 (sur 100) et le mot « Super ! » inscrit à l'encre rouge dans le coin supérieur droit. À partir de ce moment, j'avais enchaîné les succès scolaires et universitaires, sans un regard en arrière. Quand j'ai raconté cette histoire à sœur Jonathan vingt ans plus tard, en lui disant combien je lui étais reconnaissante de m'avoir accordé cette seconde chance, elle m'a attribué deux autres points. Ce livre est pour elle.

Pour finir, je remercie les infirmières de la Seconde Guerre mondiale. Sans elles, sans leur courage, ce livre n'existerait pas – ni, peut-être, notre pays. Leur histoire a été trop longtemps passée sous silence. Pendant trop longtemps, la conscience collective voulait que les infirmières américaines n'aient pas fait tant que ça pendant la guerre. Ç'a été pour moi un grand honneur de mettre les choses au clair. Ces femmes se sont portées volontaires pour servir alors que la plupart des hommes étaient appelés sous les drapeaux. Elles le faisaient de leur plein gré car elles croyaient à l'idéal de la démocratie, de la liberté et de l'indépendance, à tout ce qui faisait des États-Unis une grande nation. Et, lorsque les horreurs de la guerre ont commencé à faire vaciller ces idéaux – quand ces femmes furent presque anéanties par leur labeur exténuant, l'isolement, l'emprisonnement, la famine ou la perte de tout ce qui leur était cher –, elles sont restées à leurs postes parce qu'elles étaient des femmes, parce qu'elles étaient humaines et continueraient à apporter de l'humanité dans un monde devenu fou aussi longtemps qu'elles le pourraient.

J'aime ces femmes, et j'aime leur histoire. Elle est pour moi une leçon d'humilité. Je suis fière de pouvoir vous offrir un aperçu de leur monde.

Collection « Le Cercle Belfond »

ABBOTT Rachel
Une famille trop parfaite
La Disparue de Noël

DAVE Laura
Dernières vendanges
Hello, Sunshine

EHSANI Alì
Ce soir, on regardera les étoiles

ELGAR Emily
Une présence dans la nuit

FALVEY Patricia
Les Filles d'Ennismore

FLEMING Leah
La Carte postale

JASWAL Balli Kaur
Le Club des veuves qui aimaient la littérature érotique

KOOMSON Dorothy
Signé A

LAFAYE Vanessa
Dans la chaleur de l'été
Les Brumes de Key West

MOSCARDELLI Chiara
Ma vie, en plus sexy

MIZUSHIMA Margaret
Les Sentiers de l'oubli

PLAIN Belva
La Tentation de l'oubli
À l'aube l'espoir se lève aussi
Promesse
Les Saisons du bonheur

PEARCE AJ
Chère Mrs Bird

QUINDLEN Anna
Nature morte aux miettes de pain
La Ferme des Miller

SCHOLES Katherine
Leopard Hall

VERNA Harmony
Les Orphelins du bout du monde

WAXMAN Abbi
Les cœurs brisés ont la main verte

WILLIAMS Beatriz
La Vie secrète de Violet Grant
Les Lumières de Cape Cod
Une maison sur l'océan

YOUNG Heather
Un été près du lac

Composition : Facompo, Rouen

MIXTE
Papier issu de
sources responsables
FSC® C003309
FSC
www.fsc.org

Achevé d'imprimer en France par EPAC Technologies

N° d'édition: 4550414312719

Dépôt légal: juin 2019